और खिले पारिजात

स्वतंत्र नारायण शर्मा

BlueRose ONE.com
Stories Matter
NewDelhi • London

BLUEROSE PUBLISHERS
India | U.K.

BlueRose ONE.com
Stories Matter
NewDelhi • London

For permissions requests or inquiries regarding this publication, please contact:

BLUEROSE PUBLISHERS
www.BlueRoseONE.com
info@bluerosepublishers.com
+91 8882 898 898
+4407342408967

ISBN: 978-93-5989-258-0

Cover design: Rishav Rai
Typesetting: Rohit

First Edition: March 2024

समर्पित

उषा

को

1

बलिया ज़िले के शासकीय हाईस्कूल के आठवीं क्लास में, क्लास टीचर ने सूचित किया कि स्कूल के वार्षिक पत्रिका का प्रकाशन होने वाला है, और निर्देश दिया कि जो विद्यार्थी इसमें प्रकाशन हेतु अपनी रचना देना चाहते हैं, वे तीन दिन के अंदर दोपहर एक से दो बजे के बीच में लाइब्रेरी में जमा कर दें। उन्होंने सूचित किया कि यह तुम लोगों की इस क्लास की आखिरी रचना होगी, क्योंकि तुम सभी दो महीने के अंदर अगली कक्षा में चले जाओगे।

नमन को कहानियों में रूचि थी, घर पहुंचकर उसने कहानी लिखने का कई तरीके से प्रयास किया, परन्तु कोई कहानी बन नहीं पाई। धीरे धीरे रचना जमा करने का अंतिम समय भी आ गया, अतः उसने उस समय उपलब्ध बाल पत्रिकाओं में से दो कहानियों को मिलाकर, एक कहानी बना दिया। दो पन्नों की इस कहानी को अपनी मौलिक रचना बताकर उसने निर्देशानुसार कुमारी गुप्ता को दे दिया, उसको पावती मिल गई। तीन दिन के बाद उसे पुस्तकालय में बुलाया गया, जहाँ दोनों लड़कियां बैठी हुई थीं।

"आपकी रचना नक़ल कर के लिखी गई है, जिसे चोरी करके लिखना कहते हैं, इसलिए समिति ने इसे रिजेक्ट कर दिया है" उसमे से एक ने कहा और उसकी कहानी को उसकी तरफ उछाल दिया। दूसरी लड़की

ने उसकी तरफ देखते हुए कहा, "मैं कुमारी गुप्ता हूँ, और आपको सलाह देती हूँ कि जो आपके वश में नहीं है, उसे क्यों करते हैं? समिति में बहुत अनुभवी लोग रहते हैं, वहां आपका मज़ाक उड़ाया गया, मुझे अच्छा नहीं लगा "

गहरे काली आँखों वाली उस लड़की को नमन कुछ देर देखता रहा और फिर अपनी कहानी उठा कर वापस आ गया।

नमन के पिताजी पूर्वी उत्तरप्रदेश के सीमावर्ती जिले बलिया में रेलवे विभाग में पदस्थ थे, वे सहायक स्टेशन मास्टर थे। नमन की बड़ी बहन उससे दो वर्ष आगे की कक्षा में थी, और दसवीं बोर्ड की परीक्षा दे रही थी।

अचानक एक दिन पिताजी के सगरगांव ट्रांसफर का समाचार प्राप्त हुआ, और इस ट्रांसफर पर उसके परिवार में किसी को भी प्रसन्नता नहीं हुई, क्योंकि यह ग्रामीण क्षेत्र में हुई थी, और वे सभी लोग, इस शहर के अभ्यस्त हो गए थे।

सगरगांव में एक ही कॉलेज था, जहाँ लड़कियां नहीं पढ़ती थीं।

नमन की दीदी ने हाईस्कूल में 72 % अंक प्राप्त किया था, अतः बलिया के उसी कॉलेज में, अगली क्लास में उसका एडमीशन करा दिया गया था। आने जाने के लिए ट्रेन का साधन था। नमन का एडमीशन सगरगांव के स्थानीय एकमात्र कॉलेज में नौवीं क्लास में करा दिया गया था। धीरे धीरे नमन का एक वर्ष बीत गया, मित्रों का एक समूह उसके साथ जुड़ गया था, और अच्छे अंकों से पास होने के बाद वह अब दसवीं क्लास में आ चुका था, और उसकी दीदी बारहवीं क्लास में पढ़ रही थी।

सगरगांव रेलवे स्टेशन के बगल के बड़े ख़ाली मैदान में उस समय फुटबॉल से लेकर गुल्ली-डंडा तक के सभी खेल हुआ करते थे, और जहाँ वर्ष की शुरुवाती अक्टूबर की ढलती शाम में, बिना किसी नियम वाले फुटबॉल का खेल चल रहा था, नमन भी इसमें शामिल था, परन्तु पैर में मोच आने के कारण वह लंगड़ाता हुआ थोड़ी दूर पर मैदान की सीमा पर स्थित, खेतों की मेड़ पर जाकर बैठ गया।

मैच समाप्ति पर जैसे ही वह उठने को हुआ कि अचानक पीछे से आवाज़ आई "जब खेलना नहीं आता है तो खेलते क्यों हो?"

उसने चौंक कर पीछे देखा, दो लड़कियां खेत के मेड़ के उस पार खड़ी होकर हंस रही थीं। उसे बहुत गुस्सा आया, बोला "तुम लोगों को खेल के बारे में कुछ पता भी है?"

"जब आपको सब पता है तो फिर यहाँ बैठकर रो क्यों रहे हो?" दोनों में से लम्बी वाली ने मुस्कराते हुए पूछा।

"अरे यार, जाओ न अपना काम करो, बिना मतलब की बात कर रही हो" नमन झुंझला गया।

"हम लोग वही तो कर रहें हैं " लम्बी वाली लड़की ने कहा।

नमन ने कोई जबाब तो नहीं दिया, परन्तु बोलने वाली लड़की को ध्यान से देखा। पके गेहूं का रंग जो स्वर्णिम आभा लिए होता है, उसी के रंगवाली उस लम्बी किशोरी की आंखे बहुत काली थीं, और वह अभी भी मुस्करा रही

"लगता है स्टेशन मास्टर साहिब नाराज़ हो गए?" छोटी लड़की ने कहा।

"स्टेशन मास्टर मैं नहीं, मेरे पिताजी हैं और अब आप लोग अपने घर जाएँ" नमन बोला।

जैसे ही वह मुड़ने को हुआ, उसने देखा कि लम्बी लड़की वहीं खड़ी है, जबकि छोटी लड़की वापस जा रही, वह बोली,"एक बात और कहनी है, मैं तुम्हारे दोस्त अंगद की छोटी बहन हूँ, उनसे कुछ मत कहना"

"लेकिन मैं अंगद के यहाँ दो-तीन बार गया हूँ, वहां तो तुम दिखी नहीं " नमन बोला।

वह बोली," परन्तु हमने तो तुम्हे हर बार देखा है, जब तुम भैया से मिलने गए हो"

और उसके बाद वह मुड़ी और चली गई।

सगरगांव में मात्र एक प्राइवेट इण्टर कॉलेज था, जहाँ कुछ के पक्के कमरे थे, परन्तु कुछ कक्षाओं की दीवालें ईंटो की बनी थी, जिसमे कोई दरवाज़ा नहीं था, तथा छत टीन शीट की बनी हुई थी। बलिया के स्तरीय शासकीय इण्टर कॉलेज में पढ़ने के बाद, नमन को यह कॉलेज विचित्र लगा, परन्तु कोई और विकल्प नहीं था।

जब से नमन दसवीं क्लास में आया, रास्ते के खेतों से गन्ना तोड़ता या चने उखाड़ता, परन्तु पिछले दो महीने से उसे आश्चर्य की अनुभूति हुई, जब गन्ना वाले खेतों में लोग रास्ते पर बैठे नज़र आने लगे, लेकिन आश्चर्य का तात्पर्य इस सुरक्षा से नहीं था, परन्तु उस सांवली सी लड़की से था, जो अपने खेत के बाहर मेड़ पर बैठी भोजपुरी गीत गुनगुनाती रहती थी। जब नमन उसके पास पहुँचता, वह हाथ उठाकर उसे रोकती, और गन्ने के दो तीन टुकड़े तथा आंचल में रखा हरा चना, बिना एक शब्द बोले उसे दे देती, नमन सर झुकाकर उसका आभार व्यक्त करता। यह निशब्द प्रदान अनवरत चलता रहा, दोनों में से किसी ने कभी एक दूसरे का परिचय भी नहीं पूछा।

अंगद अपने घर की तरफ जा रहा था कि अचानक उसे रामदीन दिखा, रामदीन पिछले एक वर्ष से उसका मित्र है, और दलित वर्ग का यह सावंला किशोर एक गरीब परिवार से था, और प्रायः अपने आप में ही संकुचित रहता था।

"नमन, मुझे तुमसे कुछ कहना हैं, परन्तु मैं समझ नहीं पा रहा हूँ कि कहना चाहिए या नहीं" रामदीन बोला।

"रामदीन, तुम यहाँ स्कूल ज्वाइन करने के बाद से ही मेरे मित्र हो, फिर संकोच क्यों?" नमन ने कहा।

"मेरे पिताजी ने बताया है कि उनको कहीं से पता लगा है कि आपके पिताजी को नौकरी से हटाया जा रहा है" रामदीन बोला, और वह अपने घर चला गया।

नमन कुछ देर गुमसुम खड़ा रहा, फिर लंगड़ाता हुआ घर पहुंचा।

कुछ दिनों से घर में एक अजीब शांति दिखने लगी थी, माँ और पिताजी गुम सुम से रहने लगे थे। एक दिन यह पता चला कि पिताजी के विरुद्ध कोई जाँच चल रही है, इस कार्यवाही की पुष्टि शशि दीदी ने भी किया, जो उन्हें बगल के क्वार्टर में रहने वाली दीदी ने बताया था। यह भाई बहन पर वज्रपात से भी बड़ा आघात था।

दूसरे दिन प्रातः माताजी नमन से बोलीं, ''चलो मंदिर चलते हैं''

रेलवे स्टेशन के दूसरी तरफ करीब डेढ़ किलोमीटर की दूरी पर एक एक पुराना शिव मंदिर था। माताजी ने पीतल की एक डलिया में पूजा का सामान रखा, और नमन को पकड़ा दिया। शिव मंदिर के सामने नमन ने माँ को पूजा की डलिया पकड़ा दिया, और बोला ''अभी आपको कम से कम आधा घंटा लगेगा, इसलिए तालाब का एक चक्कर लगाकर मैं आ जाऊंगा ''

नमन को कहीं नहीं जाना था, मंदिर के पीछे एक पत्थर की चट्टान थी और उससे लगा हुआ घना बगीचा था, इसी चट्टान के किनारे बगीचे की तरफ उसे बैठना था, जहाँ उसे कोई देख न सके । वह वहां जाकर चुपचाप बैठ गया, बगीचे में उस समय शांत सरसराती हुई हलकी हवा नमन के बालों को सहला रही थी।

पिताजी की नौकरी को लेकर नमन बहुत चिंतित और दुखी था, मुख्य चिंता आर्थिक ही थी, उसका और उसकी दीदी का क्या और कैसे होगा? अभी बोर्ड परीक्षा में कुछ समय था, शायद सब कुछ ठीक हो जाये, अभी सब कुछ ईश्वर पर छोड़ दिया जाये।

''ऐसा लग रहा है कि कुछ समझ में नहीं आ रहा है, इसीलिए इतने गुमसुम बैठे हैं'' सुनकर वह चौंक पड़ा, सामने खड़ी लड़की अंगद की बहन थी।

''इतने सबेरे तुम यहाँ क्या कर रही हो?'' उसने अचकचा कर पूछा।

"उस दिन शाम को खेल मैदान में क्यों थी, आज सबेरे यहाँ क्यों हूँ, गज़ब के जीव हो भाई, इसके अतिरिक्त और बात करने को कुछ नहीं है क्या?" उसने कहा।

"बुरा मान गई, असल में तुम अचानक से सामने आ गई, यहाँ कोई दिख नहीं रहा था इसलिए मैंने पूछ लिया" नमन धीरे से बोला।

कुछ देर रुक कर नमन ने फिर कहा "अब बिना नाराज़ हुए अपना नाम बता दो, उससे पहले मैं अपना नाम बता देता हूँ, मेरा नाम नमन है, और तुम्हे पता है कि तुम्हारा भाई मेरा मित्र है, हम दोनों आस पास की उम्र के हैं "

"तुम्हारा नाम मुझे पता है, और यह मैंने ही तुम्हे बताया था कि मैं अंगद की बहन हूँ, मेरा नाम रुक्मिणी है, और मैं भी इस वर्ष दसवीं बोर्ड की परीक्षा में बैठ रही हूँ। अंगद भैया मुझसे एक साल बड़े हैं, परन्तु हम दोनों एक ही कक्षा में हैं। और तुम्हे बता दूँ कि आठवीं कक्षा में मैगज़ीन के लिए तुमने कहानी जिस कुमारी गुप्ता को दिया था, वह मैं ही हूँ," उसने कहा।

"लेकिन तुम तो बलिया में पढ़ रही थी, फिर --" उसका वाक्य अधूरा रह गया।

"अभी भी वहीं पढ़ रही हूँ, बलिया में मेरे मामाजी शहर में ही रहते हैं, मैंने आजतक की पढाई वहीं रहकर किया है, और आगे भी वहीं रहकर करना है। मामाजी की कोई बेटी नहीं हैं, अतः मुझे ही उन्होंने अपनी बेटी मान लिया है। मैं यहाँ छुट्टियों में आती जाती हूँ, परन्तु कई बार, जब मन करता है, आ जाती हूँ" उसने कहा।

वह फिर बोली "अक्सर आते जाते समय ट्रेन में तुम्हारी दीदी मेरे साथ रहती हैं, तुम्हारी दीदी मुझे अच्छी तरह जानती हैं, और उनसे चर्चा करते करते तुम्हे भी ठीक से जानने लगी हूँ"

"क्या मैं तुम्हे तुम्हारे नाम से बुला सकता हूँ?" नमन ने पूछा।

"हाँ, मेरे घर में मुझे सभी रुक्मी कहकर बुलाते हैं, तुम भी बुला सकते हो " रुक्मिणी के चहरे पर हलकी मुस्कान थी।

उसने आगे कहा "देखो नमन, परेशान होने से कुछ नहीं होगा, मेरा मानना है कि अभी वार्षिक परीक्षा की तैयारी करो, परीक्षा के बाद फिर सोचेंगे, मैंने दीदी को भी यही कहा है"

"ताज्जुब है, कुछ ही क्षण पहले मेरे दिमाग में भी यही विचार आया था कि अभी सारा ध्यान परीक्षा पर केंद्रित किया जाये" नमन बोला।

"आगे तुमसे चर्चा करने के लिए कहाँ मिलोगी ?" नमन बोला।

वह मुड़ती हुई बोली,"अब जो पूछ रही हूँ उसे बताओ, क्या तुम सभी को रेलवे का मकान छोड़ना पड़ेगा?"

नमन का चेहरा तत्काल उतर गया, लगा रो देगा "हाँ" बस इतना ही बोल पाया।

"मैंने जान बुझ कर यह पूछा है, देखो नमन, हमारा मकान मालगोदाम के पास है, वहां से पगडण्डी से जाते समय कुल दो घर पड़ते हैं, अर्थात बिना किसी से मिले आप वहां से रेलवे स्टेशन सीधा आ सकते हैं "रुक्मिणी ने बताया।

"क्या अपने घर में मुझे शरण दे रही हो?" नमन ने पूछा।

"क्या तुम सही में इडियट हो" वह चिढ़कर बोली "मैंने इसलिए पूछा कि हमारे घर से थोड़ी ही दूर पर एक चाचाजी का घर है, जो दो महीने से खाली पड़ा है, भइया से बात करो वे दिला देंगे" रुक्मिणी बोली।

नमन कुछ देर उसके चेहरे को देखता रहा, बोला कुछ नहीं।

"मैं आपसे अपने हिसाब से मिलती रहूंगी" रुक्मिणी ने कहा और वह दूसरी तरफ से निकल गई।

वापस घर आने पर शशि दीदी ने बताया कि उन्हें यह पता चला है कि पिताजी को शीघ्र ही यह रेलवे का मकान भी छोड़ना पड़ेगा, क्योंकि

पिताजी को निलंबित कर दिया गया है, और नये सहायक स्टेशन मास्टर की पोस्टिंग हो गई है।

नमन और उसकी दीदी को यह सोचकर कि उन्हें गांव में किसी किराये के मकान में रहना पड़ेगा, अत्यंत लज्जाजनक प्रतीत हो रहा था , खासतौर पर नमन को, जिसको वहां पिताजी के पद को लेकर एक सम्मान था, वह अचानक ध्वस्त होता दिखने लगा।

दूसरे दिन प्रातः पिताजी ने नमन, उसकी दीदी और माँ सभी को बुलाया, और माँ को बोले कि सभी को चाय पिलाओ। नमन समझ गया की जिस बात को वे अन्य श्रोतों से जानते हैं, उसी पर चर्चा होगी। माँ चाय लेकर आई और सभी बहुत दिन बाद एक साथ बैठकर चाय पीने लगे। पिताजी बहुत उदास थे, बोले "मैं तीस वर्षों से नौकरी कर रहा हूँ, परन्तु ऐसी स्थिति कभी उत्पन्न नहीं हुई, एक जाँच को लेकर मुझे रेलवे ने नौकरी से कुछ समय के लिए हटा दिया है। मैंने इससे सम्बंधित केस रेलवे बोर्ड में दायर किया है, परन्तु वहां से निर्णय में समय लगेगा, और इसी बीच रेलवे ने नए स्टेशन मास्टर की पोस्टिंग भी कर दिया है, तथा तीन दिन में रेलवे का मकान ख़ाली करने को कहा है"

पुनः वे बहुत दुखी आवाज़ में बोले, "अब यह जगह मेरे लिए श्रापित है, तुम दोनों की अंतिम परीक्षा समाप्त होने में अभी पांच-छह माह का समय है, तब तक हमें किसी किराये के मकान में रहना पड़ेगा। तुम सभी मिलकर सारा सामान पैक कर लो, उसमे से बहुत जरुरी सामान लेकर किराये के मकान में चलेंगे, शेष सभी यहीं टिकट कलेक्टर के घर के एक कमरे में छोड़ देंगे।

नमन बोला, "पिताजी क्या मैं किराये के मकान के बारे में अपने दोस्तों से चर्चा करूँ, हो सकता है कहीं पास में ही मिल जाये " उसके मस्तिष्क में रुक्मिणी की बात गूंज रही थी।

"ठीक है" पिताजी ने कहा और बैठक समाप्त हो गई।

नमन ने उसी दिन शाम को अंगद के यहाँ जाने का मन बना लिया, जितनी जल्दी समस्या हल हो, उतना अच्छा। नमन शाम के चार बजे

रुक्मी के बताये रास्ते से उसके घर की तरफ चल दिया , यह रास्ता क्या कहें ,एक पगडण्डी थी और जिस पर पैदल ही जाया जा सकता था , परन्तु बिना किसी की नज़र में आये सीधे उसके घर पर।

अंगद के घर पहुँच कर नमन ने बाहरी दरवाज़े की कुण्डी खटखटाया, दूसरी बार कुण्डी बजाने पर अंदर से आवाज़ आई "आती हूँ" दरवाज़ा खोलने वाली महिला ने उसे ध्यान से देखा, नमन ने उन्हें नमस्ते किया और कहा कि "जी मैं अंगद का दोस्त हूँ, उनसे मिलना है"

"बेटा तुम तो पहले भी आ चुके हो, रेलवे वाले हो न?" महिला ने पूछा।

"जी चाचीजी" नमन बोला।

अंगद भी आ गया, उसने उसे हाथ पकड़ कर बैठाया और बोला "बहुत दिन बाद आ रहे हो, कैसा चल रहा है?"

नमन ने कहा "कुछ ठीक नहीं चल रहा है, पिताजी की नौकरी में समस्या हो गई है, किसी अधिकारी से उनका विवाद हो गया है, और उसने किसी केस में पिताजी को सस्पेंड करा दिया है"

अंगद ने कहा " हमें यह खबर लगी तो थी परन्तु मैं इसे अभी तक इसे अफवाह समझ रहा था "

"अब बात इससे ऊपर निकल गई है, नए स्टेशन मास्टर की पोस्टिंग हो चुकी है, और पिताजी को तीन दिन में घर ख़ाली करना है " नमन रुंधे गले से बोला।

"देख नमन, ज़िन्दगी में ऐसी गंभीर स्थिति कभी कभी आती है, और तुम तो बहुत तेज हो यार, घबड़ाना मत " अंगद बोला।

"मैं चाहता हूँ कि यार कि रेलवे कॉलोनी के आस पास तुम पांच छह महीने के लिए कोई मकान ढूंढ़ दो, स्थानीय हो तो तुम्हारे कहने पर लोग दे देंगे " नमन रुंधे गले से बोला।

''जरूर यार, लेकिन यहाँ के घर किराये के हिसाब से नहीं बने हैं" अंगद बोला '' हाँ यार याद आया, हमारे चाचा जी का एक मकान, जो गोदाम के लिए उपयोग होता है, अभी खाली पड़ा है, अभी चल, बात कर लेते हैं" अंगद बोला।

नमन ने सामने रखे गुड़ की मिठाई की तारीफ किया, तो अंगद ने उसे गन्ने की पेराई के समय बाहर खलिहान में आने को कहा, जहाँ उसे ताज़ा और गरम गुड़ खाने को मिलेगा।

अंगद के घर से दो सौ मीटर की दूरी पर, उसके चाचा का मकान था। उसके चाचा तम्बाकू का व्यापार करते थे, उसी के लिए गोदाम बना था, जो अभी ख़ाली था। अंगद ने उन्हें पूरा विवरण दिया और यह भी बताया कि मकान पांच छह महीने में ख़ाली हो जायेगा।

चाचाजी ने कहा," यह मकान असल में एक गोदाम है, परन्तु इस वर्ष हमारा सारा मॉल बाजार के एक गोदाम में रखा है, अतः छह महीने के लिए इसे दे सकता हूँ, परन्तु उसके तुरंत बाद ख़ाली करना होगा, अभी मैंने एक और गोदाम किराये पर ले रखा है, इसलिए जब तक तुम लोग रहो उसका किराया दे दिया करो, अंगद के साथी हो इसलिए इतना ही''

अंगद ने इशारा किया कि हाँ बोल दो, नमन ने हाँ कर दिया और उन्हें धन्यवाद दिया।

चाचाजी ने अंगद से कहा "घर के अंदर से चावी ले लो और मकान खोलकर अपने साथी को दिखा दो"

वस्तुतः यह बड़ा हॉल था, जिसके चारो तरफ गैलरी थी, इसके बाहर एक आंगन था, जिसमे स्नान घर तथा शौचालय बना हुआ था। पूरा घर ईंटो का बना था, परन्तु प्लास्टर नहीं किया गया था।

अंगद ने कहा "एक तरह से तुम्हारे लिए इस मकान का किराया नहीं के बराबर है"

घर पहुँच कर नमन ने सभी को स्थिति से अवगत करा दिया, यह भी बता दिया कि इतने कम किराये में कहीं कुछ नहीं मिलना है, पिताजी सहमत हो गए, और सभी लोग सामान पैक करने में ब्यस्त हो गये।

दीदी से नमन ने बताया कि इतने कम किराये का कारण उसका दोस्त अंगद है। दीदी एक टक उसे देखती रहीं, फिर दूसरी तरफ देखते हुए धीरे से बोलीं " मेरे छोटे भैया, सही में तुम मासूम हो, तुम्हारे किराये पर तय किये गए मकान और उसके किराये के पीछे किसी और की मेहनत और शक्ति है, जो तुम्हारी समझ में कभी नहीं आएगी "

अगले दो दिनों में ट्रेक्टर से सभी सामान रेलवे क्वार्टर से निकल गया, आधा सामान टिकट कलेक्टर के घर के एक कमरे में, शेष अंगद के मोहल्ले में । किराये के मकान में आने के बाद नमन के परिवार ने, उसमे रहने के अंतिम दिन तक, उसी रास्ते का उपयोग किया, जिसपर किसी से भेंट न हो।

अगले दिन नमन को विद्यालय जाना था और दीदी को ट्रेन से बलिया, दोनों रेलवे स्टेशन तक साथ आये, और वहां से नमन अपने विद्यालय चला गया। नमन को दिखने लगा कि उसके मित्रों की संख्या में अचानक कमी आ गई, कई सहयोगियों ने उसका मज़ाक उड़ाना भी शुरू कर दिया, परन्तु नमन हमेशा शांत बना रहा।

नए घर से दो सौ मीटर की दूरी पर एक तिराहा था, जिसके कोने पर एक दो मंज़िला कच्चा पक्का मकान था, जिसमे एक ईसाई डॉक्टर का अपना दवाखाना था । पिताजी को दो दिन से खांसी आ रही थी, अतः माँ ने नमन को डॉक्टर के पास दवा के लिए भेजा, डॉक्टर साहब ने कुछ गोली और सिरप दिया, पैसा देने के बाद जब नमन बाहर निकला तो दवाखाना के बाहर डॉक्टर के छोटे भाई अब्राहम दिखे, वह बलिया में इग्यारहवीं कक्षा में पढता था , और जिससे वह रेलवे स्टेशन पर दो-तीन बार मिल चुका था।

नमन ने पूछा " कैसे हैं भाई साहब?"

उसने बाहर आने का इशारा किया, रास्ते के दूसरी तरफ एक टिन शेड था, जिसके नीचे एक लकड़ी का तख़्त पड़ा हुआ था, जिसके सिरहाने पर एक चद्दर और तकिया रखा था, वहां ले गया।

अब्राहम पढाई लिखाई की चर्चा कभी नहीं करता था, और नमन को एहसास कराने का प्रयास करता था कि चूँकि नमन नीचे की कक्षा में और गांव के स्कूल में पढ़ता था, अतः उसके बहुत से विषयों का ज्ञान बहुत ही कम है। वह मुख्यतः फिल्म्स की चर्चा करता, और उसमे आये किसी भी कामुक दृश्यों के बारे में विस्तार से बताता।

आज अब्राहम कुछ उदास था, सम्भवतः परीक्षा में कम अंक लाने के लिए उसके बड़े भाई अर्थात डॉक्टर साहब ने भारी अप्रसन्नता व्यक्त किया था, नमन ने उसकी व्यथा कम करने के लिए फिल्म कलाकारों के विषय में चर्चा प्रारम्भ कर दिया, तथा अब्राहम ने अभिनेत्रियों के बारे में चर्चा करते करते उन दृश्यों की चर्चा प्रारम्भ कर दिया, जहाँ कुछ उत्तेजक दृश्य आते थे, नमन के लिए कई नई जानकारी थी। फिर अब्राहम ने एक पुरानी पत्रिका निकाली, जो तकिया के कवर के अंदर रखी हुई थी, और उसे खोलकर नमन को दिखाने लगा। इस पत्रिका में लड़कियों के नग्न फोटो थे, जिसने नमन को भौंचक कर दिया।

" तुमको मज़ा आ रहा है न ?" अब्राहम ने कहा।

नमन ने कोई उत्तर नहीं दिया और बोला "अरे मुझे दवा लेकर जाना है" और उठकर खड़ा हो गया।

अब्राहम ने कहा " शाम को आना तुम्हे मज़ा आएगा "

नमन ने घर पहुँचने पर कुछ देर अब्राहम द्वारा दिखाए चित्रों के बारे में सोचा, उसके शरीर में अजब सा रोमांच हो आया, परन्तु उसने अपने को संयत कर लिया।

वह सोचने लगा कि शाम को अब्राहम के पास जाये या नहीं, तभी उसे माँ ने बुलाया और वह दूसरे काम में लग गया। तमाम अगर-मगर के

बाद भी, वह शाम को अब्राहम के साथ बैठने लगा, और बातचीत तथा फोटो दर्शन साथ साथ चलने लगे।

सबेरे सो कर उठते ही मां ने कहा "नमन, हमारे कुछ बर्तन बलिया में पांडेय जी के घर पर रखे हैं, तुम पहली ट्रेन से वहां चले जाओ और लेते आओ, और अगर पंडिताइन कहीं गई हों, तो रुक जाना"

रेलवे स्टेशन पहुंचने के बाद नमन ने बलिया का टिकट लिया , शायद ही इसके पहले उसने कभी टिकट लिया हो, क्योंकि पिताजी के नाम पर निशुल्क यात्रा होती थी। एक घंटे बाद नमन बलिया स्टेशन पर था। नमन स्टेशन से बाहर निकलने वाला ही था कि ऑटो रिक्शा पर चढ़ते हुए उसका मित्र अंगद दिखा, जो निश्चित ही उसी ट्रेन से आया था, जिससे नमन आया था। ऑटो रिक्शा के पास पहुँचने पर उसने देखा कि उसपर कोई पहले से बैठा है, जिसका पूरा शरीर चद्दर से ढका हुआ है। पास पहुंचकर उसने देखा कि अंगद बहुत परेशान है, अतः उसने पूछा "इतना परेशान क्यों हो और रिक्शे पर कौन है, और चद्दर क्यों लपेटे हुए है ?"

अंगद ने बताया कि ऑटो रिक्शा पर उसकी बहन रुक्मिणी है।

नमन को बहुत तेज झटका लगा, पूछा "क्या हो गया है?"

अंगद ने बताया "पिछले दो दिनों से लगातार तेज बुखार है, पास में रहने वाले इसाई डॉक्टर ने जिला अस्पताल ले जाने की सलाह दिया। तुम तो जानते हो वहां कोई भी अच्छे डॉक्टर नहीं हैं, अभी मैं मामा जी के यहाँ जाऊंगा, फिर जिला अस्पताल"

नमन भूल गया कि उसे पंडिताइन के यहाँ जाकर बर्तन लेने हैं, रुक्मी की तेज बुखार है, सुनकर उसे लगा कि वह स्वयं ही ज्वर से पीड़ित है ।

उसने अंगद से पूछा, "तुम कब तक अस्पताल पहुंचोगे?"

"मामा जी पर निर्भर है, पर शाम तक जरूर पहुँच जाऊंगा"

"मै जानता हूँ कि जिला अस्पताल कहाँ है, मै एक बार शाम को आऊंगा, मेरी जहाँ भी जरुरत हो बिना हिचक बताना" नमन ने कहा।

"ठीक है" कहकर वह ऑटो रिक्शे पर बैठ गया, और ऑटो रिक्शा चल पड़ा।

नमन पैदल ही पंडिताइन के यहाँ पहुंचा, दरवाज़ा अंदर से बंद था, अतः उसने दरवाज़ा पीटना शुरू कर दिया। वे घर के अंदर थीं, दरवाज़ा खुला और नमन ने उन्हें प्रणाम किया।

उन्होंने एक कुर्सी पर उसे बैठने का इशारा किया और पूछा," तुम कैसे आये?"

"माताजी ने भेजा है, आपके यहाँ कुछ बर्तन पड़े हैं, उन्हें लेने आया हूँ" नमन ने धीरे से कहा।

नमन की समझ में आ गया कि पिताजी के पद से हटते ही उसका दुष्प्रभाव स्पष्ट होने लगा, वह समझ गया कि बहुत कुछ देखना अभी शेष है। पंडिताइन ने एक कोने में पड़े जूठे बर्तनो में से पांच-छह बर्तनो को अलग किया, और उसे पीछे आंगन में लगे नल से धुलकर ले आयीं ।

उन्होंने केवल इतना पूछा कि नमन इसे ले कैसे जायेगा, नमन ने मोड़ कर रखे थैले को उन्हें दिखाया । पंडिताइन ने उस थैले में बर्तनों को जमाकर रख दिया और केवल इतना बोलीं " ठीक है, ले जाओ"

नमन कुर्सी से खड़ा हो गया और उन्हें प्रणाम करके बाहर निकल आया। पंडिताइन के व्यवहार ने उसे बहुत दुखी कर दिया, पंडिताइन का उसके परिवार से पिछले छह वर्षों से अच्छे सम्बन्ध हैं, परन्तु आज?

दोपहर हो गई थी, अब वापसी की ट्रेन रात की नौ बजे होने के कारण उसे नौ घंटे का समय व्यतीत करना था स्टेशन के वेटिंग हॉल में एक बेंच पर जाकर बैठ गया, और बर्तन वाले थैले को पैर के पास रखकर सो गया। उसकी नींद खुली तो कुछ देर तो समझ में ही नहीं आया कि वह कहाँ है, शाम होने वाली थी, अतः उसने जिला अस्पताल जाने का निर्णय लिया और पैदल ही चल दिया, यद्यपि कि स्टेशन से अस्पताल दूर था।

अस्पताल के जनरल वार्ड में दरवाज़े के पास ही रुक्मिणी का बेड था, वह चद्दर ओढ़े बेसुध पड़ी थी। बेड में लगे स्टैंड में बॉटल टंगी हुई थी,

और चद्दर से निकले उसके हाथ में नीडल लगी हुई थी, जो कई टेप से स्थिर की गई थी। बेड के बगल के स्टूल पर एक लड़का बैठा था, जो बैठे बैठे सो रहा था।

नमन ने उसे उठाया और पूछा," अंगद कहाँ हैं?"

वह बोला "वे अपने मामाजी के यहाँ गए हैं, मामी को लेकर आएंगे, जो रात को यहाँ अस्पताल में रहेंगी"

लड़का फिर बोला," आप कुछ देर बैठेंगे क्या, मैं आधे घंटे में अपने एक साथी को लेकर आ जाता"

नमन ने कहा,"हाँ, तुम जा सकते हो" और नमन उसी स्टूल पर बैठ गया, जो लडके ने जल्दी से ख़ाली किया था, उसे डर लग रहा था कि कहीं नमन मना न कर दे।

नमन स्टूल पर बैठ गया, और एक टक रुक्मी को देखने लगा। रुक्मी का आधा चेहरा चद्दर से बाहर था, और वह बेसुध सो रही थी। बुखार के कारण उसका चेहरा तमतमा रहा था। नमन व्याकुल हो उठा, उसे कुछ समझ में नहीं आ रहा था।

तभी एक नर्स आई और उसे दो गोली देकर बोली कि इसे उठा कर अभी खिला दो।

नमन बगल के रैक पर रखे गिलास में बोतल से पानी लाया और रुक्मिणी के पास जाकर बोला,"रुक्मी उठो, दवा खाना है "

रुक्मिणी ने कोई उत्तर नहीं दिया, कुछ देर असमंजस में खड़े रहने के बाद उसने रुक्मिणी को कन्धा पकड़ कर हलके से हिलाया। रुक्मिणी ने आंखे खोली, और उसे आश्चर्य से देखने लगी।

वह पूरी तरह से जग गई, और उस तेज बुखार में भी मुस्कराई,"नमन तुम? भैया कहाँ है?"

"पहले दवाई खा लो फिर बात करते हैं " नमन ने कहा।

"मुझे थोड़ा सहारा दो" उसके कहते ही नमन ने कंधे के नीचे हाथ लगाकर उसे बैठाया।

नमन ने उसे दोनों गोलियां और पानी दिया, दवा खाने के बाद उसने रुक्मिणी को फिर से लिटा दिया, वह बहुत थकी थकी लग रही थी।

"तुम्हारा बुखार अभी भी तेज है, तुम चुपचाप सो जाओ, मैं यहीं बैठा रहूँगा" नमन धीरे से बोला ।

"मुझे कई दिन से बुखार आ रहा है, सगरगांव का डॉक्टर ठीक से समझ नहीं पाया" रुक्मिणी ने कहा।

"अब आंख बंद कर के सो जाओ, अब तुम बड़े अस्पताल में हो" नमन ने उसे समझाया ।

नमन ने फिर पूछा, "अभी बुखार कितना है?"

रुक्मिणी ने उसका हाथ पकड़ कर कहा " मुझे नहीं पता, परन्तु मेरा हाथ छूकर तुम्हे एक अंदाज़ लग जायेगा " कहकर रुक्मिणी नमन का हाथ पकड़ कर चद्दर के अंदर ले गई और अपने सीने पर रखते हुए बोली "मेरा दिल कुछ दिनों से तेज धड़क रहा है, सुनो "

नमन को बहुत तेज से झटका लगा, रुक्मिणी के पुष्ट उरोजों पर हाथ जाते ही वह अस्थिर हो गया, और उसके चेहरे का रंग उड़ गया। उसकी सांसे बहुत तेज हो गई, उसने चारों तरफ देखा और धीरे से अपना हाथ खींच लिया और खरखराती आवाज़ में बोला " हाँ, बुखार के कारण है, बुखार कम होते ही यह ठीक हो जायेगा "

"तुम्हारी आवाज़ को क्या हो गया?" रुक्मिणी ने पूछा।

नमन ने अपने को स्थिर करते हुए कहा "सबेरे का निकला हूँ, इसलिए गले में कुछ हो गया है"

"क्या बात है, कुछ परेशान लग रहे हो" रुक्मिणी ने पूछा।

"तुम बीमार हो, बात मत करो, चुपचाप आंख बंद करके सो जाओ " नमन ने उसे हलके से कहा।

"तुम सामने बैठे हो, मैं कैसे सो जाऊं" रुक्मिणी ने कहा।

"ठीक है, मैं बाहर टहल कर आता हूँ, तुम सो जाओ" नमन ने धीरे से कहा ।

''चुपचाप यहीं बैठे रहो नहीं तो तुम्हारे साथ मैं भी चल दूंगी" रुक्मिणी ने कहा।

'' ठीक है, मैं यहीं रहूँगा, लेकिन कोई बातचीत नहीं" नमन ने कहा।

"अच्छा" परन्तु रुक्मिणी बिना बोले उसे देखती रही ।

"जब तक तुम सामने हो, मैं ठीक हूँ" रुक्मिणी ने कहा, और फिर पूछा " माँ और दीदी कैसी हैं?"

" सभी ठीक हैं " नमन ने कहा, अचानक नमन को रुक्मिणी पर अनुराग उमड़ आया । उसे तेज बुखार है, अस्पताल में भर्ती है, परन्तु वह नमन के हित के बारे में ही सोच रही है, वहीं पंडिताइन चाची का व्यवहार?

"शाबाश रुक्मी, बीमार पड़ी हो, अस्पताल में भर्ती हो, अभी तुम्हे अपने बारे में गंभीरता से विचार करनी चाहिए, जबकि तुम हमारे परिवार की समस्यों में सिर खपा रही हो? अब चुपचाप सो जाओ" नमन बोला।

रुक्मिणी दूसरी तरफ मुँह करके सही में सो गई।

आधे घंटे बाद वह लड़का तो नहीं आया, परन्तु अंगद आ गया।

"अरे नमन तुम कब से बैठे हो, और वह चिरकुट कहाँ गायब हो गया" अंगद ने नमन से पूछा ।

"लड़का कुछ देर पहले ही गया है, मैं कुछ देर पहले आया हूँ, हमारे एक परिचित के पास हम लोगों के बर्तन रखे हुए थे, वही लेने गया था " नमन ने आगे झूठ बोला "उन्होंने रोक लिया, वहां से खाना खाकर एक घंटा पहले निकला तो यहाँ आ गया ''

"फिर ऐसा करते हैं नमन कि मैं जाकर मामी को ले आता हूँ, और तुम्हारे लिए खाना भी ले आता हूँ, ट्रेन में खा लेना "अंगद ने कहा।

"नहीं खाना लाने की जरूरत नहीं है, दोपहर को देर से खाकर निकला हूँ, अतः अब नहीं चाहिए" नमन बोला ।

"अरे यार मामाजी नहीं मानेंगे, उन्हें पता लगेगा कि मेरा मित्र यहाँ अस्पताल में ड्यूटी कर रहा है और बाक़ी सब गायब हैं, तो हम लोगों पर नाराज़ भी होंगे, इसलिए खाना लेकर जाना, अब मैं चलता हूँ " और वह उठकर चला गया।

नमन उसे जाते हुए देखता रहा जब तक कि वह अस्पताल से बाहर नहीं निकल गया।

नमन फिर अपने विचारों में खो गया, पिताजी की नौकरी में कुछ समस्या आ गई, तो लोगों के व्यवहार में अभूतपूर्व ऋणात्मक परिवर्तन दिखने लगे हैं, जो अभी तक अच्छे मित्र थे, वे कतराने लगे हैं। पिताजी के सेवा से हटते ही ऐसा प्रतीत होने लगा कि नमन का परिवार याचकों की श्रेणी में आ गया हो।

"फिर समस्याग्रस्त हो गए?" रुक्मिणी धीमी आवाज़ में पूछ रही थी।

"रुक्मी, इस समय मैं तुम्हारा गार्जियन हूँ, तुमको सोने के लिए कहा है, तो सो जाओ" नमन ने गंभीरता से कहा।

"गार्जियन जी, आप को झूठ नहीं बोलना चाहिए" रुक्मिणी ने धीरे से कहा।

"मतलब" नमन चौंका।

"मैं साफ साफ देख रही हूँ कि तुमने कुछ नहीं खाया है, और भैया को बोल रहे थे कि देर से खा कर निकले हो, अतः तुम्हे भोजन नहीं चाहिए" रुक्मिणी ने धीरे से कहा।

"ऐसा है रुक्मी, मुझे आज दोपहर को बहुत तेज का झटका लगा है, अतः मुझे कुछ भी कहने में अब संकोच होने लगा है" नमन बोला ।

सूखे होठों पर जीभ घुमाती हुई रुक्मिणी ने कहा," नमन हम दोनों एक ही बुद्धिवाले हैं, अतः केवल इतना ही कह सकती हूँ कि सभी को एक तराज़ू में मत तोलना, बदलते समय के साथ ही सही व्यक्ति की पहचान होती है, जब दिन ख़राब होने लगते हैं, तो बहुत कम लोग आपका साथ देंगे"

रुक्मी एक टक उसको देख रही थी, बोली "तुम्हारी बात मानकर मैं चुप हो जाती हूँ, परन्तु तुम मेरी तरफ देखते रहो"

"जैसे पिक्चर में होता है" नमन हंसा।

"अभी उसके लिए हम दोनों बहुत छोटे हैं, परन्तु मेरी तरफ देखते रहो" वह बोली।

"जैसा कहो, पर एक बात कहूं बुरा तो नहीं मानोगी?" नमन ने पूछा।

"विश्वास करो, तुम कुछ भी कहोगे बुरा नहीं मानूंगी"

"गाली दूँ तब भी नहीं?" नमन बोला ।

"गाली दो, मैं सुनना चाहती हूँ कि तुम गाली कैसे देते हो" रुक्मिणी उसकी आँखों में देखती हुई बोली।

नमन ने कहा," मुझे केवल इतना कहना है कि तुम बहुत सुन्दर हो, तुम्हे हमारी नज़र न लगे, पर तुम्हे लगातार देखते रहने का मन होता है"

रुक्मी उसे सीधे आँखों में देखते हुए बोली "तुम्हारी नज़र लगी तभी तो बीमार पड़ी, तुम्हे लगातार देखने से कौन रोक रहा है, जैसे चाहो देखो, तुम्हारे देखने से मेरा कल्याण ही होगा"

"जैसा तुम कहो, परन्तु अब तुम चुपचाप सो जाओ" नमन ने धीरे से कहा।

"सो जाउंगी तो तुम्हे देखूंगी कैसे, फिर तुम पता नहीं मिलोगे कब?" रुक्मिणी बोली।

"मै समझ नहीं पा रहा हूँ रुक्मी कि भविष्य कैसा होगा, हम लोगों को उसका पूर्वाभास होने लगा है, और अपनी शक्ति हीनता पर केवल क्रोध करने के अलावा कुछ नहीं कर पा रहें हैं " नमन धीरे से बोला।

रुक्मिणी ने कहा "यहाँ आओ मेरा हाथ पकड़ कर बैठो, और मेरी आँखों में देखते रहो "

नमन ने उसका हाथ अपने हाथ में ले लिया और रुक्मिणी की आँखों में देखने लगा, नमन को एक विचित्र अनुभव हुआ, ऐसा लग रहा था कि कोई ऊर्जा उसके शरीर में प्रवेश कर रही है।

"रुक्मी, मन कर रहा है कि युगों युगों तक इस सुन्दर हाथ को पकडे रहूं " नमन फुसफुसाया।

" पागल हो क्या, मरीज़ से ऐसे बात करते हैं?' वह मुस्कराई, फिर फुसफुसा कर बोली " नमन तुम तो कुछ दिन से मुझे जानने लगे, परन्तु मैं तो तभी से तुम्हारी फैन हूँ, जब एक फुटबॉल मैच में तुमने गोल किया था, और मैं ताली बजने वालों में थी। पता नहीं क्यों नमन, अभी हम लोगों की उम्र ऐसी नहीं है कि इस तरह की बात करें, परन्तु मेरी बहुत इच्छा हो रही है कि मैं तुम्हारे गोद में सर रखकर सो जाऊं, और तुम मेरे सर को सहलाते रहो, तो शायद मैं तुरंत ठीक हो जाउंगी"

"अंगद आने ही वाला है नहीं तो मैं सही में तुम्हे गोद में उठा लेता" नमन बहुत धीरे से बोला।

उस गहराती शाम में दोनों बिना कुछ बोले, एक दूसरे की आँखों में देखते रहे, हाई स्कूल में पढ़ने वाले दोनों किशोरों को और कुछ नहीं दिख रहा था।

कुछ ही देर बाद अंगद की आवाज़ सुनाई दी, जो नमन को बुला रहा था। वह अस्पताल के गेट से कुछ दूर खड़ा था, उसके साथ कोई महिला और एक लड़का था। नमन उठकर खड़ा हो गया और रुक्मी की तरफ देखा, जो अभी भी उसे देख रही थी।

नमन ने बहुत धीरे से कहा "तुमको इस हाल में छोड़कर जाने का मन बिलकुल नहीं है, परन्तु फिर भी चलता हूँ, अपना ध्यान रखना" और बाहर निकल गया।

अंगद ने कहा "यह हमारी मामीजी हैं, तुम्हारा समय हो गया है, तुम जाओ"

नमन ने मामीजी को प्रणाम किया, और चलने को हुआ तो अंगद ने कपडे के बैग को आगे बढ़ाते हुए कहा " इसमें पूड़ी सब्ज़ी है, समय देख कर खा लेना "

रुक्मिणी उसे बाहर निकलते और दूर तक जाते हुए एकटक देखती रही, उस अँधेरे में भी उसे महसूस करती रही, जब तक कि नमन पूरी तरह से ओझल नहीं हो गया।

नमन ने बैग ले लिया और चल पड़ा, यात्रा समाप्त कर सगरगांव पहुंचने तक वह खामोश रहा, और फिर स्टेशन से घर पहुंचा। उसने माँ को बर्तन दिया और पंडिताइन के व्यवहार के बारे में विस्तार से बताया, सुनकर माँ भी हतप्रभ रह गई।

उसी समय दीदी आ गई और नमन का चेहरा देखकर बोली "क्या हो गया, तुम इतने उदास क्यों हो?'

माँ ने पंडिताइन के व्यवहार के बारे में बताया और कहा कि देख कितनी जल्दी लोग बदलते हैं, और चुपचाप अंदर चली गई।

दीदी नमन के नज़दीक आई और पूछा "साफ साफ बता इतनी सी बात है या कुछ और है?"

नमन ने कहा " दीदी और क्या बात हो सकती है? और दीदी तुम इसे इतनी सी बात कैसे बोल रही हो?"

" क्योंकि मैं तुम्हे ठीक से जानती हूँ, मुझसे कुछ छिपाने की कोशिश मत करना, केवल इतना पूछ रही हूँ कि किसी और से मिले थे, केवल हाँ या ना में बताओ " दीदी बोली।

" जी " नमन केवल इतना ही कह सका।

" ठीक है जाकर सो जाओ" और वह चली गई।

2

उस दिन वह अपने निवास से दो कि. मी. दूर तमसा नदी के किनारे गया था। वहां वह अपने मित्र रामदीन के बुलाने पर पहुंचा था, जहाँ पर इसके पूर्व भी दो बार उसी के कहने पर आया था। वे दोनों नदी के किनारे किनारे दूर तक जाते और फिर वापस लौट आते, नमन को मुख्य घाट से दूर, नदी की तेज धारा बहुत अच्छी लगती थी, जिसे वह देर तक निहारता रहता था। रामदीन को इस सबसे कोई मतलब नहीं होता, वह वहां मछलियों के चक्कर में आता, नमन का कार्य उसे सुरक्षा देने का था, क्योंकि इस क्षेत्र में मछलियों के पकड़ने का ठेका किसी और का था।

नवंबर के अंत की सर्दी, तमसा नदी से आती हवाओं के साथ मिलकर चेहरे को स्पर्श करते हुए ठंढक दे रही थी, सूरज ढलने में अब विलम्ब नहीं था। रामदीन के साथ नदी के किनारे कुछ दूर चलने के बाद एक बहुत पुराना वृक्ष मिला , जिसकी शाखाएँ नदी में झुक गई थी, और एक डाल तो बहती धारा को सहला रही थी। रामदीन ने नमन को यहीं रुकने का संकेत दिया और खुद डाल के सहारे नीचे नदी में उतर गया। नमन किनारे पर खड़े होकर दूर जाती बहती हुई धाराओं को देख रहा था, आकाश से उतरने वाली सूरज की ढलती किरणे उसपर झिलमिला रही थीं, और यह संध्या के आगमन की सूचना थी।

ऐसा महसूस हो रहा था कि अनंत आकाश और इस नदी के कलकल के अतिरिक्त बहुत दूर तक कुछ नहीं है, उड़ते हुए पक्षियों के कलरव के अतिरिक्त सब कुछ शांत। अचानक शांति भंग हुई और रामदीन की आवाज़ सुनाई पड़ी कि अब चलना चाहिए। नमन ने चौंक कर उसे देखा और बोला "कुछ देर यहीं किनारे पर बैठते हैं, हवा बहुत अच्छी लग रही है"

"बात समझो यार, मेरे थैले में मछली है और कहीं पकड़ लिया गया तो मछली तो हाथ से गई ही, झापड़ ऊपर से खाना पड़ेगा।" कुछ देर रूककर फिर बोला "ऐसा है नमन, तुम आधे घंटे और बैठ सकते हो, कुछ दूर के बाद मुड़ने वाली पगडण्डी सीधे तुम्हारे घर जाती है "

"ठीक है, कल मिलेंगे" कहकर नमन वहीं नदी के किनारे बैठ गया और बहती हुई धारा को देखने लगा।

डूबते हुए सूर्य की स्वर्णिम किरणे एक कल्पना लोक रच रही थीं, दूर तक फैली कोलाहल विहीन तमसा नदी, चिकने सफ़ेद बालू के मध्य से गर्वित भाव से इठला रही थी, हलकी सरसराती हवा नदी को छूते हुए, नमन को स्पर्श कर रही थी। नमन सोच रहा था कि चांदनी रात में यहाँ कैसा महसूस होता होगा ?

अचानक पीछे से आवाज़ आई "तुम्हे नदी में धक्का दे दूँ क्या?" वह चौंक कर गिरने ही वाला था कि किसी ने उसका हाथ पकड़ लिया।

मुड़कर देखा तो आश्चर्यचकित रह गया, रुक्मिणी थी।

बोला,"तुम यहाँ?"

"क्यों मैं यहाँ नहीं आ सकती?" रुक्मिणी ने पूछा।

वह अभी भी रुक्मिणी को आश्चर्य से देख रहा था, डूबते हुए सूरज की तरफ देखते हुए नमन ने कहा "नहीं, आ क्यों नहीं सकती, परन्तु इस समय तुम्हे नदी के किनारे अकेले देख कर मुझे लगा कि यह कैसे संभव है?"

नमन ने फिर पूछा, "तुम नदी में धक्का देने की बात क्यों कर रही थी?"

"क्यों क्या हुआ?" रुक्मिणी ने पूछा।

"शायद तुमको मालूम नहीं है कि मुझे तैरना नहीं आता, यहाँ नदी इतनी गहरी है कि मैं निश्चित डूब जाऊंगा" नमन बोला।

रुक्मिणी कुछ देर उसे देखती रही, और हलके से मुस्करा कर बोली '' हाय रे, अब ऐसा संभव ही नहीं है, तुम्हारे पीछे मैं कूद जाती और तुमको निकाल कर ले आती, मेरे रहते तुम्हे एक खरोंच भी नहीं आ सकती"

फिर रुक कर बोली "यहाँ से कुछ ही दूर पर हमारी खेती है, मैं अपने चाचा और चचेरे भाइयों के साथ आई हूँ, वे लोग भी आ रहे होंगे" कुछ देर रुक कर फिर बोली "सुनो, मुझे शशि दीदी ने बताया कि तुम्हारा पूरा परिवार नए घर में परेशान है "

नमन हलके से मुस्कराया," असल में रुक्मी, पैदा होने के बाद से हम लोग रेलवे के आवास में रहने के आदी हो चुके हैं, किसी के निजी घर में जिस हालात में हम लोग आये हैं, वह तो प्रसन्न बनाने से रहा, हम लोगों ने केवल काम चलाऊ सामान खोला है, जिससे किसी रूप में समय व्यतीत हो जाये"

रुक्मिणी उसे देखते हुए चुपचाप खड़ी रही।

नमन फिर बोला "अगर नाराज़ न हो तो कुछ कहूं"

"मैं तुमसे नाराज़ कैसे हो सकती हूँ नमन " रुक्मिणी बोली।

"रुक्मी, अस्पताल से आने के बाद मेरी व्यक्तिगत समस्या तुम हो, प्रत्येक पल मुझे तुम्हारा चेहरा दिखाई देता रहता है, सही कहूं तो पढ़ने में भी मन नहीं लगता। मेरा परिवार समझता है कि वर्तमान परिस्थिति के कारण मैं उदास रहता हूँ " नमन बोला।

रुक्मिणी खिलखिलाकर हंसी "हाय रे मेरा बच्चा, तुमको रुक्मी कन्या से प्रेम हो गया है क्या?"

"अब तुम मेरा मज़ाक उड़ा रही हो" नमन बोला।

"इडियट, कुछ दिनों में बोर्ड की परीक्षा होने वाली है, उसकी तैयारी करो, लगता है उस दिन मंदिर में मेरे भाषण का कोई प्रभाव नहीं पड़ा" रुक्मिणी बोली "तुम कहो तो पूरे दिन तुम्हारे सामने खड़ी रहूं, पर हम दोनों अभी उम्र के उस पड़ाव पर नहीं हैं, और अभी की सर्वोच्च प्राथमिकता बोर्ड की परीक्षा है"

नमन बोला," तुम मेरी माँ जैसी बात कर रही हो"

"तो ठीक है वही समझ लो, मैं तुम्हारी तरह तो स्वीकार नहीं कर सकती हूँ , परन्तु नमन " इस बार रुक्मिणी गंभीर हो गई, "जो तुम्हारी स्थिति है, वही मेरी भी है" उसकी बड़ी बड़ी काली आँखों में आंसू आ गए और उसका गला रुंध गया, मुश्किल से बोल पाई, " मुझे अपनी चिंता नहीं है, मेरे सामने केवल और केवल तुम्हारा भविष्य है "

फिर बोली, "नमन तुम पढ़ने में मुझसे बहुत आगे हो, ऐसा मत समझ लेना, मेरा और तुम्हारा स्तर बराबर ही है, अभी की समस्या तुम्हारी परिस्थिति है, मेरी सलाह है कि बिना कोई चिंता किये पारिजात की तरह खड़े रहो, और भोर के कुहासे में दिखने वाले पुष्पों की तरह पुष्पित होने की तैयारी करो, कल्पना से अधिक परिवर्तन देखोगे"

रुक्मिणी रुक कर बोली "मुझे पता है कि तुम मुझ पर विश्वास करते हो और मैं तुम पर। अब मेरा हाथ पकड़कर कसम खाओ कि मेरे बारे में सोचना छोड़कर तुम केवल बोर्ड परीक्षा पर ध्यान दोगे"

तमसा नदी के किनारे डूबते सूरज के समक्ष नमन ने रुक्मिणी का हाथ पकड़कर कहा "मैं कसम खाता हूँ कि मैं पूरी क्षमता से बोर्ड परीक्षा की तैयारी करूँगा, परन्तु रुक्मिणी अब तुम्हारे बारे में न सोचूं यह संभव नहीं है, और यह भी रुक्मी कि मैं सदैव सही समय की प्रतीक्षा करूँगा"

''पता नहीं मैं ऐसा क्यों सोच रही हूँ कि तुम्हे लेकर तमसा में कूद जाऊं, और तुम्हारे साथ दूर तक बहती रहूं'' रुक्मिणी बोली।

''वह इसलिए कि तुम पागल हो गई हो '' नमन फिर बोला ''रुक्मी अभी मैं नदी के किनारे बैठा हुआ था, तभी मेरे मन में विचार आया कि किसी चांदनी रात में, तमसा के किनारे किनारे दूर तक जाऊं ''

''अरे मुझे साथ में लेकर आने का सोचो ''रुक्मिणी बोली।

'' चलो ठीक है, आज रात को तुम अपने घर से भाग कर यहीं आ जाओ, और मैं भी आ जाता हूँ, फिर दोनों दोनों तमसा में खड़े होकर चाँद को निहारेंगे'' नमन बोला।

''हे भगवान, नमन, तुम अपने दोस्त की बहन को रात में घर से भागने की सलाह दे रहे हो '' रुक्मिणी खिलखिलाकर हंसी।

''इसीलिए मैं कह रहा था कि स्वप्न वही देखने चाहिए रुक्मी, जिसके पूरे होने की आशा हो'' नमन भी हंसकर बोला।

''तुम देखो तो सही'' रुक्मिणी बोली।

''मैं सपने तो देखता हूँ रुक्मी कि तुम मेरे साथ हो, हम दोनों हाथ में हाथ डाले, चांदनी रात में तमसा के पानी में खड़े हैं, पूर्ण चंद्र की ज्योत्सना आकाश से पृथ्वी तक बिखरी हुई है, लहराती तमसा रुपहले रंग में निःशब्द बही जा रही है, सृष्टि में कोई स्पंदन नहीं है, समय रुक सा गया है और मैं तुम्हारा चुम्बन---'' बोलते बोलते वह रुक गया।

फिर बोला'' माफ़ करना रुक्मी मैं बहक गया था '' और वह चुप हो गया।

रुक्मिणी कुछ देर उसे देखती रही, बोली ''इतना सुन्दर सजीव चित्रण कैसे कर लेता है नमन?'' फिर बाहें फैलाकर बोली '' क्यों रुक गए, आओ चुंबन करो, मैं क्यों बुरा मानूंगी ''

नमन एक टक रुक्मिणी का चेहरा देखता रहा, सायंकाल की इस बेला में अस्त होते सूर्य की किरणों से उसका आभा मंडल अलौकिक दिख रहा था।

"इस तरह मत आमंत्रित किया करो, मेरा मन सही में तुम्हे अपने अंक में लेकर चुम्बन करने का कर रहा है" नमन ने मुस्कराते हुए कहा।

"तुम्हारे लिए जान हाज़िर है इडियट, फिर भी तुम्हारी इस इच्छा वाले इस कार्यक्रम को अगले अवसर तक स्थगित रखते हैं " अचानक रुक्मिणी सतर्क हो गई और बोली "चाचा आ रहें हैं, तुम तेजी से अपने रास्ते पर जाओ"

और नमन भागता हुआ आगे रास्ते पर चला गया, रुक्मिणी उसे तब तक देखती रही जब तक कि मोड़ से अदृश्य नहीं हो गया।

बोर्ड की वार्षिक परीक्षा के दो से तीन महीने बचे थे, अच्छी ठंढक शुरू हो गई थी, पूष- माघ की ठंढक वैसे भी ठंढे दिनों के लिए ही प्रसिद्ध है, नरम पड़ती सूर्य की दमक, घर- घर में हलकी आंच पर भुनते तिलों की खुशबू, गुड़ से बनने वाली मिठाइयों की महक, चाशनी में पगे लोकगीत, ढोलकों से उठती हुई थाप, और अलसाई सी सुबह।

एक दिन स्कूल जाते समय अंगद ने उससे कहा "नमन, इस गांव में गन्ने की पेराई चालू है, और हमारे यहाँ गुड़ बनना शुरू हो गया है। चूँकि यह काम बहुत सबेरे किया जाता है, अतः अभी तक वहां मेरी जरुरत नहीं थीं, परन्तु पिताजी दो दिन के लिए बुआ के यहाँ जा रहे हैं, अतः यह काम कल सबेरे और परसों सबेरे मुझे देखना पड़ेगा। मैं एक बार तुमसे बोला था कि तुमको ताज़ा गुड़ खिलाएंगे, अतः कल सबेरे साढ़े चार बजे एक डब्बा लेकर आ जाना "

नमन ने पूछा कि आना कहाँ है तो अंगद बोला " मालगोदाम का रास्ता तो देखे हो, वहां बाएं तरफ एक बड़ा पुराना आम का पेड़ खड़ा है, वहीं से सटकर एक पगडण्डी जाती है, मुश्किल से एक सौ मीटर दूर हमारा खलिहान है, और उसके पहले ही ईंट को जमाकर बड़ा चूल्हा

बहुत बनाया गया है, जो गुड़ बनाने तक रहेगा, तो फिर कल सबेरे आओ"

नमन ने घर जाने के बाद माँ से बात किया, बहुत दिन बाद माँ प्रसन्न हुई और बोली " कल दो एल्युमीनियम के डब्बे लेकर जाना, एक में राब, जो गीला रहता है, लाना, और दूसरे में ताज़ा गुड़, दोनों डब्बे भरे होने चाहिए"

माँ से तो नमन कुछ नहीं बोला परन्तु दीदी से कहा " दीदी, ऐसे दो दो डब्बे लेकर जाना ठीक नहीं लग रहा है "

दीदी हलके से मुस्कराई, बोली " एक डब्बा अंगद भर देगा, दूसरा कोई और भर देगा, तुम दो डब्बे लेकर जाओ, क्यों शरमा रहे हो"

यह दूसरी बार था कि दीदी किसी और का उल्लेख कर रहीं थीं, पर नमन के समझ में कुछ आया नहीं, और वह बाहर चला गया।

दूसरे दिन माँ ने उसे सबेरे चार बजे ही उठा दिया और बोली " गुड़ बनना शुरू हो गया होगा, तुम जाओ तो गरम मिलेगा "

"लेकिन माँ उसने साढ़े चार बजे कहा है, अभी सोने दो " नमन नींद भरी आवाज़ में बोला।

"नहीं तुम अभी जाओ, इस समय अच्छी ठंढक है, गुड़ जल्दी ठंढा हो जायेगा, शाल और मफलर लाई हूँ, मुँह धो लो और निकलो" माँ बोली।

और कोई चारा न देखकर नमन उठा, मुँह धोया और दोनों डब्बे लेकर खड़ा रहा।

उसे दो डब्बे लिकर चलने में अभी भी शर्मिंदगी महसूस हो रही थी।

उसने शाल तो ले लिया परन्तु मफलर वहीँ छोड़ दिया, बोला " माँ, तुम्हे पता हैं कि मैंने मफलर कभी नहीं लगाया"

"अरे बच्चा, ठंढ बहुत ज्यादा है, हवा नुकसान करेगी " माँ बोली।

"कुछ नहीं होगा माँ " और वह बाहर निकल गया।

अंगद के बताये स्थान तक उस अँधेरे से रास्ते मे भी कोई समस्या नहीं आई, जहाँ पहुँचने पर अंगद आग के सामने बैठा मिला, पास में ही एक काम करने वाला खड़ा था। अंगद उसे देखकर ख़ुश हुआ और अपने पास बुलाया। आग के ठीक सामने उस ठंढ में बैठना अच्छा लग रहा था। नमन ने देखा कि एक बड़ा चूल्हा बना है, जिसके ऊपर बहुत बड़ा कड़ाहा रखा हुआ था, और भोर के उस समय उसमे गन्ने का रस उबल रहा था।

"अभी इसमें गुड़ बनने में करीब पौन घंटा और लगेगा, तब तक छानने वाले छन्ना से चलाते रहना है, और इसके ऊपर के झाग को निकालकर सामने की बाल्टी में डाल देना है, अभी तो मैं बैठकर चला रहा हूँ, परन्तु जैसे जैसे यह गाढ़ा होता जायेगा, खड़े होकर चलाना पड़ेगा" अंगद ने उसे प्रक्रिया समझाया।

अंगद बोला " अभी चालीस मिनट से कम समय में यह पूरी तरह तरह तैयार हो जायेगा "

करीब पांच मिनट बाद उस खड़े आदमी ने कहा " आंच थोड़ा कम कर दीजिये, मैं कुछ देर बाद आता हूँ, तब तक धीरे धीरे उबलने दीजिये "

"अरे मुझे भी जाना है, नमन तुम यहीं रहो, मैं किसी को भेजता हूँ"अंगद बोला और उठ कर खड़ा हो गया ।

"परन्तु तुम जा कहाँ रहे हो?" नमन ने पूछा।

"अरे, हमें सबेरे खेतों में जाने की आदत है, तभी हम फ्रेश हो पाते हैं, बस पंद्रह मिनट में हम दोनों आ जाएंगे " अंगद जल्दी जल्दी बताकर चल दिया।

"ओह" कहकर नमन चुप हो गया। उस कोहरे के अँधेरे में जलती आग के सामने नमन ने अपने को अकेला पाया। वह आराम से बैठ कर आग सेंकने लगा, और कड़ाहे में उबलते हुए रस की सोंधी सुगंध लेने लगा।

अचानक सामने चादर ओढ़े हुए कोई आया, जिसे वह आग के सामने बैठने के कारण स्पष्ट देख नहीं पा रहा था।

नमन ने समझा अंगद ने किसी काम करने वाले को भेजा है, वह एक तरफ खिसक गया और बोला " आओ भाई " परन्तु आगंतुक के सामने आने पर नमन चौंक गया, वह रुक्मी थी। नमन को स्वप्न में भी आशा नहीं थी कि इस प्रभात बेला के अंधकार भरे कुहासे में, अपने भाई के यहाँ होने की जानकारी पर भी, रुक्मिणी यहाँ आएगी।

"तुम यहाँ " उसने धीरे से पूछा।

"हाँ " उसने अत्यंत रूखे स्वर में उत्तर दिया, नमन को एक झटका लगा, रुक्मी ने इसके पूर्व उससे ऐसे स्वर में कभी भी बात नहीं किया था।

"मुझे तुमसे कुछ बात करनी है, और जो भी पूछा जाये उसका सही उत्तर चाहिए" रुक्मी ने उसी स्वर में कहा।

नमन के समझ में कुछ नहीं आया, वह चुपचाप उसे देखता रहा।

" नमन तुम अपनी परिस्थिति ठीक से जानते हो, तुम्हे यह भी पता है कि भविष्य बहुत कुछ तुम्हारी सफलता पर निर्भर है, मैं जब भी तुमसे मिलीं हूँ, केवल तुम्हारे बोर्ड एग्जाम की चर्चा किया है " वह भरी आवाज़ में बहुत धीरे धीरे बोल रही थी।

" हाँ यह सही है " नमन ने कहा ।

"मैं रात दिन ईश्वर से प्रार्थना करती हूँ कि वह तुम्हे सफल बनाये, परन्तु तुम खुद क्या कर रहे हो?"

नमन ने कुछ नहीं कहा, वह नहीं समझ पा रहा कि क्या हुआ है, जो रुक्मी नाराज़ है।

" ऐसा है नमन कि तुम रोज़ शाम को, ईसाई डॉक्टर के आवारा भाई के साथ बैठकर वाहियात बातें कर रहे हो, और गन्दी पत्रिकाओं के गंदे फोटो देख रहे हो?" रुक्मिणी बोली।

वह किंकर्तव्यविमूढ़ होकर उसे देखता रहा .

" तुम क्या सोच रहे हो, मैं समझ रही हूँ, मैं यहीं की रहने वाली हूँ, हर घर की बात मुझे पता है, " वह उसी अंदाज़ में बोली।

वह फिर बोली " मुझे पता है कि मैं सही कह रही हूँ, परन्तु फिर भी तुमसे पुष्टि चाहिये "

नमन बहुत धीरे से बोला " रुक्मी, मैं तुमसे झूठ नहीं बोल सकता हूँ, हाँ यह सत्य है "

"नमन तुम अपनी गलती महसूस कर रहे हो, परन्तु उसमे सुधार नहीं हो रहा है, जो होना अत्यंत आवश्यक है, बहुत स्पष्ट रूप से यह बताओ कि इन पत्रिकाओं को देखने से तुम्हे क्या मिलता है?" वह फिर बोली।

" मिलता क्या है, समय ही बर्बाद हो रहा है। तुम सही कह रही हो कि मैं परीक्षा की तैयारी छोड़कर वाहियात काम करने लगा हूँ, पर यह एक नशा जैसा लगता है " नमन ने कहा ।

"और यह नशा उतरेगा कैसे?" रुक्मी ने उसकी आँखों में देखते हुए पूछा "तुम पत्रिकाओं में ऐसे फोटो देख रहे हो जिससे तुम्हे नशा हो रहा है, तुम्हे बिलकुल ही याद नहीं है कि बोर्ड परीक्षा सिर पर आकर खड़ी है। अपनी बहन को क्यों नहीं देखते जो ट्रेन से यात्रा करने के बाद, घर के काम में माँ का हाथ बटाने के बाद भी, पूरी ताकत से परीक्षा तैयारी में लगी है "

"ठीक है, अब अब्राहम के यहाँ नहीं जाऊंगा " नमन धीरे से बोला ।

" मेरा भाई जल्दी ही आने वाला है, अब जो पूछ रहीं हूँ उसका शीघ्र जबाब दो, ऐसा क्या है जिससे तुम्हे लड़कियों की अधनंगी तस्वीर पसंद आ रही है " रुक्मिणी ने कहा।

उत्तर में नमन सर झुकाये, रुक्मी को देखता हुआ चुपचाप बैठा रहा।

"तुम मुझे देख रहे हो, क्या मुझे भी निर्वस्त्र देखना चाहते हो " रुक्मिणी ने पूछा, देखो मेरे पास समय बहुत ही कम है, भाई आता ही होगा, कुछ तो बोलो " रुक्मी फुसफुसाई ।

" मैं तुम्हारी बातों को समझ चुका हूँ, अब पूरा प्रयास करूँगा " नमन बोला।

"प्रयास'? रुक्मिणी गुस्से में बोली "तुम खड़े हो जाओ और थोड़ा बाहर निकलो, अब बिना एक शब्द बोले चुपचाप मुझे देखो, वहां से एक इंच भी नहीं हिलना, अगर कुछ बोले या हिले तो तुम्हे इसी कड़ाहे के उबलते रस में फ़ेंक दूंगी "

रुक्मी सीधी तनकर खड़ी हो गई और बोली " आज के बाद तुम्हे ईसाई डॉक्टर के आवारा भाई के पास जाकर फोटो देखने की जरूरत नहीं पड़ेगी "

उसके बाद उसने जो किया, वह नमन के लिए अप्रत्याशित और अकल्पनीय था, रुक्मिणी ने एक झटके में अपनी गर्म चादर को नीचे फ़ेंक दिया। चादर के अलावा उस शीत लहर में, उसके शरीर पर कोई वस्त्र नहीं था।

अब रुक्मिणी पूरी तरह से वस्त्रहीन थी, सुंदर सांचे में ढला शरबती गेहूं के रंग का दमकता शरीर, किसी अप्सरा की भांति अलौकिक दिख रहा था, नमन मंत्रमुग्ध खड़ा रहा, मलिक मुहम्मद जायसी की पद्मावत के सौंदर्य का वर्णन, कोहरे से भरी इस सुबह में, तनी खड़ी किशोरी के चूल्हे की धीमी रौशनी में दमकते अनावृत सौंदर्य के सामने, फीके पड़ गए थे। इस कौमार्य रक्षित, अनिन्द सुंदरी के उस पल का वर्णन असंभव था, वशीकरण द्वारा प्रभावित व्यक्ति की तरह नमन एक टक उसे देखता रहा।

अचानक नमन को होश आया, वह हाथ जोड़कर घुटने के बल बैठ गया और बोला "पागल लड़की, जल्दी से अपने को चद्दर से ढको नहीं तो तुम यहीं बीमार हो जाओगी "

एक झटके से रुक्मिणी ने पुनः गर्म चादर से अपने शरीर को ढँक लिया।

''अब बिना कपड़ो की पूरी लड़की को देख लिया, अब तो चित्रों की जरूरत नहीं पड़ेगी?'' रुक्मी ने पूछा।

नमन को एक धक्का लगा, यह लड़की उसके भविष्य के लिए कुछ भी करने को तैयार है '' रुक्मी, तुम्हारी सुंदरता के बारे मे कुछ भी कहना मेरी कल्पना शक्ति के बाहर है, परन्तु मैं पूर्ण आश्वस्त हूँ कि समय के इस मोड़ पर, अन्य कोई भी मेरे हित के बारे में, तुमसे अधिक नहीं सोच सकता है, मुझे तुम्हारे प्रेम की एक अलग अनुभूति हुई है, विश्वास करो मैं उस डॉक्टर के भाई के पास अब कभी नहीं जाऊंगा, मैं पूरी क्षमता से भविष्य की तैयारी करूँगा''

''मुझे अपने इडियट पर विश्वास है'' कहकर रुक्मिणी मुस्कराई, और उसके बालों को सहलाते हुए अँधेरे में बाहर निकल गई।

नमन खड़ा हुआ और बेहोशी की दशा मे आग के सामने आकर बैठ गया, और उसे पूर्ण होश तब आया जब अंगद उसके कंधो को झकझोर रहा था।

अंगद ने पूछा '' बैठे बैठे सो गया था नमन?''

'' क्या?'' नमन बोला।

अंगद ने फिर पूछा '' तुम्हारी आंखे गीली क्यों हैं?'' फिर खुद ही उत्तर दिया '' मैं समझ गया, तुम धुंए के सामने बैठ गए, हम लोगों की आदत है भाई, पर तुम्हारे लिए तो यह सब एक अनुभव है ''

अंगद हंसने लगा और बोला ''गुड़ तैयार हो गया है, डब्बे इधर लाओ''

उसके द्वारा डब्बों को आगे बढ़ा दिया गया, जिसमे माँ के कहे अनुसार एक मे गुड़ और दूसरे मे राब भर दिया गया।

इस समय कोहरे की उस पर्त मे हलकी उजास होने लगी थी, नमन ने अंगद को बताया कि आज उसकी माँ बहुत प्रसन्न होगी, और वहां से बाहर निकल गया, वह अभी भी पूर्ण चेतना मे नहीं था। अंगद के घर के

सामने एक क्षण के लिए वह ठिठका, कोने में हिलते हुए पारिजात के पुष्पित पौधे को देखा, फिर अपने घर पहुंचा।

माँ बरामदे मे बैठी थी, और दीदी उसी के बगल मे खड़ी थी।

"आज मेरे बच्चे की नींद पूरी नहीं हुई, परन्तु काम बहुत अच्छा किया उसने " माँ ने दीदी से कहा, तब तक दीदी दोनों डब्बे चेक कर चुकी थी।

दीदी ने नमन से कहा " तुम्हे दो डब्बे ले जाने मे शर्म लग रही थी, लेकिन भाई, कई बार बेशर्म होने पर ही लाभ होता है "

नमन ने केवल सर हिलाया, बोला कुछ नहीं।

"तुम यह बताओ कि क्या दोनों डब्बे अंगद ने ही भरे?" दीदी ने पूछा।

"और कौन भरेगा दीदी?" नमन ने प्रतिप्रश्न किया।

"और कोई नहीं आया था?" दीदी ने पूछा।

"अंगद के साथ उसका एक मज़दूर था " नमन ने उत्तर दिया।

दीदी कुछ देर, दूर क्षितिज को निहारती नमन की स्वप्निल आँखों को देखती रही, वह बस्तुस्थिति समझ गई, अब किसी प्रमाण की जरुरत नहीं थी, बोली " जाओ सो जाओ "

हाई स्कूल के बोर्ड परीक्षा के दिन पास आने लगे, तैयारी के लिए छुट्टी हो चुकी थी। नमन की दिनचर्या बदल चुकी थी,पूरी क्षमता से तैयारी में लगा था।

एक दिन दीदी ने कहा "नमन आज तुम हमारे साथ बलिया चलो, आज मेरा आखिरी प्रैक्टिकल है और इसमें शाम हो जाएगी, और मुझे केवल आखिरी ट्रेन मिलेगी, दिन में तो कोई समस्या नहीं है, परन्तु यहाँ पहुँचने पर रात हो सकती है। "

"जी दीदी, मैं तैयार हो जाता हूँ " नमन कमरे के अंदर चला गया।

माँ से कुछ पैसे लेकर नमन दीदी के साथ रेलवे स्टेशन पहुंचा।

जिस स्टेशन पर नमन की सुबह और शाम धमाचौकड़ी में व्यतीत की जाती थी, वह पराया और अनजान दिखने लगा, स्पाइडर लिली के सफ़ेद फूल और वैजयंती के पीले-बैंगनी फूल उसको बहुत प्रिय थे, और वे अभी भी पुष्पित थे, उसे लगा वे नमन को नहीं भूले हैं। दीदी चुपचाप बेंच पर बैठी ट्रेन की प्रतीक्षा कर रही थी,अचानक उसे किसी ने नाम लेकर बुलाया, वह उसकी कक्षा में पढ़ने वाला धर्मेश था।

"आज कहाँ चल दिए?" उसने पूछा।

" बस बलिया तक, आज दीदी का आखिरी प्रैक्टिकल है, लौटने में देर हो सकती है " नमन ने दीदी की ओर इशारा करते हुए कहा।

धर्मेश ने दीदी को नमस्ते किया और बताया कि यदि आखिरी ट्रेन में वापसी होगी, तो वह भी साथ में रहेगा। नमन को अच्छा लगा कि वह उसके घर वाले मोड़ तक साथ में रहेगा।

बलिया पहुँचने पर दीदी ने बताया कि उनको यहाँ नंबर तीन प्लेटफार्म से दिख रहे, रेलवे अधिकारियों के मकान में मुख्य निरीक्षक के मकान तक जाना है, अतः वह कहीं घूम ले फिर प्लेटफार्म नंबर तीन पर आ जाये, जहाँ से ट्रेन जाएगी।

उसने कहा " ठीक है दीदी आप जाओ, मैं ट्रेन के समय तीन नंबर पर मिल जाऊंगा। "

वह प्लेटफॉर्म नंबर तीन से प्लेटफॉर्म नंबर एक पर ओवरब्रिज से आया और निकास द्वार से बाहर निकला, जहाँ उसे सक्सेना अंकल मिल गए, बलिया से सगरगांव जाने के बाद यह उनसे पहली मुलाकात थी । उसने उन्हें नमस्ते किया तो सक्सेना अंकल ने उसे ध्यान से देखा और बोले " अरे नमन, कैसा है बेटा, रानी तुझे बहुत याद करती है, कैसे आना हुआ?"

" अंकल, दीदी का आखिरी प्रैक्टिकल है, उसी के साथ आया हूँ, वह जब कॉलेज से लौटेगी तो मैं उसके साथ वापस जाऊंगा " नमन बोला ।

" अच्छा अच्छा ठीक है, यहाँ जब तुम्हारे पिताजी की पोस्टिंग थी तो हम लोगों के दिन कितने अच्छे गुजरते थे, वे जब से उस मनहूस जगह पर गए विपत्ति आ गई " सक्सेना ने सोचते हुए कहा।

" हाँ अंकल, पिताजी सस्पेंड हो गए और हम लोग इस समय किराये के मकान में रह रहे हैं" नमन दुखी स्वर में बोला।

"अरे बेटा, कल रेलवे बोर्ड के उच्च अधिकारी ने जाँच रिपोर्ट के आधार पर तुम्हारे पिताजी को बर्खास्त कर दिया, आज सबेरे उन्हें आदेश की कॉपी मिल जाएगी " सक्सेना जी ने बड़े दुखी स्वर में कहा।

" इसका क्या मतलब हुआ अंकल?" नमन ने उत्सुकता से पूछा।

" उन्हें नौकरी से निकाल दिया गया है, तुम्हारे पिताजी इतने सज्जन व्यक्ति हैं कि षड्यंत्र को समझ नहीं पाए" उन्होंने बताया और बोले " मेरा समय हो गया बेटा, मैं चलता हूँ " और वे चले गए।

अमन भौंचक सा कुछ देर खड़ा रहा, उसकी समझ में कुछ नहीं आ रहा था, फिर भी धीरे धीरे चलते हुए वह रेलवे पार्क के मेन गेट तक आया, फिर पार्क में घुसा, और एक दूर के कोने में बृक्ष के पास आकर बैठ गया। बैठते ही नमन को लगा कि वह कुछ भी सोचने की स्थिति मे नहीं है, अचानक उसे महसूस हुआ कि सब कुछ नष्ट हो गया, परिवार निराश्रित हो गया। पिताजी को नौकरी से निकाल दिया गया, तो बचा क्या?

"ओह माँ" नमन ने फुसफुसाकर कहा और बुरी तरह व्यथित हो गया, वह विकल होकर रोने लगा, रोते रोते वह वहीं बृक्ष से सटकर, नीचे घास पर घुटना मोड़े, कब सो गया, उसे पता भी नहीं चला।

रुक्मिणी स्कूल में परीक्षा विषयक जानकारी के लिए आई हुई थी, जब वह क्लास से बाहर निकली तो उसकी भेंट रानी सक्सेना से हुई, जो बहुत तनाव में दिख रही थी।

उसने रानी से पूछा " तबियत ठीक है न?"

"हाँ " रानी ने उत्तर दिया।

" कुछ बुझी बुझी सी लग रही है " रुक्मिणी ने कहा।

रानी उसका हाथ पकड़ कर एक तरफ ले गई और बोली " अरे रुक्मिणी, आज स्कूल आते समय पापा, मम्मी को बता रहे थे कि नमन के पिताजी को नौकरी से निकाल दिया गया है, नमन को मैं अपना भाई मानती हूँ, मैं इस जानकारी के बाद बहुत बेचैन हो गई हूँ, मेरी समझ में नहीं आ रहा है कि उस परिवार का क्या होगा?"

रानी सक्सेना अपनी परेशानी में यह नहीं देख पाई कि इस समाचार के बाद, रुक्मिणी का मुस्कराता हुआ चेहरा अचानक राख़ के रंग में बदल गया है, और मुस्कराहट पूरी तरह गायब हो गई है। उसने रुक्मिणी से कहा कि चलती हूँ, और चली गई।

रुक्मिणी स्थिर प्रतिमा की भांति खड़ी रही, अचानक उसे आभास हुआ कि वह अभी भी स्कूल में है।

वह बाहर निकलकर एक बृक्ष की छाया में खड़ी हो गई, और अपना मुंह बृक्ष की तरफ करके फफक फफक कर रोने लगी, बार बार उसे नमन का चेहरा दिखने लगा। उसके मस्तिष्क से परीक्षा और स्कूल दोनों लुप्त हो गए, बस एक ही ख्याल नमन और नमन ! उसको मालूम था कि आज नमन की दीदी का आखिरी प्रैक्टिकल है, और वह शाम को ट्रेन से वापिस होंगी, अतः उसने रेलवे स्टेशन जाने का मन बनाया।

उसने मामी से कहा "सगरगांव से एक दीदी आएंगी, उनका आखिरी प्रैक्टिकल है, और मुझे उनसे मिलना है"

मामी ने कहा " छोटे को साथ ले जाओ "

रुक्मिणी स्टेशन पहुंचकर उसने भाई को टिकट-घर के सामने एक बेंच पैर बैठा दिया, और बोली "यहाँ से मेरे आने तक कहीं मत जाना"

उसने प्लेटफॉर्म नंबर तीन पर रेलवे पार्क के अंदर से होकर जाना पसंद किया, क्योंकि रानी सक्सेना ने उसे दो तीन शॉर्टकट रास्ते बताया

था , रुक्मिणी पार्क में घुस कर प्लेटफॉर्म पर चढ़ने के लिए चढ़ाई वाले रास्ते से जा रही थी, उसकी नज़र कोने में बृक्ष से सटकर सोये नमन पर पड़ी, वह नमन को कहीं भी और किसी भी रूप में पहचानती थी। वह अवाक् रह गई, उसे नमन के आने की कोई जानकारी नहीं थी।

वह दौड़ते हुए नीचे उतरी और इस प्रयास में गिरते गिरते बची। बृक्ष के पास पहुंचकर उसने देखा कि नमन सो रहा है, परन्तु उसके पूरे चेहरे पर आंसुओ के निशान बने हुए हैं, कारण उसे भी ज्ञात हो गया था, अतः खड़े रहकर दो मिनट उसे देखती रही, और व्यथित होकर खुद भी रोने लगी। उसके बाद उसने अपने आंसू पोछे और नमन के सिरहाने बैठ गई। वह धीरे धीरे उसका सर सहलाने लगी, स्पर्श से नमन उठ गया, परन्तु कुछ देर इधर उधर देखता रहा, और क्रमशः उसे एहसास हुआ कि वह बलिया के रेलवे पार्क में बैठा हुआ है, और उसके बगल में उसकी रुक्मी है।

रुक्मिणी को देखते ही उसके सब्र का बांध टूट गया और वह फूट फूट कर रोने लगा और रोते रोते बोला "रुक्मी हम लोग कहीं के नहीं रह गये "

रुक्मिणी कठोर स्वर में बोली " पहले तुम रोना बंद करो "

नमन चुप हो गया और स्तंभित होकर उसे देखने लगा।

"देखो नमन, मुझे पता है कि तुम्हारे पिताजी की नौकरी नहीं रही, तो क्या दुनिया ख़तम हो गई? सरकारी नौकरी बहुत कम लोगों को मिलती है, मेरे ढेर सारे रिश्तेदार व्यापार करते हैं, और किसी भी सरकारी कर्मचारी की तुलना में अधिक कमाते हैं। अभी तुम्हारे पिताजी बहुत कुछ कर सकते हैं, और वे करेंगे। गांव में तुम्हारी इतनी खेती तो है कि सब लोगों को खाना मिल जायेगा, फिर यह हाय हाय क्यों?" उसने ऐसी ओजस्वी आवाज़ में कहा कि नमन सन्नाटे में आ गया ।

उसने ऐसे दृष्टिकोण से कभी सोचा ही नहीं।

" और यह अच्छा ही हुआ कि सब कुछ स्पष्ट हो गया, क्योंकि अब व्यक्ति उसी नौकरी के बारे में सोचना छोड़कर नया रास्ता तलाश करेगा। " रुक्मिणी ने कहा।

नमन ने कहा " तुम अद्वितीय हो रुक्मी, कैसे सोच लेती हो तुम यह सब, मैं अब स्थिर हो गया हूँ, अब दीदी भी प्लेटफॉर्म पर आ गई होंगी " और वह उठकर खड़ा हो गया।

रुक्मिणी बोली "मुझे तुम्हारे आने की जानकारी नहीं थी, मैं तो दीदी से ही मिलने आई थी, मेरे मामा का लड़का टिकट-घर के पास बैठा हुआ है, अतः अब मैं उसे लेकर घर चली जाउंगी, अब दीदी को मेरे बारे में मत बताना "

"मुझे तुम्हारे समझाने से बहुत कुछ समझ में आया " नमन ने कहा।

"हम दोनों एक ही क्लास में हैं, मैं तुम्हे क्या समझा सकती हूँ? परन्तु तुम मेरे लिए बहुत विशेष हो " रुक्मिणी ने कहा,और वह गेट की तरफ बढ़ गई ।

नमन उसे तब तक देखता रहा जब तक वह आँखों से ओझल नहीं हो गई। नमन चढ़ाई वाले रास्ते से प्लेटफॉर्म पर पहुंचा, नल से मुंह धोया और रुमाल से पोंछकर प्लेटफॉर्म नंबर तीन पर पहुंचा, उसे दीदी दिख गई और वह उनके पास जाकर खड़ा हो गया। सगरगांव स्टेशन पर उसे धर्मेश मिल गया, और बातचीत करते हुए वे उस मोड़ तक पहुँच गए, जहाँ से रास्ते अलग होते हैं। नमन अपने घर वाले रास्ते पर चलते चलते एक जगह ठिठका और दीदी से बोला " दीदी, पिताजी को नौकरी से निकाल दिया गया है "

"क्या कहा?" दीदी चौंक पड़ी और रुक गई ।

"आपके सुरभि दीदी के यहाँ जाने के बाद मेन गेट पर सक्सेना अंकल मिले थे, उन्होंने बताया कि पिताजी को नौकरी से निकाल दिया गया है" नमन ने कहा।

दोनों कुछ देर वहीं बिलकुल शांत खड़े रहे।

३

घर पहुंचने पर उन्हें पता चला कि पिताजी को आदेश मिल चुका है, और अब सभी लोग चिंताग्रस्त हैं, उस रात उनमे से कोई नहीं सोया।

आज नमन के दीदी का आखिरी पेपर था, दीदी को बलिया जाना था, अतः नमन ने पूछा कि वह उनके साथ चले। दीदी ने मना कर दिया और बोली " तुम्हारा भी कल आखिरी पेपर है, अपनी तैयारी करो, मैं शाम के पहले आ जाऊंगी" और दीदी बैग लेकर चली गई।

बसंत ऋतु का वैशाख मास अपनी एक अलग गंध लेकर आता है, फगुनहट की मादक हवा गर्म होने लगी थी। नमन की दीदी शशि को बलिया आना जाना एक गुमसुम दिनचर्या का भाग लगता था, ट्रेन में आज बहुत भीड़ थी, जिस डब्बे में वह चढ़ी वह भरा हुआ था, परन्तु एक महिला ने उसे अपने पास बैठा लिया, और बलिया तक की यात्रा सकुशल पूर्ण हो गई। अन्य दिवस की भांति वह प्लेटफॉर्म नंबर तीन से रैंप से उतरकर दूसरी तरफ चली गई, जहाँ सुरभि का घर था। शशि सुरभि के घर पहुंची, जहाँ वह तैयार होकर बाहर खड़ी थी, और रिक्शा भी बगल में खड़ा था।

परीक्षा समाप्त होने पर सुरभि ने कहा " शशि, आज तुमसे कुछ गंभीर चर्चा करनी है, क्योंकि अब तुमसे मुलाकात मुश्किल दिख रही है, चर्चा तुम्हारे ही विषय में है, और तुम्हे बहुत सोच समझकर उत्तर देना है "

" तुम मेरी कोई और परीक्षा लेने वाली हो, बड़ी तैयारी के बाद तो बोर्ड परीक्षा समाप्त हुई, अब थोड़ा आराम करने दो" शशि ने हँसते हुए कहा।

" इसके लिए तैयारी नहीं करनी पड़ती है, बस दिमाग स्थिर रखना पड़ेगा " सुरभि बोली।

"अब तुम मुझे डरा रही हो " शशि ने कहा।

सुरभि हंसने लगी।

सुरभि के निवास पर पहुँच कर दोनों रिक्शे से उतरीं, और शशि ने रिक्शेवाले से कहा "भैया आप पिछले दो सालों से हमारी मदद कर रहे हैं, मैंने तो आपके लिए कुछ किया नहीं, इस समय मेरे पास केवल दस रुपये हैं, इसे अपनी बहन की तरफ से रखो "

रिक्शेवाले ने पैसे ले लिए और उसे पुनः प्रणाम किया और चला गया।

शशि ने सुरभि से कहा "अब मैं चलती हूँ, और जैसी हम लोगों की परिस्थिति बन रही है सुरभि, अब शायद तुमसे भेंट न हो। पिछले दो सालों से तुम्हारी मदद से मेरा यहाँ पढ़ना और परीक्षा देना संभव हो पाया, मैं ईश्वर से प्रार्थना करुँगी कि तुम्हारा जीवन अत्यंत सफल और सुखमय हो" और शशि अपनी सहेली से लिपट कर रोने लगी।

कुछ देर तक दोनों मौन एक दूसरे को देखती रहीं, फिर शशि उससे अलग होकर प्लेटफॉर्म की तरफ जाने लगी।

सुरभि ने उसका हाथ पकड़ कर अपनी ओर खींचा और बोली "अभी तुम्हारी ट्रेन एक घंटे बाद आएगी, आओ एक कप चाय पियेंगे" और शशि का हाथ पकड़े घर के अंदर ले गई।

बैठने का कमरा अच्छे ढंग से सजा था, उसने शशि को सोफे पर बैठाया और खुद उसके बगल में बैठ गयी, तथा काम करने वाले को तीन कप चाय और बिस्कुट लाने को कहा, और शशि से बोली " मेरे दूर के रिश्ते का फुफेरा भाई आया हुआ है, तीसरा कप उसके लिए है "

काम करने वाला तीन कप चाय ले आया और उसी के साथ एक युवक आया जो अनुमानतः उससे चार-पांच वर्ष बड़ा होगा, सलोना सुन्दर सा वह युवक प्रभावशाली लग रहा था।

वह शशि के सामने सोफे पैर बैठ गया तथा शशि को नमस्कार किया, प्रत्युत्तर में शशि ने भी हाथ जोड़े।

सुरभि ने परिचय कराया " जैसा कि मैंने बताया यह मेरे भैया हैं, और यह शशि है, मेरी सबसे प्रिय सहेली "

शशि को अचानक लगा कि यह बैठक सुनियोजित है, परन्तु आशय समझ में नहीं आया, वह चाय पीने लगी।

युवक ने वार्ता प्रारम्भ किया " शशि जी मैं आपको कम से कम चार सालों से जानता हूँ, जब आप आठवीं की छात्रा थीं और मैं बारहवीं का, मैं कॉलेज में खोखो का खिलाडी था, और आपको अक्सर फील्ड में देखता था"

अचानक शशि को झटका लगा और वह बोली " आप मयंक पांडेय तो नहीं हैं?"

अब चौंकने की बारी युवक की थी, उसने आश्चर्य से पूछा " आप मेरा नाम जानती हैं?"

" आप तो खोखो में कॉलेज के चैम्पियन थे, और उसी फील्ड पर हाई स्कूल में मैंने भी खोखो में ही पुरस्कार जीता है" शशि धीरे से बोली।

"अब शशि जी, मैं आपसे कुछ कहना चाहता हूँ, जिसकी साक्षी सुरभि रहेगी। यदि आपको कहीं भी गलत या आपत्तिजनक लगे तो वहीं टोक दीजियेगा, मैं आगे कुछ भी नहीं कहूंगा। मैं स्पष्ट रूप से बात करने

का आदी हूँ, इसलिए कहीं भी त्रुटि हो सकती है। हो सकता है कि आप कुछ भी नहीं कहना पसंद करें, ऐसी स्थिति में --

बीच में शशि ने हस्तक्षेप करते हुए कहा "आपने सत्य नारायण की कथा सुनी है?"

मयंक ने कहा " जी " और आश्चर्य से शशि को देखने लगा।

शशि ने कहा " उस कथा में ढेर सारी चीजें बताई जाती हैं, जैसे कि कथा और प्रसाद की उपेक्षा करने पर क्या क्या होता है, परन्तु मैं कभी मूल कथा स्पष्ट नहीं समझ सकी "

" मतलब?" मयंक ने पूछा ।

उत्तर सुरभि ने दिया "भैया जो कहना है वही कहें, भूमिका की आवश्यकता नहीं है, उसके ट्रेन का समय नज़दीक आ गया है"

सुरभि ने फिर से कहा " शशि, मेरे भैया ने ग्रेजुएशन के बाद राज्य सेवा हेतु परीक्षा दिया था, जिसमे इनका चयन हो चुका है, और इनको राज्य शासन का विक्रय कर विभाग मिलेगा, अभी ये दो वर्ष प्रोबेशन पर व्यतीत करेंगे, जिसमे इनकी ट्रेनिंग भी शामिल है, उसके बाद गज़ेटेड अफसर की पोस्टिंग होगी"

इस पर शशि बोली "ओह, आपके भाई साहब शासकीय सेवा में प्रवेश की प्रक्रिया के बारे में बताएँगे, परन्तु सुरभि उसके लिए तो ग्रेजुएशन करना पड़ेगा, अरे यार जब इंटरमीडिएट का रिजल्ट आएगा तो उसके बाद ही इसकी जानकारी प्राप्त करना ठीक होगा "

सुरभि हँसते हुए बोली " दो मिनट भैया की बात तो सुन और अपना मजाकिया कमेंट बंद कर"

शशि ने कहा " जैसा तू कहे"

मयंक ने जल्दी से कहा " शशि जी, मेरा आपसे निवेदन है कि मैं आपसे शादी करने का इच्छुक हूँ, क्या आप मुझे स्वीकार करेंगी?"

अब शशि गंभीर हो गई और बोली " मयंक जी , आपको संभवतः मेरे घर की स्थिति ज्ञात नहीं है , मेरे पिताजी सगरगांव में स्टेशन मास्टर थे , परन्तु उन्हें नौकरी से निकाल दिया गया है, और मेरा पूरा परिवार सड़क पर आ गया है। मेरे और मेरे भाई के परीक्षा समाप्ति की प्रतीक्षा की जा रही थी, उसके बाद हम लोग अपने गांव चले जायेंगे। हमें नहीं पता कि भविष्य हमें किस ओर ले जायेगा, परन्तु आर्थिक बदहाली तय है, अतः समय के इस मोड़ पर हम आपको क्या उत्तर दें, आपके स्तरको देखते हुए बहुत सी लड़कियां आपके लिए प्रयास करेंगी। इस विषय में अभी मुझे क्षमा करें, मेरी ट्रेन आने वाली है, अतः मैं चलती हूँ" और शशि उठकर खड़ी हो गई।

" बस एक बात और, क्या मैं आपके साथ ट्रेन में सगरगांव तक चल सकता हूँ?" युवक जल्दी से बोला।

" उसमे मेरी अनुमति की आवश्यकता नहीं है, आप कहीं भी यात्रा करने के लिए स्वतंत्र हैं " शशि ने कहा और प्लेटफॉर्म की तरफ चल दी।

उसके पीछे पीछे मयंक चल दिया।

प्लेटफॉर्म पर पहुंचने पर शशि को ज्ञात हुआ कि ट्रेन आ रही है, वह इस बात से बेखबर चल रही थी कि उसके पीछे मयंक भी खड़ा है। ट्रेन आने पर वह पहले की भांति, एक सामान्य डब्बे की तरफ बढ़ी, उसने चेहरे के चारो तरफ स्कार्फ लपेट लिया, और डब्बे में चढ़कर खिड़की की तरफ वाली सीट पर बैठ गई। प्रायः सभी लड़कियां चेहरे को स्कार्फ़ से ढँक लेती थीं, जिससे धूल और धुंए से कम प्रभावित हों।

बैठने वाली लकड़ी की बेंच की उस सीट पर पहले से एक महिला और बैठी थी, जो उस बेंच के आखिरी किनारे पर थी, शशि उसी महिला के बगल में बैठ गई। मयंक प्रवेश करने के बाद सीधा शशि के सामने पहुंचा और बोला "क्या मैं यहाँ बैठ सकता हूँ?"

" प्लीज बैठिये " उत्तर मिला।

स्टेशन से डब्बे में आकर एक चायवाला कुल्हड़ में चाय बेच रहा था, मयंक ने पूछा " आप चाय लेंगी?"

"जी " संक्षिप्त उत्तर मिला।

उसने चाय लेकर एक कुल्हड़ शशि को पकड़ाया और दूसरा अपने हाथ में ले लिया और बोला " मैं कुल्हड़ की चाय बहुत पसंद करता हूँ "

शशि ने उसकी तरफ देखा और पहली बार मुस्कराई "और क्या क्या पसंद करते हैं आप?"

मयंक के चेहरे पर भी मुस्कराहट आई और बोला " उसी के विषय में चर्चा करने के लिए मेरी यात्रा हो रही है "

ट्रेन रवाना हो गई थी।

"जी" फिर संक्षिप्त जबाब मिला ।

"मेरा इतना ही आग्रह है कि मेरी पूरी बात सुन लीजिये, फिर अपना निर्णय लीजिये, मैं आपके निर्णय का सम्मान करूँगा, सुरभि ने आपको प्रायः सारी बातें बता दिया है, शेष मैं कह रहा हूँ " मयंक बोला।

उस डब्बे में आमने सामने कि बेंच पर चार और लोग थे, दूसरे कोने पर बैठी महिला, दूसरी तरफ की खिड़की से बाहर भागते हुए खेतों को निहार रही थी, सामने बैठी दो महिलाएं और एक पुरुष किसी गूढ़ चर्चा में व्यस्त थे, किसी का भी ध्यान इन दोनों की तरफ नहीं था।

" यह सत्य है कि मैं अधिकारी बन गया हूँ, और एक सप्ताह बाद मुझे नियुक्ति आदेश प्राप्त होगा, और ज्वाइन करने पर दो वर्ष के प्रोबेशन पर रहना होगा, जिसमे ट्रेनिंग भी समिल्लित है । आपसे मिलने के लिए मैं आपके आखिरी पेपर की प्रतीक्षा कर रहा था, मुझे यह सारी जानकारी है कि आपके पिताजी के साथ क्या हुआ है, आपने जो अपनी स्थिति के बारे में, सुरभि के सामने विश्लेषण किया, मैं उसको भी समझता हूँ। शशि, मैंने आपको परखने के बाद ही, अपने लिए चयन किया है। और यह

आज की बात नहीं है, जब मैं ग्रेजुएशन कर रहा था तभी से है " मयंक ने कहा और चुप हो गया।

ट्रेन आगे एक स्टेशन पर रुककर रवाना हो चुकी थी ।

मयंक ने फिर बोलना शुरू किया " मैं अपने परिवार को बता चुका हूँ कि मैंने अपने लिए एक लड़की चुन लिया है, और मैं उसी से शादी करूँगा, अतः इस विषय में कहीं और चर्चा न करें । पिताजी का केवल एक ही प्रश्न था कि लड़की अपनी बिरादरी की है न? और मेरे 'हाँ' कहने पर किसी ने और कुछ नहीं कहा, मैं घर का एकलौता लड़का हूँ अतः मुझे काफी छूट है। आपको यह भी बताना जरूरी है कि प्रोबेशन और ट्रेनिंग के बाद सर्विस ज्वाइन करने पर ही यह शादी होगी "

फिर कुछ देर रुककर मयंक बोला "शशि, मैं शादी दो वर्ष बाद करूँगा, तब तक आप लोग भी व्यवस्थित हो चुके होंगे, और जो आपने आर्थिक बदहाली की चर्चा किया था, तो मैं तुमसे शपथ खाकर कहता हूँ, किसी तरह का कोई कोई आर्थिक दबाव नहीं पड़ेगा, और यह किसी तरह का एहसान नहीं होगा"

कुछ रुक कर बोला " मुझे आपकी इच्छा जाननी है " फिर चुप हो गया।

दूसरा रेलवे स्टेशन भी निकल चुका था और अब अगला पड़ाव सगरगांव ही था।

शशि ने अपने चेहरे का स्कार्फ़ नीचे किया और मुस्कराते हुए धीरे से बोली, जो केवल मयंक ही सुन सकता था "आपका प्रस्ताव और प्रस्तुतीकरण दोनों ही लाजबाब हैं "

फिर सीधे उसकी आँखों में देखते हुए बोली " मुझे आप ने पसंद किया, इसके लिए हृदय से आभार। सुरभि के यहाँ जो कुछ मैंने कहा उसके लिए क्षमा याचना, दो वर्ष बाद जब भी आपसे सूचना प्राप्त होगी, मेरे पिताजी आपके दरवाजे पर जायेंगे, और मैं आपकी प्रतीक्षा करूँगी "

अचानक लगा कि मयंक के चेहरे पर तेज प्रकाश हो गया हो, और उसकी प्रसन्नता स्पष्ट दिख रही थी।

"बहुत बहुत धन्यबाद " उसने धीरे से कहा " मैं कल मंदिर जाऊंगा "

" मैं भी " शशि मुस्कराई।

सगरगांव आने पर शशि ने पूछा "आप कहाँ तक जायेंगे?" और खड़ी हो गई।

"अगले स्टेशन पर क्रासिंग हैं, वहीं से वापसी ट्रेन से बलिया चला जाऊंगा " उसने उत्तर दिया।

शशि ने हाथ जोड़कर कहा " मैं आपको हृदय से प्रणाम करती हूँ, और आपसे विनम्र अनुरोध है कि दो वर्ष का समय बहुत लम्बा होता है, इसमें आपके विचार भी बदल सकते हैं, परन्तु आपने आज जो मेरी आँखों में एक सपना दिया है, कृपया इसे तोड़िएगा नहीं "

" विश्वास मानिये दो वर्ष का समय बहुत जल्दी समाप्त होगा, एक वर्ष के बाद ही आपको सूचना मिल जाएगी और उसके बाद सगाई होगी, फिर उसके एक साल बाद शादी, मेरी भी आँखों में आपको लेकर बहुत सपने हैं, मेरा भी निवेदन है कि बस प्रतीक्षा कीजियेगा, और विश्वास रखियेगा" मयंक ने खड़े होकर कहा ।

फिर शशि प्लेटफॉर्म पर उतर गई। मयंक गेट पर खड़े रहकर हाथ हिलाया, जिसका शशि ने उत्तर दिया और चली गई।

घर पहुंचने पर उसने कहा कि अब परीक्षा से पीछा छूटा, कुछ दिन आराम करेंगे। माँ और नमन को यही समझ में आया कि शशि के चेहरे पर नाचती हुई ख़ुशी, परीक्षा समाप्त होने की वजह से है, परन्तु यह समझ नहीं पाए कि वह दूसरे दिन सबेरे मंदिर जाने कि जिद क्यों कर रही है!

मयंक के वापस बलिया पहुंचने पर सुरभि ने उसके चहरे को ध्यान से देखा और मुस्कराई, फिर धीरे से बोली " वाह भैया आप विजयी रहे, मेरी सहेली हज़ारों में एक है "

उत्तर मिला " नहीं लाखों में एक है"

ग्रीष्म ऋतु का जेष्ठ मास बस प्रारम्भ ही हुआ था, परन्तु गर्मी ठीक ठाक पड़ने लगी थी। नमन और उसकी दीदी की परीक्षा समाप्त हुए कुछ दिन बीत चुके थे, परन्तु इस क्षेत्र से अंतिम रूप से जाने में, कुछ समस्या उत्पन्न हो गई थी, घर का सामान ले जाने के लिए मॉलगाड़ी के जिस प्रकार के डब्बे की जरूरत थी, वह उपलब्ध नहीं हो पा रहा था, आखिर जलती हुई गर्मी में यह संभव हो पाया। रामजी अग्रवाल जिन्होंने बुकिंग किया था, उन्होंने स्वतः अनुमति दिया कि उनके सामग्री के साथ नमन के परिवार का सामान भी लोड कर दिया जाये। एक कदम आगे बढ़कर उन्होंने नमन के पिताजी को आश्वासन दिया कि उनका सामान अग्रवाल जी के ही आदमी लोड कर देंगे, और बनारस में उतार भी देंगे, और यह भी कि इसके लिए उन्हें सगरगांव अथवा बनारस में कोई भुगतान भी नहीं करना पड़ेगा। नमन के पिताजी ने उन्हें भरे गले से धन्यबाद दिया।

गांव के इस क्षेत्र में एक किराये के कच्चे-पक्के मकान में रहने के बाद और सगरगांव में दो वर्ष व्यतीत करने के पश्चात, अंततः पिताजी के अपने गांव जाने के निर्णय के कार्यान्यवन का दिन भी आ ही गया, और जिस दिन प्रस्थान करना था, पूरा परिवार जाने की तैयारी करने लगा। मालगाड़ी के डब्बे में सामान लोड करने के लिए पिताजी सबेरे से ही निकल गए थे, जब वे वापस आये तो सबेरे के 11 बज चुके थे। दोपहर बाद 3 बजे एक ट्रेन थी, जिसमे परिवार को बनारस तक यात्रा करनी थी। सभी अपना सामान पैक कर चुके थे, और तैयार भी थे।

अचानक सभी की आँखों में एक विराट सूनापन दिखने लगा, सभी को स्पष्ट समझ में आने लगा कि आगे आने वाला जीवन सुखद तो नहीं होगा, परन्तु शशि की आँखों में एक अलग चमक थी, जैसे कि उसे भविष्य की कोई परवाह न हो, लेकिन चेहरे पर उदासी थी।

सभी को वह तस्वीर दिखने लगी जो रेलवे क्वार्टर में उन्होंने हँसते हुए बिताये थे, और यह भी कि आगे की तस्वीर धुंधली है, और कोई कुछ भी कर ले, तस्वीर धुंधली ही होती जाएगी। पिताजी के नौकरी से हटाए जाने के बाद नमन के गिने चुने ही मित्र बचे थे, जिसमे से रामदीन और अंगद प्रमुख थे। किराये के मकान में आने के बाद अंगद के घर उसका आना जाना बहुत बढ़ गया था।

बहुत विचार करने के पश्चात नमन अपने एक और मित्र धर्मेश से मिलने चल दिया। सौभाग्य से धर्मेश घर पर ही मिल गया, जहाँ उसके घर पर भगवती अग्रवाल और लालता भी मिल गए। चूँकि भगवती उसके विरूद्ध अफवाहें फैलाता था, अतः नमन से उसके सम्बन्ध ठीक नहीं थे। धर्मेश खड़ा होकर उससे हाथ मिलाया, और उसी के साथ भगवती और लालता भी खड़े होकर उससे हाथ मिलाये, फिर सभी दो तख्तों पर आमने सामने बैठ गए।

पहले नमन ही बोला " दोस्तों, मैं यहाँ दो वर्ष रहा और आपलोगों का हमेशा मुझे सहयोग मिला, इसके लिए धन्यबाद देने आया हूँ। परीक्षाएं समाप्त हो गईं हैं, अतः मैं आप सभी के अच्छे नम्बरों से पास होने के लिए ईश्वर से प्रार्थना करता हूँ । चूँकि हमारा परिवार आज ही कुछ देर बाद यहाँ से जा रहा है, और पुनः यहाँ वापस आने की कोई भी संभावना नहीं है, अतः आप सभी से वास्तव में ह्रदय से क्षमा याचना करता हूँ, पता नहीं मुझसे कितनी गलतियां हुई होंगी"

अचानक भगवती अग्रवाल अपनी जगह से उठा और नमन को गले लगाकर फूट फूट कर रोने लगा, रोते रोते उसने नमन से दो बार माफ़ी मांगी और कहा " तुम बहुत अच्छे हो नमन, लेकिन मैंने तुम्हारे साथ बहुत बुरा किया, आज मुझे उसका पछतावा हो रहा है "

नमन ने कहा " भाई, वह सब भूल जाओ, इतना बहुत है कि हम लोग एक ही स्कूल और एक ही क्लास के हैं, बाकि चीजों का अब कोई अर्थ नहीं है " और फिर धर्मेश की तरफ मुड़कर बोला "अब चलते हैं, मुझे नहीं पता कि हम लोग फिर कभी मिल पायेंगें या नहीं" फिर हाथ जोड़ा

और बाहर निकल आया। सभी बाहर आ गए और उसके जाने के बाद भी वहीं खड़े रहे। मोड़ के पास नमन ने मुड़कर देखा, उसके तीनो मित्र अभी भी हाथ हिला रहे थे।

नमन अपने घर की तरफ चल पड़ा, बीच में इसाई डॉक्टर के घर के पास रामदीन मिल गया, दोनों ने हाथ मिलाया ।

रामदीन बोला "मैं तुम्हारे घर पर गया था, सभी से भेंट हुई परन्तु तुम नहीं मिले, मुझे पिताजी ने तुरंत बाजार के पास बुलाया है, जहाँ वे किसी दुकानदार का गोदाम बना रहे हैं, अच्छा हुआ तुमसे भेंट हो गई "

उसके बाद दोनों दस मिनट के करीब बातें करते रहे, नमन ने उससे भी अपनी गलतियों के लिए क्षमा याचना किया, तो भगवती की तरह वह भी रोने लगा और बोला "नमन, समाज में मैं कहाँ खड़ा हूँ , ठीक से जानता हूँ, प्रायः सभी भेदभाव करते हैं, परन्तु तुमने कभी नहीं किया, रेलवे क्वार्टर में तुम्हारे हाथ से मैंने कई बार मिठाई खाई है। आज जिस दशा में तुम यहाँ से जा रहे हो, वह मैं जानता हूँ, परन्तु नमन विश्वास करो रात हमेशा नहीं रहती है, सबेरा होना तय है"

और वह तेजी से चला गया, नमन बहुत भावुक होकर कुछ देर वहीं खड़ा रहा, फिर अंगद से मिलने चल पड़ा।

वह अंगद के घर की तरफ चल पड़ा, अपने घर में उसने देखा कि सभी लोग बस निकलने ही वाले हैं। अंगद भी घर पर मिल गया, और दोनों इस बात पर चर्चा करने लगे कि हाई स्कूल के बाद कहाँ एड्मीशन लेना है। नमन ने बताया कि उसे आज के बाद का कुछ भी पता नहीं, अब उसका भाग्य ही स्थल का निर्धारण करेगा।

कुछ देर बाद वह उठ खड़ा हुआ और अंगद से बोला "अब मैं चलूँगा अंगद, परिवार भी स्टेशन पहुँच रहा होगा, अब कहना सुनना कुछ रहा नहीं, बस जो भी गलतियां मुझसे हुई होंगी, उसके लिए माफ़ करना दोस्त, मेरे कठिन समय में तुम हमेशा मेरे साथ अटल खड़े रहे "

अंगद ने उसे गले लगा लिया और बुझे स्वर में बोला '' तुम्हारे बिना मैं बिलकुल अकेला पड़ जाऊंगा मेरे दोस्त, तुम हमेशा याद आते रहोगे, चलो मैं तुम्हे ट्रेन में बैठा कर आऊंगा''

''नहीं, तुम यहीं रुको, मैं अभी बहुत भावुक हो रहा हूँ, स्टेशन पहुंचते पहुंचते सामान्य होने की कोशिश करूँगा, नहीं तो यात्रा कठिन हो जाएगी" नमन बोला और कोने में लगे पारिजात के पौधे के पास जाकर कुछ सोचता रहा, फिर चुपचाप हाथ हिलाते हुए चला गया।

आज अत्यंत विपन्नावस्था में पूरा परिवार बिदा हो रहा था, जहाँ बिदा करने वाला कोई नहीं था। नमन उदास कदमो से उस कच्ची पगडण्डी पर जा रहा था, जहाँ से स्टेशन का एक छोर दिखाई दे रहा था, सामने मालगोदाम की नई ईमारत दृष्टिगोचर हो रही थी । पगडण्डी के किनारे एक पुराना और विशालकाय आम का वृक्ष था, जिसके एक तरफ का तना खोखला होकर अंदर की तरफ दब गया था । उसने अलग थलग खड़े इस वृक्ष को उदास भरी आँखों से देखा, उसे ज्ञात था कि अब वह इस क्षेत्र में कभी वापस नहीं लौटेगा। अचानक सब कुछ वीरान एवं शून्य लगने लगा, भविष्य अंधकारपूर्ण और अनिश्चित।

जैसे ही वह आम के वृक्ष के पास पहुंचा, दो मज़बूत हाथों ने उसे रास्ते से वृक्ष के पास खींच लिया, और दबे हुए भाग के अंदर की तरफ कस के दबा दिया। घबराहट में वह जब तक स्थिर हो, वह किसी के आलिंगन में था, यह रुक्मिणी थी। नमन का पूरा शरीर कांप उठा, और वह थरथराहट से भर उठा। एक किशोरी के इस तरह का आलिंगन उसके लिए स्वप्निल था, परन्तु यथार्थ बहुत ही कटु और स्पष्ट था।

रुक्मिणी रो रही थी, और फुसफुसाती हुई कह रही थी '' पिछले तीन सालों से तुम हमारे सब कुछ हो गए हो, आज तुम्हे जाते देख ऐसा लग रहा है कि मेरी जान निकल जाएगी। मुझे पता है कि हम दोनों शायद ही कभी मिल पायें, पर नमन, इस जिंदगी में मैं तुम्हे कभी नहीं भूल पाऊँगी, तुम भी मुझे याद रखना, साथ ही इस बात को कभी मत भूलना कि

पारिजात के फूल भोर में ही दिखते हैं, सही समय होने पर केवल तुम ही तुम दिखोगे"

नमन भी रोने लगा और बहुत धीरे से बोला " मेरी रुक्मी, सब कुछ ख़तम होने के बाद मेरा सहारा तो केवल तुम थी, अब मैं अनाथ हो गया "

उस क्षण वह रुक्मिणी से संचालित और परिभाषित था, सौम्य, शांत और स्थिर उस किशोरी ने उसे पूरा नियंत्रित कर लिया था, और नमन के मस्तिष्क का एक कोना रुक्मिणी हेतु आरक्षित कर लिया गया, जो कभी धूमिल नहीं पड़ा।

आलिंगनबद्ध उस किशोरी ने नमन को किंकर्तव्यबिमूढ़ कर दिया था, रुक्मिणी ने नमन का दो बार गहरा चुम्बन लिया, और वहां से अलग हटी और तेज गति से चली गई । उसके सजल नेत्रों ने एक अलग दुनिया परिभाषित कर दिया, और उसके जाने के बाद नमन भावावेश में जोर से रोने लगा। नमन को लगा कि पूरी सृष्टि रुक गई है, कहीं कोई गति नहीं है, वृक्ष के पत्ते भी स्थिर हो गए और सब कुछ शांत, जैसे वीरान से एक रेगिस्तान में वह अकेला खड़ा है, दूर दूर तक बालू की लहरदार कतारें, कहीं कोई छाया नहीं, बस केवल उसका असीम विस्तार । वह वहीं धम्म से गर्म जमीन पर बैठ गया, उसे लगा कि उसके शरीर में कोई ताकत ही नहीं बची, सरसराती हुई गर्म हवा बह रही है, और दूर तक कहीं कोई नहीं है।

कुछ देर बाद उसे याद आया कि उसे अब तक स्टेशन पहुँच जाना था, इसके बाद बड़ी कठिनाई से वह खड़ा हुआ, और उस तरफ देखता रहा जिधर वह गई थी, फिर धीरे धीरे सुस्त क़दमों से स्टेशन की तरफ चल पड़ा।

स्टेशन पर घुसते ही उसे वह सांवली लड़की दिखी, जो उसे विद्यालय से आते समय गन्ने और हरे चने दिया करती थी, वह चुपचाप सजल नेत्रों से उसे देखती रही, नमन की समझ मे यह कभी नहीं आया, कि उस लड़की को यह सूचना कैसे मिली कि नमन सगरगांव सदैव के लिए छोड़ रहा है, और वह लड़की इस तपती धूप में, स्टेशन पर बिदा करने क्यों

आई? नमन उसके प्रति श्रद्धा से भर उठा। बिना शब्दों के आदान प्रदान किये मात्र भरे नेत्रों से दोनों ने एक दूसरे को बिदाई दी, और नमन आगे की तरफ बढ़ गया। उसने माँ, पिताजी तथा दीदी को देखा, वे सभी कुछ ही आगे खड़े थे, उनके पास कुछ रेलवे के कर्मचारी भी थे, जो पिताजी के भी अधीन काम कर चुके थे। नमन चुपचाप जाकर दीदी के बगल में खड़ा हो गया। ट्रेन आने तक कोई कुछ नहीं बोला, ट्रेन के स्टेशन पहुँचने पर नमन के पिताजी ने तीसरे दर्जे के एक डब्बे में चढ़ने का आदेश दिया, उसी समय ट्रेन के टी.टी.इ. भारद्वाज साहिब आये, और कर्मचारियों से कहा " तुम लोग सारा सामान इस डब्बे के आगे प्रथम क्लास का डब्बा है, उसमे चढ़ाओ " और नमन के पिताजी का हाथ अपने हाथ में लेकर कहा "हमारा आपका साथ कई वर्षों से है, समय तो अच्छा बुरा आता जाता रहता है, मेरे रहते आप थर्ड क्लास में नहीं जा सकते " और उनका हाथ पकडे हुए फर्स्ट क्लास के डब्बे में ले गये, और आदर के साथ सीट पर बैठा दिया। कर्मचारियों ने उसी डब्बे में सारा सामान चढ़ा दिया, और माँ, पिताजी को प्रणाम करके नीचे उतर गये।

स्टेशन से ट्रेन छूटते ही नमन खिड़की के पास वाली सीट पर बैठ गया, और चुपचाप बाहर देखता रहा। सांवली लड़की वहीं खड़ी उसी भाव से उसे देख रही थी, नमन उसे तब तक देखता रहा, जबतक वह दिखी। सभी अपने अपने विचारों में व्यस्त थे, कोई हर्ष अथवा उद्विग्नता का विषय था ही नहीं। गाज़ीपुर स्टेशन पर चाय पीने को छोड़कर, बनारस के सिटी स्टेशन पर रुकने तक, यात्रा गंभीर और शांत वातावरण में संपन्न हुई।

4

नमन और उसका परिवार अपनी मंज़िल वाराणसी सिटी, रात के आठ बजे तक पहुँच गये , वाराणसी सिटी रेलवे स्टेशन बलिया से आने वाली ट्रेन का आखिरी पड़ाव था, अतः उन लोगों ने अपना सामान उतारना शुरू कर दिया, और जल्दी ही एक बेंच के सामने जमा करके उसी बेंच पर बैठ गए। पिताजी स्टेशन मास्टर से मिलने चले गये थे,और कुछ देर में वापस आ गए । अब तक पूरा प्लेटफॉर्म ख़ाली हो गया था, अतः पिताजी ने नमन को सामान के पास रुकने के लिए कहा, और सब को लेकर प्लेटफॉर्म से बाहर चले गए, वे कुछ देर बाद आये तो उनके साथ एक दाढ़ीवाला आदमी था।

पिताजी ने नमन से कहा " यह तांगेवाले हैं, चूँकि सामान कुछ ज्यादा है अतः दो तांगा कर लिए हैं, जिससे आराम से सामान के साथ पहुँच जायेंगे, ऑटो रिक्शा में सामान ले जाने में समस्या आएगी "

फिर सभी ने सामान उठा लिया और प्लेटफॉर्म के बाहर पहुंच गए, वहां तांगे वालों ने दोनों तांगे में सामान जमा लिया, और एक में माँ के साथ नमन, तथा दूसरे में शशि के साथ नमन के पिताजी बैठ गए । तांगे चल पड़े और उसमे जुते घोड़े बनारस की सड़क पर अपनी गति से दौड़ने लगे, काफी भीड़भाड़ थी, और इसमें सड़क पर अभी भी तांगा चल रहा है, यह नमन को आश्चर्यजनक लगा।

रेलवे लाइन के दूसरी तरफ जाने के लिए अंधरा पुल के नीचे से जाना पड़ा, और कुछ ही दूरी पर स्थित नदेसर में सड़क के किनारे, एक दो मंजिला मकान के सामने पहुंचे, जो नमन की बुआ का मकान था। किराये पर लिए इस मकान की बाहरी दशा अच्छी नहीं थी।

मुख्य दरवाज़े में एक लोहे की सांकल लगी थी, जो लटक रही थी। पिताजी ने आगे बढ़कर उसे दो-तीन बार बजाया, रात के उस प्रहर में आवागमन चालू था, और चहल पहल बनी हुई थी। तभी दरवाज़ा खुला और बुआ खड़ी दिखीं, वे पिताजी से आयु में छोटी थीं, अतः उन्होंने बाहर निकलकर पिताजी और माँ के चरण स्पर्श किये, नमन और उसकी दीदी ने बुआ जी के पैर छुये और उन्होंने आशीर्वाद दिया । बुआ जी ने किसी को पुकारा तो दो लड़के आकर खड़े हो गये, एक को नमन ने पहचान लिया, वह बुआ जी का लड़का था, परन्तु दूसरे को नहीं पहचान पाया । वह आयु में नमन के बराबर अथवा कुछ बड़ा रहा होगा। सभी ने मिलकर सामान उठा लिया और अंदर ले आये।

सबके बैठने के बाद बुआ जी चाय और नमकीन लेकर आईं, और सूचित किया कि नमन के फूफाजी किसी काम में व्यस्त हैं, आधे घंटे के बाद आयेंगे। फूफाजी केंद्र सरकार के अंतर्गत टेलीफोन विभाग में सीनियर मेकैनिक के पद पर तैनात थे, और अक्सर उन्हें देर हो जाती थी।

माँ ने चर्चा शुरू किया और बुआ से बोलीं " आप तो जानती हैं कि आपके भाई की सर्विस में गंभीर समस्या हो गई है, और हम लोगों को सबसे पहले अपने रहने की व्यवस्था करनी है "

माँ फिर बोली " हम लोग गांव ही जाकर रहेंगे, परन्तु हमारे सामने दो गंभीर समस्या है, कल 11बजे के करीब रेलवे गोदाम पर हमारा घरेलू सामान आएगा, उसे यहीं कहीं रखना है, अतः उसके लिए एक जगह चाहिए, दूसरा नमन की पढाई का है, उसका इस शहर के कॉलेज में एड्मीशन करवा देंगे, परन्तु रहने की जगह तो चाहिए"

बुआ ने कहा "घर से सटा हुआ टिन की छत वाला कबाड़ जमा करने की एक जगह है, जिसे मकान मालिक ने साइकिल रखने के लिए हम लोगों को दे दिया था, उसे साफ करा लिये हैं, उसमे सामान आ जायेगा। जहाँ तक नमन की शिक्षा का प्रश्न है, तो उसके रहने के लिये बाहर कोई कमरा देखना पड़ेगा, क्योंकि इसी साल से देवर का लड़का हम लोगों के साथ रहेगा, अतः यहाँ कोई जगह बचेगी ही नहीं "

इस स्पष्ट अस्वीकृति के बाद बुआ के यहाँ रहने का प्रश्न ही समाप्त हो गया। थोड़ी देर बाद फूफाजी भी आ गए, सभी ने खाना खाया, और जिसे जहां जगह मिली वहीं सो गया।

प्रातः सभी की नींद बहुत जल्दी खुल गई ,सभी के मन में यही ख्याल था कि यहाँ से जल्दी जाना है, परन्तु उसके पहले अपना सामान लाकर यहाँ रखना भी है। चूँकि घर में एक ही शौचालय और स्नान घर था, अतः सभी के तैयार होते होते दस बज गये। फूफाजी दस बजे खाना खाकर ऑफिस जाते थे, अतः उनके साथ पिताजी ने भी खा लिया, और वाराणसी सिटी के मालगोदाम के लिए चले गए।

बारह बजे दिन में पिताजी वापस आ गये, वे एक मिनी ट्रक में बैठ कर आये थे, जिसमे सामान लदा था। उन्होंने आते ही बुआ से चाभी लेकर टिन शेड खोला, और ट्रक में बैठे मजदूरों से सामान उतारने के लिए कहा, मजदूर कार्य कुशल थे, और चालीस मिनट में सारा सामान उतारकर शेड में जमा दिया। भाई बहन उदास नजरों से कार्यवाही देखते रहे, दूसरी बार उनके घर का सामान कहीं और रखा जा रहा था, और वे कहीं और रहने वाले थे।

मिनी ट्रक के वापस जाने के बाद पिताजी ने माँ से कहा "हमारी सर्विस तो नहीं रही नमन की माँ, परन्तु बाहरी लोगों की सद्भावना अभी भी बनी हुई है। रामजी अग्रवाल जानते हैं कि मैं उनके किसी काम योग्य नहीं रह गया हूँ, परन्तु उन्होंने सगरगांव से बनारस तक अपने डब्बे में मेरा सामान भेजा, अपने साधन से मेरा सामान उतरवाया, और यहाँ तक कि मालगोदाम से इस घर तक सामान भिजवाया, उनके आदेश के

कारण मुझसे एक पैसा भी किसी ने नहीं लिया " कहते कहते पिताजी की आंखें भींग गई।

बुआ के साथ मिलकर पिताजी और माँ ने उस शेड का बारीकी से निरीक्षण किया और पाया कि सुरक्षित है। बुआ ने बताया कि यहाँ हमेशा चहल पहल बनी रहती है, घबड़ाने की कोई बात नहीं है ।

पिताजी ने कहा " यहाँ से बस स्टैंड बहुत दूर नहीं है, अतः हम लोग तैयार होकर अपने सामान के साथ बस स्टैंड चलें "

सभी ने मिलकर सामान सड़क के किनारे जमा दिया, और पिताजी ऑटो रिक्शा के लिए जाने वाले थे कि एक पुरानी खटारा जीप सामने आकर रुकी, और उससे फूफाजी उतरे।

उन्होंने बताया " यह जीप बनारस कैंट से दानगंज तक चलती है, परन्तु मेरे एक सहकर्मी ने सूचित किया था कि ड्राइवर मेरे ससुराल के पास का है, और उन्हें मैंने कल ही आप लोगों का जिक्र करते हुए कहा था कि आप लोग गांव जाने वाले हो, अतः उन्होंने ड्राइवर से बात किया, और जो आप लोगों को सीधे गांव तक छोड़ने के लिए सहमत हो गया। अब आप सभी और सामान एक ही साथ सीधे गांव तक चले जायेंगें "

और सभी प्रसन्न होकर जीप में रवाना हो गए तथा एक घंटे के बाद जीप नमन के गांव बीरपुर पहुँच गई, और संयुक्त परिवार वाले उस बड़े कच्चे घर के सामने रुक गई, जहाँ नमन को अंतिम रूप से व्यवस्थित होना था।

जीप से उतरकर सभी ने सामान उतारा और घर के बाहर बनी दालान के एक कोने में जमा दिया, इस समय तक घर में रहनेवाले किसी प्राणी के दर्शन नहीं हुए, अतः सभी अंदर घुसे और एक बड़े आंगन में प्रवेश किया। वहां खड़ी दो बृद्ध महिलाओं के माँ और पिताजी ने पांव छुये, और पिताजी ने बताया कि वे नमन की दादी हैं, फिर दोनों भाई बहन ने भी उनके पांव छुये और आशीर्वाद प्राप्त किया। तभी सामने के कच्चे कमरे में से एक महिला बाहर निकली, उन्होंने पिताजी के चरण स्पर्श किया और माँ से गले मिलीं, नमन और शशि ने उस महिला के पैर छुये, जो उनकी चाची थीं।

नमन और शशि को अच्छी तरह मालूम था कि उनके अपने दादा और दादी नहीं हैं, उन दोनों की मृत्यु बहुत पहले हो चुकी थी, परन्तु घर के अंदर की वीरानगी उन्हें अजीब लगी। चाची ने दो सुतली से बुनी चारपाइयों की ओर इशारा करते हुए सभी को बैठने के लिये कहा, और बताया कि घर के सभी लोग खेत की तरफ गये हैं, सूरज ढलने से पहले आ जायेंगे।

कुछ देर बाद चाचीजी एक थाली में कई गिलासों में चाय ले आईं, और सबसे पहले दोनों दादी को दिया, फिर पिताजी और माँ को, तथा आखिरी में नमन और शशि को। चाय पीते पीते दोनों दादियों ने, पिताजी से सब पूछ डाला कि नौकरी क्यों चली गई, अब क्या करेंगे, और अब लड़की इतनी बड़ी हो गई है, उसकी शादी कैसे करेंगे, आदि आदि --

उन दोनों के लिए यह वातावरण बहुत उदास और बोझिल लगने लगा, उन्हें गोस्वामी तुलसीदास का एक दोहा याद आया -

आवत हिय हरषे नहीं, नैनन नहीं सनेह। 'तुलसी' तहाँ न जाइये, कंचन बरसे मेह ।।

तभी उनकी माँ आई और बोलीं "यहाँ क्यों बैठे हो?"

नमन बोला "माँ क्या यहीं रहना पड़ेगा?"

माँ उदास हो गई और बोली " बेटा आज की स्थिति में तो हमारे सिर के ऊपर यही छत है "

फिर बोलीं " अच्छा चलो, हाथ मुंह धो लो, खाना खा लिया जाये "

नमन बोला "माँ मैं बुआ के यहाँ से खाना खाकर चला हूँ, अभी नहीं खाऊंगा "

उसकी दीदी बोली " मैं भी "

उन दोनों को ऐसी परिस्थिति का सामना, आज तक कभी नहीं करना पड़ा था, अचानक उन दोनों को एक विराट शून्य का आभास होने लगा।

करीब आधे घंटे बाद पिताजी आये और बोले ''तुम लोग यहाँ क्यों बैठे हो? नमन तुम चलो हमारे साथ घूम के आओ, और शशि तुम माँ के पास जाओ ''

कहकर पिताजी बाहर निकल गये, और उनके साथ नमन चला गया, शशि वहीं बैठी मयंक की याद में खो गई, और बैठे बैठे जमीन पर ही सो गई।

पिताजी गांव के बाहर जा रहे थे, समय के उस प्रहर में रास्ते में कम लोग दिखे, हाथ जोड़ते हुए पिताजी गांव के बाहर आ गये, यहाँ बहुत कम लोगों के घर दिखाई पड़े, ईंटो से बने एक मकान के पास पिताजी रुके और दरवाज़ा खटखटाया। भीतर से आने वाले अधेड़ व्यक्ति, जो कमर में धोती बांधे हुये थे, परन्तु ऊपरी भाग में केवल जनेऊ था।

पिताजी ने प्रणाम किया और बोले ''पंडित जी यह मेरा बेटा नमन है, और अभी दसवीं की परीक्षा दिया है ''

नमन ने झुककर पंडित जी का चरण स्पर्श किया, उन्होंने दीर्घायु होने का आशीर्वाद दिया।

पिताजी ने नमन से कहा ''तुम बाहर जाकर गांव देखो, पंडित जी मेरे बचपन के मित्र हैं, मैं इनसे थोड़ा बात करूँगा ''

नमन बाहर जाकर घूमने लगा, फिर एक नीम के पेड़ के नीचे जाकर बैठ गया, और पेड़ के तने पर सिर टिका दिया।

नमन के पिताजी पंडित से बोले ''अब क्या करना है?''

पंडित जी ने कहा ''स्टेशन मास्टर साहिब, आपने मेरी इतनी सहायता किया है कि मैं आजीवन आपका ऋणी रहूँगा, अंदर आइये, जैसी बात हुई थी, घर पूरा खाली है, और आपके चाहे अनुसार पूरी सफाई भी हो गई है ''

पिताजी घर के अंदर गये और पूरा घर घूम कर देखा, ईंटो के बने इस घर में अंदर से तो प्लास्टर किया गया था, परन्तु बाहर अभी तक ईंटो

वाली दीवाल थी। घर के बीच में बड़ा आंगन था, जिसके चारों तरफ दालान का निर्माण किया गया था, और पीछे चार कमरे, और रसोईं घर था, दालान के एक कोने में छत पर जाने के लिए ईंटो कि सीढ़ी बनी थी, उसी कोने में हाथ से चलाने वाला नल लगा था, जिससे सटा हुआ नहाने का कमरा था। घर साफ सुथरा दिख रहा था।

पिताजी ने फिर पंडित को सम्बोधित किया " ऐसा है महराज, हमारे दोनों बच्चे गांव के घर में घुसते ही अत्यंत निराश दिखे, हमें यह मालूम है कि उस घर में हमारा भविष्य क्या होगा, परन्तु बच्चों के भाग्य पर उसकी परछाईं नहीं पड़ने दूंगा, आप को छोड़कर इस गांव में हमारा ऐसा कोई हितैषी नहीं है, जो विश्वसनीय हो। मुझे यह जानकारी थी कि आपको अपने ससुराल में अच्छी खासी जमीन विरासत में मिली है, और आप देर सबेर गांव छोड़ ही देंगे, अतः मैंने आपकी यहाँ की संपत्ति लेने का फैसला कर लिया था। इस गांव में आप एक मात्र व्यक्ति हैं, जो हमारे राज में भागीदार हैं"

पंडित जी ने कहा "आपने केवल मकान और जमीन के ही पैसे नहीं दिये, उसके अलावा आपने मेरा सारे क़र्ज़ का भुगतान किया, मेंरे पुत्र के तीन वर्षों कि पढाई का भी पूरा खर्चा उठाया" कहते कहते पंडित जी भावुक हो उठे और उनकी आँखें सजल हो गईं।

पंडित जी कुछ देर रुक कर बोले " घर में बिजली फिटिंग पूरी हो गई और मैंने अपने नाम पर कनेक्शन भी ले लिया है, अतः लालटेन नहीं जलाना पड़ेगा, मकान के पीछे गड्ढा भी खुद गया है, आपके प्रवेश के दूसरे दिन ही बनारस से कारीगर आकर 2-3 दिनों में शौचालय बना देंगे"

नमन के पिताजी ने कहा "आप गृह प्रवेश का मुहूर्त निकालिये, जिससे मैं बनारस से अपना सामान ले आऊं "

"देर करने कि आवश्यकता नहीं है ,परसों सुबह मुहूर्त है, कल सबेरे ही सामान ले आया जाये, दानगंज के ट्रक वाले को मैं खबर कर दूंगा, आप कल सबेरे चले जायें, और बनारस से सामान लोड करा कर आ जाइये । मैं दानगंज में मिल जाऊंगा, और ट्रक यहाँ लाकर सामान

उतरवा दूंगा, बढ़ई और लेबर लगाकर कल रात में ही कमरों में सामान जम जायेगा। गांव में किसी को कानोकान खबर नहीं होगी, मैं ही सारी व्यवस्था कराऊंगा और निमंत्रण भी सबको दूंगा, सबको उसी समय राज खुलेगा जब आप और आप की पत्नी गृह प्रवेश की पूजा में बैठेंगे"

कुछ देर रुककर पंडितजी बोले "घर के रजिस्ट्री के पेपर और दाखिल खारिज, खसरा खतौनी, और खेत के विक्रय के पेपर,सभी अपने संभाल के रखे हैं न?"

पिताजी ने कहा " जिस दिन हमारी नौकरी खतरे में पड़ी, मुझे यही सब याद आया, और सारे कागज़ संभाल क़र ठीक से फाइल में रख लिया हूँ, अब आप मुझे बतायें कि मेरे हिस्से की खेती का अलग से नाप करने के लिए क्या करना पड़ेगा?"

पंडित जी बोले " कुछ नहीं, गांव की चकबंदी हो चुकी है, आपके पिताजी के नाम की काश्त विरासत में आप के नाम हो चुकी है, सभी जरूरी कागज मेरे पास हैं। आपको ध्यान नहीं होगा, आपने ही मुझे खबर और पैसे दोनों भेजा था, जिससे आपके नाम की सारी जमीन एक जगह हो गई है, आपकी पैतृक भूमि तीन बीघे, और आपके द्वारा खरीदी गई मेरी जमीन सात बीघे, कुल दस बीघे का शानदार प्लाट एक जगह है, ऐसा पूरे गांव में किसी का नहीं है "

नमन के पिताजी ने पंडित जी को गले से लगा लिया, और कहा कि वे उनके संकट मोचक हैं।

कुछ देर बाद पिताजी बाहर गये, और नमन के बगल में आकर बैठ गये और बोले "पंडितजी चाय लाने गये हैं, चाय पीकर घर चलेंगें"

नमन ने वहां बैठे बैठे चारों दिशाओं का अवलोकन कर लिया था, यह घर गांव के बाहरी हिस्से में बना था, गांव के अंदर के मकान में, जहाँ अभी उसका सामान है, की तुलना में यह घर कितना खुला खुला है।

पिताजी ने कहा " बेटा, समय ने हम लोगों के साथ छल किया नहीं तो हम लोग यहाँ क्यों होते?"

नमन कुछ नहीं बोला।

पिताजी ने फिर कहा "रहना तो अब इसी गांव में है, लेकिन बेटा एक बात समझ लो, मेरे लिए तुम दोनों से अधिक महत्वपूर्ण और कुछ नहीं है, अब तुम मुझे बताओ, तुम अब क्या चाहते हो?"

नमन रोने लगा और भर्राई आवाज़ में बोला "पिताजी, आपके पुश्तैनी घर में हम सभी रह तो लेंगें, परन्तु वह एक अपंगों की जिंदगी होगी, जिसकी हम भाई बहन ने दुःस्वप्न में भी कल्पना नहीं की होगी "

"अरे बच्चा, रोते नहीं, तुम तो बहादुर हो, हम सब मिलकर परिस्थिति से लड़ेंगे" पिताजी ने उसको अपनी और खींचते हुए बहुत प्यार से कहा "अरे मेरा बच्चा, मेरी नौकरी चली गई, यहाँ तक तो ठीक है, परन्तु अपने बाप को इतना असहाय मत समझो"

अचानक नमन को रुक्मी याद आई, जिसने एक बार तमसा के किनारे ऐसे ही कहा था " हाय मेरा बच्चा ----" और नमन के चेहरे से तनाव ख़त्म हो गया और बोला " पिताजी, आप पर हम दोनों का अटूट विश्वास है"

और चाय पीने के बाद वे दोनों गांव के लिए चल दिये, घर में पहुँचते ही सभी पुरुष सदस्यों से सामना हुआ, और फिर वही प्रणाम, आशीर्वाद, खुश रहो आदि।

नमन के पिताजी के दोनों चाचा गांव में ही रहते थे, उनमे से एक चाचा की कोई कोई संतान नहीं थी, दूसरे को एक पुत्र और पुत्री थे, दोनों बाल बच्चे वाले थे, उनके पुत्र को भी एक पुत्र था, जो गांव में ही रहकर पढता था, इस प्रकार चार पुरुष सदस्य थे, और इस समय सभी उपस्थित थे। नमन माँ को देख रहा था कि तभी उसकी दीदी ने एक कमरे से इशारा किया, और नमन उस कमरे में चला गया। नमन के साथ आया हुआ पूरा सामान, इसी कमरे में आ चुका था। कमरे में एक लकड़ी का तख़्त बिछा हुआ था, जिसपर दरी बिछी हुई थी, माँ और दीदी उसी पर बैठे थे।

दीदी ने पूछा ''कहाँ चले गये थे''

नमन ने बताया कि पिताजी के एक मित्र पंडितजी हैं, वे गांव के बाहर रहते हैं, उन्ही से मिलने गये थे।

बाहर आंगन में सभी सदस्य चारपाइयों पर बैठ क़र, ना मालूम किन मुद्दों पर चर्चा क़र रहे थे, परन्तु रह रह क़र जो सुनाई पड़ रहा थे वह पिताजी की नौकरी, और उसका पड़ने वाला प्रभाव ही प्रमुख विषय था।

खाना खाते समय फिर चर्चा आरम्भ हुई, बड़े दादा जी ने पूछा ''क्या नौकरी में कुछ गुंजाईश है या सब समाप्त हो गया? ''

पिताजी बोले ''अब कोई गुंजाईश नहीं बची है चाचाजी, मैंने सभी उपाय आजमा लिए हैं, एक आखिरी अपील करनी है, मैं कल बनारस जाकर डी. आर. एम. ऑफिस में अपील दाखिल करूँगा, वैसे उम्मीद कम है ''

कुछ देर शांति रही जैसे सभी तौल रहे हों कि आगे क्या कहना है।

अब छोटे दादा जी ने कहा '' बच्चा, फिर क्या करोगे?''

पिताजी ने उत्तर दिया '' चाचाजी, अभी तक सोचा नहीं है, हम लोगों का सामान बनारस में रखा हुआ है, पहले तो उसे लाकर रखना है ''

कुछ देर बाद फिर बोले "अब इस विषय में कल बनारस से लौटकर बात करेंगे"

चाचीजी ने खाना प्रेम से खिलाया, बहुत दिनो बाद उस प्रकार का खाना सभी को अच्छा लगा।

दूसरे दिन प्रातः उठने पर नमन ने चाचा के लड़के को पकड़ा, जो नमन को साथ में लेकर बाहर आया, और पास लगे हैंड पंप के पास रखे एक टिन के डब्बे को लेकर पानी भरने के लिए कहा, फिर उसे साथ में लेकर खेतों के बीच से होकर खाली जमीन पर ले गया, जहाँ चारों तरफ झाड़ियां और छोटे छोटे पौधे थे। चचेरे भाई ने नमन से कहा कि यही गांव का शौचालय है, यहाँ रहना है तो इसकी आदत डाल लो ।

वापस आने पर चर्चा शुरू हुई, दीदी ने कहा "माँ, यहाँ तो बड़ा अजीब लग रहा है, ऐसा लग रहा है कि हम लोग बलपूर्वक किसी के घर पर कब्ज़ा कर रहे हैं "

माँ ने कहा "चूँकि तुम्हारे पिताजी इस सम्बन्ध में चर्चा कर रहे हैं, अतः आज रात को या कल सबेरे तक यह स्पष्ट हो जायेगा कि आगे क्या होगा"

दीदी ने नमन से कहा " सबेरे मैं चाचीजी के साथ खेतों में गई थी, तो एक साफ और शांत जगह दिखी, वहां एक पेड़ के नीचे पक्का चबूतरा दिखा, जहाँ बैठना अच्छा लगेगा, इस घर में कुढ़ने के बजाय चल वहीं चलें"

नमन तैयार हो गया और दोनों भाई बहन घर से बाहर निकलकर खेतों की पगडंडियों पर चलते हुए करीब आधा किलोमीटर दूर जहाँ पहुंचे, वहां नीम का बहुत बड़ा पेड़ था, जिसके नीचे पक्का चबूतरा बना हुआ था और आस पास बहुत सफाई थी। वहीँ दोनों बैठे रहे और कुछ देर में वापस आ गए। पिताजी के आने में देर हो गई थी, अँधेरा होने पर जब वे घर आये तो उनके चेहरे पर थकान का कोई निशान नहीं था। भोजन के बाद घर में फिर से चर्चा वहां से आरम्भ हो गई, जहाँ कल शाम को रुक गई थी।

पिताजी बोले "चाचाजी मैं आप दोनों का बहुत सम्मान करता हूँ,आपको ठीक से पता है कि घर को जब सुधारा गया था, तो इसका एक एक पैसा मैंने दिया है। आज मेरा परिवार संकट में है तो बनारस में रहने वाली मेरी छोटी बहन ने, मेरे बच्चे को अपने साथ रखकर पढ़ाने से साफ इंकार कर दिया है, और आप दोनों मुझे यह समझाने का प्रयास कर रहे हैं कि आज मेरी नौकरी छूट गई है, तो यह घर मुझे सहारा देने में असमर्थ है। "

छोटे वाले दादाजी ने कहा "नहीं बच्चा, तुम गलत समझ रहे हो, हम लोगों का केवल इतना कहना है कि जैसे घर के बाकी लोग रह और खा

रहे हैं, वैसे ही तुम्हारा परिवार रहेगा, खेती के काम में तुम्हे भी लगना पड़ेगा, घर के काम में तुम्हारी पत्नी को भी हाथ लगाना होगा।"

बीच में ही पिताजी बोले "ऐसा है चाचाजी, अभी कल ही हम लोग आये हैं, और इस बात को लेकर बैठक शुरू हो गई कि हम लोगों को कहाँ और कैसे रहना चाहिए, आदि आदि, एक सप्ताह भी आराम से बैठकर इज्जत के साथ नहीं खिला पाये"

अचानक बड़ी दादी आकर खड़ी हो गईं, और बहुत ही कटाक्ष वाले लहजे में कहा " बच्चा, अब तुम्हारी नौकरी रही नहीं और अब तुम यहीं रहने वाले हो, तो किस बात की तुम्हे इज्जत चाहिए, सब कुछ अपने हिसाब से करना है तो कोई दूसरा घर ले लो, जहाँ तुम्हारे बच्चे राज कर सकें, अपनी खेती लेकर खुद मेहनत करोगे, तो तुम्हे समझ में आएगा कि अनाज घर में कैसे आता है"

बड़े दादा ने टोकते हुए कहा " क्या फालतू बात कर रही हो, हम लोग चर्चा कर रहे हैं न "

पिताजी ने कहा "नहीं चाचाजी अब किसी चर्चा की जरुरत नहीं है, मैं समझ गया कि आप सभी की क्या सोच है, ठीक है मुझे अब क्या करना है, यह अब मैं खुद देखूंगा, इस घर को लेकर मेरे सारे भ्रम चाचीजी ने दूर कर दिये, कल पंडितजी के यहाँ गृह प्रवेश है, उन्होंने बुलाया है अतः कल सबेरे वहां से लौटने के बाद मैं अपना निर्णय बता दूंगा" और बैठक समाप्त हो गई।

दूसरे दिन सबेरे दोनों भाई बहन, नाश्ता करने के बाद खेतों से होते हुए, गांव के डीह देवता के पास नीम के पेड़ के नीचे बैठ गये, वे कल की चर्चा एवं परिवार के व्यवहार से अत्यंत क्षुब्ध थे। उनकी समझ में इतना तो आ चुका था कि अब उस घर में रहना असंभव है, परन्तु जायेंगे कहाँ ? अब उनके लिए सर्वोच्च प्राथमिकता का विषय 'कहाँ रहेंगे' हो गया और अपना भविष्य फिर किसी आंशका में खो गया।

सबेरे की बेला में डीह देवता के चबूतरे पर बैठे शोकाकुल दोनों भाई बहन, आज अत्यंत व्यथित महसूस कर रहे थे, उन्हें कौन आ रहा है या

जा रहा है, इसमें भी कोई रूचि नहीं थी। अचानक उन्होंने अपने ठीक सामने अपने पिताजी को देखा जो पूछ रहे थे " यहाँ क्यों बैठे हो?"

दोनों ने एक साथ उन्हें देखा, परन्तु उन्हें भी यह समझ में नहीं आया कि वे वहां क्यों बैठे हैं, अतः शून्य नज़रों से पिताजी को देखते रहे।

पिताजी ने उनसे कहा " मेरे साथ आओ "

और दोनों उठकर उनके साथ चल दिये, जब तक चलते रहे किसी ने एक शब्द नहीं बोला। जब वे लोग गांव के बाहर पंडितजी के घर के पास पहुंचे तो वहां काफी चहल पहल दिखाई दिया, नमन ने पूछा "हम लोग तो यहाँ कल ही आये थे पिताजी, यह तो आपके मित्र का घर है "

"हाँ बेटा, उन्होंने घर का पुनर्निर्माण कराया है, आज उसका गृह प्रवेश है " पिताजी ने कहा "तुम लोग अंदर चलकर पूजा में बैठो "

बाहर हलवाई लगे थे जो खाना बनाने में व्यस्त थे, अंदर पुरोहित आकर पूजा की व्यवस्था कर रहे थे, जो बस प्रारम्भ होने वाली थी । गांव के काफी लोग उपस्थित थे, महिलाएं एक तरफ और पुरुष एक तरफ बैठे थे। शशि ने अपनी माँ को देखा जो चाची जी के साथ बैठी थी, वह उन्ही के पास जाकर माँ से सटकर बैठ गई। नमन बाहर बरामदे के पास अकेले ही बैठ गया।

पुरोहित ने कहा " अब पूजा प्रारम्भ होने जा रही है, यजमान सपत्नीक बैठें "

मकान के स्वामी पंडितजी घर के बाहर थे, एक व्यक्ति उन्हें बुलाकर ले आया, वे कुछ देर इधर उधर देखते रहे, फिर पिछले बरामदे के पास खड़े हो गए जहाँ से सभी को एक साथ देख सकें ।

उन्होंने वहीं से हाथ जोड़कर सबको सम्बोधित करते हुए कहा "आप सभी को मालूम है कि मेरी पत्नी अपने माँ बाप की इकलौती संतान थी, ईश्वर की कृपा से उसे अपने मायके की सारी जायदाद मिल चुकी है, और वह तथा बच्चे वहीं बस गये हैं । अब उनका दबाव पड़ रहा है, और मुझे भी जाकर वहीं रहना है, और मैं आज ही जा रहा हूँ। चूँकि यहाँ मेरे

आवास का एक तरह से नवीनीकरण हो चुका है, अतः इसमें ताला बंद करना उचित नहीं है। हमारे स्टेशन मास्टर साहब की नौकरी के साथ कुछ समस्या हो गई है, और अब उन्हें गांव में ही रहना है, वे हमारे बचपन के मित्र हैं, और हमारी मित्रता समय के साथ गाढ़ी हुई है। गांव में उनका भी घर है, परन्तु बच्चों के साथ रहने में थोड़ी कठिनाई आ सकती है, अतः मैंने कल ही उन्हें सुझाव दिया था कि हमारा घर खाली ही रहने वाला है, तो वे इसी में क्यों नहीं रहते, मुझे खुशी है कि उन्होंने इसे स्वीकार कर लिया है, अतः मैं उनसे आग्रह करता हूँ कि इस गृह प्रवेश की पूजा में वे सपत्नीक विराजें "

सभी उपस्थित महिला पुरुष भौंचक होकर एक दूसरे से चर्चा करने लगे, मुख्य विषय यह था कि यह कंजूस पंडित इस तरह से अपना घर कैसे किसी को दे सकता है, परन्तु वे कारण नहीं समझ पा रहे थे, और इसी चर्चा के मध्य लोगों ने पाया कि स्टेशन मास्टर सपत्नीक पूजा में बैठ चुके हैं, और पूजा प्रारम्भ हो गई।

दोपहर के एक बजे के करीब पूजा संपन्न हो गई, तब पिताजी ने खड़े होकर कहा " मेरी नौकरी के साथ बहुत बड़ी समस्या हो गई है, और अब मुझे गांव में ही रहना है, जब पंडित जी ने मुझे इस घर में रहने के लिए कहा तो मुझे विश्वास ही नहीं हुआ, मैं पंडित जी का यह एहसान कभी नहीं भूलूंगा, मेरे बच्चे यहाँ रहकर ठीक से अपनी पढाई पूरी कर सकेंगे "

इसके बाद पंडितजी ने सबसे खाने का आग्रह किया, और सभी लोग एक साथ भोजन पर टूट पड़े।

शाम के तीन बजे तक सब समाप्त हो गया और तब पंडित जी बोले "बच्चों, आपका बनारस में रखा हुआ सामान इस घर में लाकर कमरों में बंद कर दिया गया है, अभी समय है आप सभी मिलकर जमा लो, और आप सभी का जो सामान गांव के घर में रक्खा है, उसे लाने के कांवड़ वाले दो मज़दूर कुछ देर में आ जायेंगे। मेरा सुझाव यह है कि आप सभी गांव वाले घर में जायें, और बड़ों के चरण स्पर्श कर उनसे विदाई लें, और अपने साथ वहां से सामान लेकर यहाँ आ जायें, और फिर अपने हिसाब

से रहना प्रारम्भ करें। मेरे लिए आखिरी बस पांच बजे दानगंज से मिलेगी, और एक जीप वाला मुझे वहां अभी छोड़ देगा, अतः मैं तुरंत निकलूंगा, पूरे परिवार को हमारा आशीर्वाद"

सब लोगों ने पंडितजी के चरण स्पर्श किये और पंडितजी चले गए।

दोनों भाई बहन दौड़कर पिताजी के गले लग गए, माँ भी आकर उन सभी से लिपट गई, इस अप्रत्याशित परिवर्तन ने सभी की अंतरात्मा को भाव विव्हल कर दिया था, कोई कुछ नहीं बोल रहा था, उस क्षण एक स्वतंत्र घर की प्राप्ति, सभी के लिए स्वर्ग प्राप्ति के समतुल्य हो गया।

पिताजी ने सबको अलग किया और कहा "हम सभी को जल्दी करनी है, क्योंकि कुछ देर में शाम हो जाएगी, और उसके पहले हम लोगों को व्यवस्थित होना है"

उन्होंने माँ को चाभी का गुच्छा देते हुए कहा " सभी कमरों के ताले खोल कर तुम सभी सामान की जाँच कर लो, बढ़ई लगाकर रात भर सामान को ठीक किया गया है, कुछ कमी हो तो बताओ, हर हाल में एक घंटे में गांव के घर में चलना है। रात का खाना, और ढेर सारी मिठाई, सामने के कमरे में बंद है, इसलिए खाने की चिंता नहीं करनी है "

दोनों भाई बहन माँ के पीछे चल दिये, उनके पैर जमीन पर नहीं पड़ रहे थे, उन्हें लग रहा था कि उन्हें अब कुछ नहीं चाहिये । कमरे में पहुंचकर, बहुत दिनों के बाद, नमन अपने मुँह से एक फ़िल्मी गाने की धुन बजाने लगा और उसकी बहन वहीं नाचने लगी, बच्चों को देखकर माँ की आँखें छलछला उठीं। घर में सारा सामान आ गया था, और ठीक से जम भी गया था, परन्तु जो कुछ फेर बदल करना है, वह दूसरे दिन भी किया जा सकता है।

कुछ देर बाद पूरा परिवार, दो मज़दूरों के साथ गांव के घर में गया, और वहां प्रणाम, आशीर्वाद के बाद पिताजी ने अपने बड़े चाचा को सम्बोधित करते हुए अत्यंत स्पष्ट शब्दों में कहा "चाचा जी, पिताजी के बाद, आप दोनों को मैंने वही सम्मान दिया, जो उनको दे रहा था, और आगे भी देता रहूँगा। चूँकि हमलोगों को रहना इसी गांव में है, अतः आप

लोगों से वही स्नेह बनाये रखने का अनुरोध है, इस घर में मेरा जो भी अधिकार है, वह मैं आज, अभी से छोड़ रहा हूँ। मेरे हिस्से की जो भी खेती है, वह चकबंदी में पहले से ही अलग है, अतः उसी के भरोसे अब हम लोग बाकी जिँदगी गुजर बसर करेंगे, अब हम लोग चलते हैं "

बड़े चाचाजी ने कहा " ऐसा है, पंडित ने वह घर तुमको केवल रहने के लिए दिया है, तुम्हारे नाम रजिस्ट्री नहीं किया है, अतः इतना आगे बढ़कर मत बोलो, किसी दिन उसने अगर घर से निकाल दिया, तो इस घर में आ सकते हो "

पिताजी ने उन्हें धन्यवाद दिया और केवल एक शब्द बोले " जी "

मज़दूरों ने उनका सामान उठा लिया, उसके बाद जो बच रहा था, उसे पिताजी को छोड़कर बाकी सभी ने ले लिया, एक बैग ज्यादा था उसे नमन के चाचा के लड़के ने ले लिया, और हो रही रात के धुंधलके में सभी नये घर पहुंचे। सामान को पहुंचा कर मज़दूर और चाचा का लड़का वापस हो गये।

पिताजी ने बड़े गंभीर शब्दों में कहा " तुम लोग हमारी बात ध्यान से सुनो, यह घर अंतिम रूप से हम लोगों का है, जो अभी चाचाजी कह रहे थे, वैसी चीज़ें कई लोग कहेंगे, ध्यान देने की जरूरत नहीं है, मैं अंतिम रूप से आश्वस्त कर रहा हूँ कि यह घर हम लोगों का है, इससे अधिक जानने की जरूरत नहीं है " और परिवार ने महसूस किया कि जीवन में पहली बार, हाँ पहली बार, उन्होंने उस घर में प्रवेश किया है, जो केवल और केवल उनका अपना है, यहाँ से कोई भी उन्हें निकाल नहीं सकता है।

५

जुलाई महीने के प्रथम सप्ताह में वाराणसी के उस प्रतिष्ठित कॉलेज में पंक्तिबद्ध खड़ा नमन, अपनी बारी की प्रतीक्षा कर रहा था, साथ में पिताजी भी थे, जो कुछ दूरी पर एक पुराने विशालकाय वृक्ष के नीचे बने गोलाकार चबूतरे पर, अन्य लोगों के साथ बैठे थे। कॉलेज में नमन का चयन हो चुका था, और आज विभिन्न प्रकार की देय फीस को जमा करके सेक्शन आवंटन प्राप्त करना था, नमन की बारी आ गई ,उसने फॉर्म और पैसे जमा किया, क्लर्क ने रसीद दिया और सामने के भवन की तरफ इशारा करते हुए कहा कि वहां बैठे जे. एस. सिंह सर से मिल लो।

वह सामने दिख रहे एक कक्ष में गया, जहाँ एक सर बैठे थे और दो लड़के खड़े थे, एक लड़के के निकलते ही वह दूसरे वाले के पीछे खड़ा हो गया, दूसरे के निकलते ही उसने सर को हाथ जोड़कर प्रणाम किया, और क्लर्क से प्राप्त रसीद उनके सामने रख दिया, उन्होंने एक रजिस्टर में उसका नाम ढूंढा, उसपर सही का निशान लगाया, और उसे दो छपे पेपर दिया तथा कहा '' तुम अगले सोमवार को 10 बजे सुबह, क्लास इलेवेंथ के साइंस 'बी' सेक्शन में आ जाना, शेष निर्देश तुम्हे वहीँ मिलेंगें ''

''जी '' नमन ने कहा और वहां से चलकर पिताजी के पास पहुंचा, उन्हें स्थिति से अवगत कराया, और उनके बगल में बैठ कर प्राप्त दोनों पेपर का अध्ययन करने लगा।

पिताजी बोले "यह कागज तो तुम घर पहुँच कर पढ़ लेना, अभी जरूरी है कि तुम्हारे रहने की कोई व्यवस्था देख ली जाये, चलो बुआ के घर चलकर बात करते हैं "

"जी" कहकर नमन ने पेपर साथ लाये थैले में रखा और खड़ा हो गया।

उसी समय एक लड़का दौड़ते हुए आया और पूछा " नमन?"

"हाँ " नमन ने कहा।

"बैठो" उसने कहा और खुद बैठ गया।

नमन ने उसे पिताजी की ओर देखकर बताया "मेरे पिताजी "

उसने खड़े होकर उन्हें प्रणाम किया और फिर बैठ गया, नमन भी उसी के बगल में बैठ गया।

" मेरा नाम रमेश श्रीवास्तव है, मेरा भी एडमीशन ग्यारहवीं के साइंस 'बी' सेक्शन में हुआ है, बात यह है कि यहाँ से दो किलोमीटर की दूरी पर, मैंने एक कमरा किराये पर लिया है, जो बहुत साधारण है, परन्तु अपना काम चल जायेगा। उसके लिए मुझे एक और साझेदार चाहिये , अगर तुम सहमत हो तो चलो देख लो" उसने कहा।

नमन ने पिताजी की तरफ देखा, पिताजी ने कहा "चलो देख लेते हैं "

नमन और उसके पिताजी उसके पीछे चल दिए, करीब 7-8 मिनट बाद मेन सड़क पर पहुँच गये, वहां से एक रिक्शा किया गया, मुश्किल से 10 मिनट में वे वहां पहुंच गये, जहाँ उन्हें जाना था।

सड़क के किनारे एक आम का छोटा पेड़ था, उसी के पीछे बिना प्लास्टर के ईंटो के कतार से कई कमरे बने हुये थे, जिसके उपर टिन की छत थी। उन्ही में से एक कमरे के लकड़ी के दरवाजे में लगी सांकल में लटके ताले को रमेश ने खोला, और अंदर प्रवेश किया, जहाँ एक तरफ एक तख़्त बिछा था, जिसके उपर गद्दा और चादर सिरहाने की तरफ मोड़ कर रखा था। छत में लकड़ी की बल्लियां लगा कर टिन की छत

बनाई गई थी, बीच में एक मोटी बल्ली लगी थी, जिसपर एक पंखा लटक रहा था।

रमेश ने तख़्त की तरफ इशारा करके कहा "चाचाजी बैठिये"

नमन के पिताजी बैठ गये, और केवल एक ही प्रश्न किया " यहाँ नहाने, धोने और भोजन की क्या व्यवस्था है?"

रमेश ने उत्तर दिया " चाचाजी , सबेरे फ्रेश होने और स्नान के लिए एक संयुक्त व्यवस्था है, जो हमारे जैसे पढ़ने वाले, ऐसे ही तीन कमरों के लिए है, और इसी के पीछे बना है। सात बजे के बाद बगल में ही चाय बिस्कुट की छोटी दुकान है, जो रात के नौ बजे तक खुली रहती है। खाने के लिए सामने सड़क के उस पार एक ढाबा है, जिसमे पढ़ने वाले सभी लोगों के लिए नाश्ता और रात्रि का भोजन उपलब्ध हो जाता है, कॉलेज के टाइम टेबल के अनुसार दोपहर के भोजन का समय ही नहीं है "

पिताजी बोले " नमन तुम एक चक्कर लगाकर व्यवस्था देख लो, फिर फाइनल करते हैं "

दोनों लड़के घर से बाहर निकल गये।

पंद्रह मिनट बाद दोनों लौट कर आये और नमन संतुष्ट दिखा। उन दोनों के साथ एक मोटा सा आदमी आया, जो धोती को लुंगी की तरह पहने था और ऊपरी भाग पर लाल रंग का गमछा ओढ़े था, वह पान चबा रहा था और उसने नमन के पिताजी को हाथ जोड़कर नमस्ते किया।

रमेश ने बताया कि ये साव जी हैं, और यही इस घर के मालिक हैं, और इस प्रकार के उनके बारह कमरे हैं, सभी में हमारे कॉलेज के ही लड़के भरे पड़े हैं।

साव जी पान चबाते हुए नमन के पिताजी को सम्बोधित किया "बाबूजी, पिछले पांच सालों से इन बारह कमरों में इसी कॉलेज के लड़के रहते आये हैं , कई तो पांच साल से हैं, किसी को कोई समस्या होती है, तो हम सभी एक हो जाते हैं। यहाँ से थोड़ी ही दूर पर एक डॉक्टर साहिब की क्लिनिक है, खबर भेजने पर वे आ भी जाते हैं और देख लेते

हैं।आपसे अनुरोध है कि इस लड़के को जिस दिन से कॉलेज जाना हो, उसके दो दिन पहले सामान सहित भेज दीजियेगा"

नमन के पिताजी खुश हो गये, और उठकर साव जी के गले मिल लिये और बोले " मैं सब समझ गया, आप के रहते हमें बच्चे के बारे में चिंता करने की कोई जरूरत नहीं है। साव जी आप अपना एडवांस ले लीजिये, और मेरा पता लिख लीजिये "

साव जी को एडवांस देने के बाद, पिता पुत्र रिक्शा पकड़कर चल दिये, जाते समय रमेश बहुत खुश दिखा।

रास्ते में पिताजी ने कहा "नमन, मुझे लग रहा है कि ग्रेज्युएशन तक की तुम्हारी सारी आवश्यकतायें साव जी का घर हल कर देगा, तुम्हारे क्या विचार हैं?"

नमन बोला " गांव पर अपना घर और यहाँ एक स्थाई ठिकाना, इससे अच्छा कुछ हो ही नहीं सकता "

पिताजी ने उसकी पीठ थपथपाई, वे भी संतुष्ट नज़र आने लगे।

बस स्टैंड पर बस तुरंत मिल गई, और दिन ढलते ढलते दोनों घर पहुँच गये । घर में माँ बेटी दोनों ने पूरे दिन संयुक्त परिश्रम करके घर को व्यवस्थित कर दिया था, नमन के एडमीशन और किराये पर आवासीय व्यवस्था की सूचना ने, घर में बहुत दिनों के बाद, सबकी खुली हुई हंसी सुनाई दी।

माँ ने जानकारी दिया " बिजली का कनेक्शन चालू हो गया है, और आज से घर में बिजली का प्रकाश होगा"

पिताजी बहुत प्रसन्न हुए और बोले' "पंडितजी ने हमारी सुविधा के लिया बहुत कुछ कर दिया है, शेष हम लोग कर लेंगे"

उस दिन सारा परिवार आनंद के मूड में था, सभी को लगा कि ऐसा अवसर बहुत दिन बाद आया है, और वे खुलकर कोई त्यौहार मना रहे हैं।

दीदी नमन को पकड़कर घर के बाहर ले गई और बोली '' नमन, जब से हमलोग सगरगांव में रेलवे क्वार्टर से बाहर हुये, हमारे परिवार के ऊपर दुर्भाग्य की छाया मंडराती रही, आज पहली बार लगा कि आर्थिक परेशानी जो भी झेलनी पड़े, परन्तु दुर्भाग्य बहुत दूर चला गया''

नमन बोला '' बिलकुल सही दीदी मै भी यही सोच रहा था, अंदर से ऐसा प्रतीत हो रहा है कि चारो तरफ रौशनी ही रौशनी है, दीदी मुझे कल ही कहीं से एक पारिजात का पौधा प्राप्त कर लगाना है''

'' क्यों, क्या रुक्मिणी ने कहा था?'' दीदी हंसकर बोली, परन्तु शशि को अचानक लगा कि उसे रुक्मिणी का नाम नहीं लेना था।

नमन का चेहरा राख़ जैसा दिखने लगा था, उसके चेहरे की हंसी गायब हो गई, उसकी आँखें सजल हो गईं और उसने चेहरा दूसरी तरफ घुमा लिया।

दीदी ने उसे अंक में भर लिया और बोलीं ''अरे मेरा भैया, मैं ने मजाक किया था, मुझे बहुत कुछ पता है, और इसके पीछे जो दर्द है वह भी समझ रही हूँ '' और दीदी ने उसका मस्तक चूमते हुए नमन को मुंह धोने के लिए कहा। कुछ देर बाद दोनों भाई बहन सहज होकर फिर बहस करने लगे।

दूसरे दिन प्रातः नमन ने सगरगांव के मित्र अंगद को अपने कॉलेज के एडमीशन के बारे में और अपने कॉलेज के बारे में लिखा, तथा उस पत्र को सगरगांव के कॉलेज के पते पर भेज दिया, पंद्रह दिन बाद उसका उत्तर भी मिला, परन्तु उसमे रुक्मिणी के बारे में एक शब्द भी नहीं था, अतः उसके बाद फिर कोई पत्राचार नहीं हुआ।

नमन के उस वर्ष के फाइनल परीक्षा की सूचना मिल चुकी थी, जो बोर्ड परीक्षाओं के पूर्व हो रही थीं , अतः वह परीक्षा के अंत तक गांव नहीं आने वाला था ।

गांव में बसंत ऋतु का वैशाख माह, हवा की लहरों में फागुनी मादक गंध छिड़क कर उसे उन्मादित कर रहा था, और अब उसमें हलकी गर्मी

के साथ रात में देवी गीत के स्वर भी तैरने लगे थे। रात को महिलाओं द्वारा सामूहिक रूप से गाये जा रहे देवी गीत को, स्वरलहरी में परिवर्तित कर हवाएं दूर तक अपने आंचल में लेकर उड़ती, जो अपने घर के बाहर वरामदे में बैठी शशि को, हलके स्वर में गुनगुनाने के लिए प्रेरित करतीं थीं।

अँधेरा हो चुका था, और शशि किसी सोच में डूबी हुई थी।

अभी तक उसका मयंक से किसी प्रकार का कोई संपर्क नहीं हो पाया था, और अब धीरे धीरे एक निराशा हावी होने लगी थी, अगर एक वर्ष के बाद भी कोई समाचार नहीं मिला तो फिर क्या? पढाई भी गई और उम्मीद भी जाती हुई दिख रही है, शशि को अचानक झटका लगा कि क्या उसके सपने खंडित हो जायेंगे? अँधेरा चाहे कितना भी घना हो, उसमे भी एक प्रकाश होता है, वह स्वयं मयंक के पास नहीं गई थी, मयंक ने ही उसे प्रस्तावित किया था, और उसकी याचना में गंभीरता थी। तभी माँ ने पुकारा और वह चैतन्यावस्था में आ गई, तथा उठ के घर के अंदर चली गई।

दूसरे दिन 11 बजे के आसपास शशि और उसकी माँ घर की सफाई में लगे थे, उसी समय बाहरी दरवाज़े की कुण्डी खड़की। शशि के दरवाज़ा खोलने पर पंडित जी खड़े मिले, जिनके कंधे पर एक भारी थैला लटक रहा था, शशि ने उनके पांव छुये और पंडित जी ने आशीर्वाद दिया।

पंडितजी को बैठाने के बाद शशि अंदर गई, और माँ को उनके आगमन की सूचना दिया, पंडितजी बहुत दिन बाद आये थे, इसलिए माँ तुरंत बाहर आईं, और पंडितजी को प्रणाम किया और बोली "शशि के पिताजी खेत तक गये हैं बुलवा देती हूँ"

पंडितजी ने कहा "वो आ जायेंगे, आप और बिटिया आराम से बैठ जाइये, मुझे जरूरी बात करना है"

" जहाँ मैं अभी रहता हूँ, उससे सटा हुआ एक गांव है, जहाँ उस पूरे क्षेत्र के एक प्रतिष्ठित व्यक्ति रहते हैं, उनका लड़का सरकारी नौकरी

करता है और अविवाहित है, आपकी बिटिया उनके घर में बहुत सुखी रहेगी, और यही जानकारी लेकर मैं आपके यहाँ आया हूँ। मैं आप माँ बेटी की राय जानना चाहता हूँ, अब धीरे धीरे बिटिया सयानी हो रही है, इसलिए शादी व्याह की चर्चा करने का यही समय है " पंडित जी ने आराम से बताया।

शशि के माँ का चेहरा अचानक खिल उठा, चेहरे पर आतंरिक प्रसन्नता झलकने लगी, बोली " इससे बढ़िया कोई समाचार हो ही नहीं सकता "

तभी शशि के पिताजी भी आ गये, समाचार सुनकर वह भी बहुत प्रसन्न हुए और बोले " पंडितजी जब भी मिलते हैं, प्रसन्न कर देते हैं, शशि तुम्हे कुछ कहना है?"

"जी, पढाई का मेरा एक वर्ष बर्बाद हो गया है, अब मै बनारस के किसी कॉलेज में प्राइवेट एडमीशन लेकर पहले ग्रेजुएशन करुँगी, उसके बाद ही शादी की चर्चा होगी " शशि बोली।

पंडितजी ने कहा " बेटा, जहाँ शादी करने की मै चर्चा कर रहा हूँ, वे लोग तुम्हे आगे पढ़ायेंगे"

"सब लोग यही कहते हैं चाचाजी, शादी के बाद कोई रूचि नहीं लेता " शशि ने धीरे से कहा।

" वहां जब मै बातचीत के लिए गया था तो चर्चा में यह बात आई थी, इसपर गृह स्वामी ने कहा था जो भी लड़की आयेगी, अगर उसे आगे पढ़ना हैं, तो हम लोग आपत्ति नहीं लेंगे" पंडितजी ने बताया, फिर आगे बोले " फिर भी आपलोग आपस में चर्चा कर के निर्णय लेकर मुझे बता देंगें, मै दो घंटे आराम करूँगा, जाने के समय मुझे बता दीजिये"

शशि के पिताजी बोले "ठीक हैं, अभी चलिये भोजन करते हैं, फिर आप विश्राम करें "

सभी खाने के लिए उठ गये।

खाना खाने के बाद पंडितजी वहीं तख़्त पर लेट गये, और शेष सभी लोग घर के अंदर बैठ कर उसी विषय पर चर्चा करने लगे, जिसे पंडित जी ने उठाया था।

माँ ने कहा " शशि, हमारी आज की परिस्थिति में अगर तुम्हारी शादी का कोई अच्छा प्रस्ताव आ रहा है तो इंकार मत कर बेटा "

पिताजी ने कहा " लड़का भी सरकारी नौकरी में है, अतः यह अवसर हाथ से नहीं जाने देना चाहिये, तुम्हारी आगे की पढाई के बारे में मैं सहमत हूँ, और लड़के वालों द्वारा इस बिंदू को स्वीकार करने के बाद ही शादी को अंतिम रूप दिया जायेगा"

शशि ने कहा " पिताजी यह मेरे साथ अन्याय होगा, अगर मेरी आगे की पढाई पूरी किये बिना मेरी शादी कर दी जाती है, मुझे ग्रेजुएशन पूरा करने तक का समय दें" और वह रुआंसी हो गई " आप दोनों मुझे इतना बड़ा बोझ मत समझें, मैं पढाई पूरी करके नौकरी भी करुँगी "

शशि के माँ और पिताजी दोनों को एक धक्का लगा कि बेटी प्रसन्न होने की जगह पर दुखी हो गई, स्नेह से पाली गई बेटी है, यदि उनकी नौकरी में ब्यवधान नहीं आता तो उसकी पढाई जारी रहती।

पिताजी गंभीर स्वर में बोले " बेटा, नौकरी होती तो ऐसी कोई बात होती ही नहीं, नमन और तुम मेरे लिए बराबर हो, और आज की स्थिति में भी तुम अभी शादी नहीं करना चाहती हो तो कोई दबाव नहीं है, मैं पंडित जी को मना कर दूंगा, भविष्य में जो होगा सो होगा, अब इस बात को यहीं ख़त्म करते हैं "

कुछ देर बाद सभी बाहर आ गये और पाया कि पंडितजी बैठे हुए हैं, उनके बगल में वही भारी थैला रखा था, जिसे लेकर वह यहाँ आये थे।

शशि के पिताजी ने कहा "पंडितजी बिटिया बिना शिक्षा पूरी किये शादी नहीं करना चाहती, इसलिए यह जब ग्रेजुएशन पूरी कर लेगी तभी शादी होगी, हम दबाव डालकर शादी नहीं करना चाहते "

पंडितजी ने शशि की ओर देखकर कहा " तुम शादी नहीं करना चाहती हो?"

"जी " शशि ने धीमे से कहा ।

" बेटा फिर से पूछ रहा हूँ कि क्या तुम शादी नहीं करना चाहती?" पंडितजी ने शशि की ओर देखकर कहा ।

" जी, नहीं करना चाहती हूँ " शशि फुसफुसाकर बोली।

" ठीक है, मै जो शादी के विषय में चर्चा कर रहा था, उसे समाप्त माना जाये, परन्तु अब तुम्हारे शिक्षा की बात कर लें " पंडित जी बोले।

शशि के पिताजी बोले " कैसी बात?"

" ऐसा है स्टेशन मास्टर साहिब, बिटिया लगातार अपनी पढाई की बात कर रही है, और इस बिंदू को बार बार दोहरा रही है कि उसका एक वर्ष बर्बाद हो गया, मेरा मानना है कि अगर प्राइवेट ही पढ़ना है, तो परीक्षा का फॉर्म अभी भी भरा जा रहा है, और परीक्षा में इतना समय है कि यह ठीक से तैयारी करके, इस साल भी बी. ए. प्रथम वर्ष की परीक्षा दे सकती है, मुझे पता है कि यह पढ़ने में बहुत तेज है, कुछ कमी रह जायेगी तो द्वितीय और तृतीय वर्ष में पूरी कर लेगी "

शशि अचानक सक्रिय हो गई, बोली " चाचाजी, आप सही में हम लोगों के हितैषी हैं, मै बिलकुल कर लूंगी, आप मार्गदर्शन दें कि मै इसे कहाँ और कैसे कर सकती हूँ?"

"तुमको कल सबेरे जौनपुर आना पड़ेगा, उसके लिए बनारस जाने की जरूरत नहीं पड़ती है, दो बसें सीधे केराकत होकर जौनपुर चली जाती हैं, प्रातः जो बस आती है, वह कॉलेज के सामने से होकर जाती है, उसी से आना और कॉलेज के सामने उतर जाना, और सीधे मेन गेट से अंदर चली आना, वहां या तो मैं रहूँगा या मेरा भतीजा रहेगा " पंडित जी ने समझाया "जहाँ से इण्टर पास की हो, वहां का सारा रिकॉर्ड, सर्टिफिकेट, दो फोटो और कॉलेज छोड़ने का माइग्रेशन सर्टिफिकेट,

तथा परिचय पत्र साथ में रखना और अपने चाचा के बेटे को साथ में रख लेना "

पंडितजी ने अपना थैला खोला और और उसमे से एक छोटा थैला निकाला, जिसमे गुड़ भरा हुआ था, बोले " यह बहुत अच्छा गुड़ है, हमारे खेत में लगाए विशेष गन्ने से निकाला गया है, आते समय मैंने कुछ रख लिया " और उसे शशि की माँ को पकड़ा दिया।

"अब मैं चलता हूँ" कहकर वे उठे और चल दिये, शशि के पिताजी उन्हें बस में बैठाने के लिए साथ में चले गये।

शशि ने नोट किया कि उसके शादी से इंकार करने पर माँ और पिताजी दोनों बहुत उदास हैं।

दूसरे दिन जौनपुर पहुंचकर, शशि और उसका भाई, दोनों कॉलेज के गेट पर उतर गये, शशि का चचेरा भाई बार बार सूरज की तरफ देख रहा था। गेट के अंदर जाने के बाद शशि ने पूछा " क्या बात है बार बार सूरज की तरफ क्यों देख रहे हो?"

" दीदी, पौन घंटे बाद फिल्म चालू हो जाएगी, 15-20 मिनट टाकीज़ जाने में लगेगा, अब यहाँ तो ढेर सारे लोग दिख रहे हैं, इसलिए यहाँ मेरी जरूरत नहीं है, मुझे टिकट का पैसा दो न" वह बोला।

शशि हंसने लगी और उसे पैसे देते हुए बोली " फिल्म ख़त्म होते ही तुम सीधे यहीं आना, और मेरी प्रतीक्षा करना, और अगर मै पहले आ गई तो मैं तुम्हारा इंतजार करुँगी, ठीक है "

" जी दीदी " और वह जल्दी से भाग लिया ।

शशि गेट से कॉलेज की तरफ चलते हुए इधर उधर देखने लगी, परन्तु पंडितजी या उनका भतीजा कहीं दिखाई नहीं दे रहे थे, अतः उसने रास्ते के बगल में एक वृक्ष के नीचे बने चबूतरे पर बैठकर प्रतीक्षा करने का निर्णय लिया, वहां बैठकर शशि एकटक गेट की तरफ नज़र गड़ाये हुये कुछ सोच रही थी , अचानक उसे लगा कि कोई इसके बगल में आकर बैठ गया है, वह चौंक कर उस तरफ मुड़ी और बैठे हुऐ व्यक्ति

को देखकर कुछ देर के लिए किंकर्तव्यविमूढ़ हो गई, थोड़ी देर स्तब्ध खड़े रहने के बाद उसने पूछा "आप और यहाँ?"

मयंक ने हँसते हुए उससे कहा " पहचान गई?"

शशि की आँखें भर आईं " मैंने सपने में भी नहीं सोचा था कि आप यहाँ मिल जायेंगे "

"पर तुम तो रोज मेरे सपनो में आती हो" मयंक ने मुस्करा कर कहा।

"अब मैं क्या कहूं?" डबडबाई आँखों से शशि बोली "अगर मैं आपके सपनो में आती थी तो इतनी प्रतीक्षा क्यों करवाई, कोई तो सन्देश भेजने का साधन होगा, मैं आपको क्यों पहचानूँगी भला?" फिर रुमाल निकालकर अपनी आँखों को पोछा।

मयंक ने कहा " कॉलेज के बगल में कैंटीन है, चलो पहले चाय पीते हैं " और दोनों कैंटीन पहुंचे। कैंटीन लड़के और लड़कियों से भरी हुई थी, सभी अपने में ही मगन थे, किसी को दूसरे की ओर देखने की जरूरत ही नहीं थी।

दोनों चुपचाप एक दूसरे की तरफ देखते हुए चाय पीते रहे, और उसके बाद मयंक ने कहा "चलो वहीं पेड़ के नीचे बैठकर बातचीत करते हैं "

शशि बिना कुछ कहे उसके साथ चलती रही और चबूतरे पर बैठने के बाद बोली " हमारे परिचित एक पंडितजी यहीं मिलने के लिए बोले थे, उन्हें मेरे परीक्षा फार्म भरने में सहायता करना था, परन्तु वे कहीं दिखाई नहीं दे रहे हैं"

मयंक हंसने लगा "तुमने हमारी शादी के प्रस्ताव को ठुकरा क्यों दिया?"

"ओह, अब मैं समझी, सारा प्रपंच आप श्रीमान द्वारा आयोजित था, पंडितजी को आपने भेजा था, हे भगवान मैं कितनी मूर्ख हूँ!" शशि बोली।

" मूर्ख तो खैर नहीं हो, परन्तु पंडितजी तुम्हारे शिक्षा के लिए क्यों आतुर हो रहे हैं, इसमें संदेह तो होना ही चाहिए" फिर ठहरकर बोला "छोडो इन बातों को, पहले यह बताओ कि क्या तुमको हमारे ऊपर अविश्वास होने लगा था न?"

"झूठ नहीं बोलूंगी, हाँ" शशि ने कहा "जब समय, प्रतीक्षा की अंतिम अवधि को छूने लगता है, फिर उद्विग्नता और ऋणात्मकता एक साथ दबाव डालते हैं, तब निराशा का हल्का सा झोंका किसी भी सोच पर आंधी की तरह प्रहार करता है"

"वाह मैडम, आपके गज़ब का स्पष्टीकरण सुनकर अच्छा लगा, परन्तु ठीक से समझ में नहीं आया" मयंक बोला।

" अब बताइये, क्या करना है?" शशि ने पूछा।

" आपकी व्यग्रता को देखकर पहले आपका परीक्षा फॉर्म भरने का काम पूरा करते हैं, फिर शेष कार्य " मयंक बोला।

"यह कार्य शुरू करने के पहले क्या मैं आपके चरणस्पर्श कर सकती हूँ? " शशि ने पूछा, वह इतना प्रसन्न कभी नहीं हुई थी, उसकी ख़ुशी उसके कांपते स्वर में प्रतिबिंबित हो रही थी।

"अरे शशि, चरणस्पर्श से भी बढ़िया काम करो, आओ गले मिलते हैं " मयंक ने कहा।

" यहीं मार खाना है क्या? भीड़ इकट्ठी हो जायेगी अफसर " शशि मुस्कराते हुए बोली।

" अच्छा चलो, अब तुम बिलकुल नार्मल हो " मयंक ने कहा ।

कॉलेज के ऑफिस में जाने की जरूरत नहीं पड़ी, मयंक शशि को लेकर कॉलेज की लाइब्रेरी में गया, जहाँ एक कोने में एक आदमी बैठा था, जो मयंक को देखते ही खड़ा हो गया और मयंक को तथा शशि को नमस्कार किया। मयंक ने शशि को बताया कि वे सेल्स टैक्स इंस्पेक्टर हैं, स्थानीय हैं, और उसके अनुरोध पर आ गये हैं, अतः फॉर्म भरने में

सहयोग प्राप्त हो सकेगा। उन्होंने इंस्पेक्टर को धन्यवाद दिया, और शशि की ओर इशारा कर के बताया कि वे उसकी होने वाली पत्नी हैं, और फॉर्म उन्हीको भरना है।

इंस्पेक्टर ने उन्हें नमस्ते किया और बोला '' मैडम, आगे भी कोई समस्या होगी तो मुझे खबर कर दीजियेगा, इस कॉलेज में कोई परेशानी नहीं होगी''

'' मैडम, क्या मैं अभी से मैडम हो गई?'' उसने मन ही मन सोचा।

एक लड़का ट्रे में दो चाय और बिस्किट्स लेकर आया, मयंक के सामने रखकर चला गया, दोनों चाय पीने लगे।

कुछ देर में सेल्स टैक्स इंस्पेक्टर एक व्यक्ति को साथ लेकर आया और परिचय कराया ''सर, आप आर. के. पटेल इसी कॉलेज में केमिस्ट्री के असिस्टेंट प्रोफेसर हैं, और आपका कार्य करवा देंगें''

मयंक और शशि ने खड़े होकर उन्हें नमस्ते किया, प्रोफेसर साहब ने उन्हें बैठने के लिए कहा और खुद उनके सामने बैठ गये, उन्होंने शशि से सभी सम्बंधित आवश्यक पेपर्स लिया, और पूरा परीक्षण करने के बाद बोले '' आप आराम से बैठें, मैं कुछ देर में आता हूँ '' और उठकर चले गये, सेल्स टैक्स इंस्पेक्टर लाइब्रेरियन के पास जाकर बात चीत करने लगा।

शशि बोली '' मुझे लग रहा है कि मैं खुद एक अधिकारी बन गई हूँ, अकेले आकर करना होता तो ऑफिस में जाकर लाइन लगाती, घंटो बाद नंबर आता ''

मयंक चुपचाप उसे देख रहा था, उसे यह प्रतीत हुआ कि शशि पहले से भी निखर गई है और बहुत सुन्दर दिखने लगी है।

अचानक शशि ने पूछा '' क्या आप सुन रहे हैं जो मैं ने अभी तक कहा? ''

''क्या?'' मयंक चौंककर बोला।

''आप मेरे को ऐसे क्यों देख रहें हैं?'' शशि बोली।

''मैं, अरे नहीं, मै तुम्हारी बातें सुन रहा था '' मयंक ने कहा।

'' क्यों झूठ बोल रहे हैं श्रीमान, आप मेरे को बताइये कि आपकी जो ट्रेनिंग चल रही है, उसमे भी ऐसे ही सुनते हैं '' इस बार शशि मुस्कराई।

'' सही बात यह है शशि कि जब तुम सामने हो तो ना मैं कुछ सुन रहा हूँ, और ना समझ रहा हूँ '' मयंक आह भरते हुए बोला।

''महोदय, आप एक कॉलेज की लाइब्रेरी में बैठें है और मेरे एग्जामिनेशन का फॉर्म भरने में मेरी सहायता करने आये हैं '' शशि उसकी आँखों में देखते हुए बोली '' लेकिन यहाँ न तो कोई लाइन दिख रही है, और न ही बाहर कोई सूचना अंकित है, फिर हम कौन सा फॉर्म भर रहे हैं?''

मयंक बोला '' शशि जी, प्राइवेट एग्जामिनेशन फॉर्म भरने की अंतिम तिथि समाप्त हो गई है, पेनाल्टी सहित फॉर्म भरने की भी अंतिम तिथि आज समाप्त हो रही है, इसलिए आज कोई नहीं दिखेगा। जब आपने अपनी पढाई की बात को लेकर शादी से ही इंकार कर दिया, तब मेरे लिये बाध्यता हो गई कि आपको इसी वर्ष फॉर्म भरवा दिया जाये ''

शशि आश्चर्य से उसे देखती रही और बोली '' प्रभु आप महान हैं''

तभी असिस्टेंट प्रोफेसर साहब, सेल्स टैक्स इंस्पेक्टर तथा एक और व्यक्ति आते दिखे, मयंक और शशि खड़े हो गए।

प्रोफेसर साहब बोले ''फॉर्म कम्प्लीट कर दिया गया है, आप हस्ताक्षर कर दें '' और साथ में आये व्यक्ति को इशारा किया।

वह व्यक्ति जिसे इशारा किया गया था, कॉलेज का क्लर्क था, उसने थोड़ा आगे रखे टेबल की तरफ शशि को आने का संकेत किया, और टेबल के पास एक तरफ बैठ गया। शशि उसके सामने बैठ गई, और भरे हुए फॉर्म पर जहाँ जहाँ निशान लगे थे, हस्ताक्षर करने लगी।

कुछ देर बाद क्लर्क ने कहा "हो गया " और एक बार फिर से चेक करने के पश्चात बोला "कम्प्लीट है, आप अपनी एक फोटो यहाँ कोने में चिपका दीजिये, और एक प्रवेश पत्र के लिए आखिरी पेज पर चिपका दीजिये "

शशि ने बलिया में अंतिम परीक्षा के बाद जो अपने पासपोर्ट साइज के फोटो बनवाये थे, उसे चिपका दिया ।

क्लर्क वहां से उठ गया और प्रोफेसर से बोला " सर फॉर्म कम्पलीट हो गया"

मयंक ने सबको धन्यवाद दिया और सबसे हाथ मिलाया, शशि ने हाथ जोड़कर सबको धन्यबाद दिया, सभी चले गये और मयंक तथा शशि वहीं कुर्सी पर बैठ गये।

मयंक ने कहा " तो मैडम परीक्षा का फॉर्म भर गया, अब क्या करें?"

शशि ने कहा " सही बताऊँ, जो भी हो रहा है मुझे सपने जैसा लग रहा है, मेरी समझ में ही कुछ नहीं आ रहा है, जब आप कुछ सोचते हैं और अचानक वैसा ही घटित होने लगे तो विश्वास ही नहीं होता!"

"अरे मेरी सपनो की रानी, अभी कुछ काम बचा है इसलिए यहाँ बैठे हैं, आपको मेरा एक काम करना है, यहाँ से घर जाने के बाद अपने माँ और पिताजी से शादी के लिए हाँ कह दीजियेगा, आपका ग्रेजुएशन अब पूरा हो जायेगा" मयंक ने कहा।

शशि हंसते हुए धीमे से बोली "आप मिल गये हैं, अब मुझे इससे कोई फर्क नहीं पड़ता है कि ग्रेजुएशन पूरा होता है या नहीं, आपका दिया आदेश घर जाते ही पूर्ण होगा"

तभी एक बड़ा थैला लिए हुये एक आदमी ने प्रवेश किया, और लाइब्रेरियन से बात करके उनकी तरफ आया और बोला "मैं अग्रवाल बुक्स एंड स्टेशनर्स का मालिक हूँ, सेल्स टैक्स इंस्पेक्टर साहिब के आदेश पर पुस्तकें लेकर आया हूँ " और उसने थैले से किताबें निकालकर उनके सामने रख दिया।

शशि और मयंक ने देखा कि वे कोर्स की पुस्तकें हैं, उसने मयंक से कहा " मैं इनमे से दस पुस्तकों को रखूंगी, जो परीक्षा के लिए ये पर्याप्त हैं "

" ठीक है, कितना भुगतान करना पड़ेगा?" मयंक ने कहा।

" मुझे इसका भुगतान सेल्स इंस्पेक्टर ने कर दिया है, चूँकि सारी पुस्तकें आपने नहीं लिया, अतः अब मुझे उन्हें कुछ राशि वापस करना पड़ेगा, आप उन्ही से बात कर लेना " अग्रवाल ने कहा और नमस्ते करके चला गया।

शशि ने कहा " मैं फॉर्म की फीस और किताबों को खरीदने के लिये घर से पैसे लेकर आई हूँ, इसलिए भुगतान मैं करुँगी "

"जरूर मैडम, अब बाहर चलो, वहीं भुगतान कर देना " मयंक ने कहा और दोनों लाइब्रेरी से बाहर निकल गये, जाते समय मयंक ने लाइब्रेरियन को धन्यवाद दिया।

बाहर की धूप चटक और तेज थी, परन्तु शशि को वह आरामदायक और मादक सिहरन जगाने वाली लगी, उसे लग रहा था कि वह मयंक के साथ ऐसे ही घूमती रहे।

मयंक ने कहा " आपका सारा काम हो गया कि कुछ और बचा है "

" बचा तो अभी बहुत कुछ है परन्तु आज का काम हो गया, अब आप मुझे बताएं कि कितना भुगतान करना है?" शशि ने कहा।

" बहुत भुगतान करना है, परन्तु अभी उधार रहा, आपके बस का समय हो गया है, इसलिए चलिये" मयंक ने कहा और दोनों गेट की तरफ बढे।

मयंक ने फिर कहा " मैं आपको जीप से भी पहुंचा सकता हूँ, परन्तु अभी उचित नहीं होगा"

गेट के पास शशि का चचेरा भाई मिल गया, मयंक ने उसे पुस्तकों का थैला पकड़ा दिया, शशि ने अपने चचेरे भाई को मयंक का परिचय

दिया और बताया कि इन्हे पंडितजी ने भेजा है, शशि ने उसे पैसे देते कहा '' जाओ चाय पी लो''

शशि ने मयंक से कहा ''मैं आपको धन्यवाद भी नहीं दे सकती क्योंकि वह औपचारिकता हो जाएगी, इसलिए केवल हाथ जोड़ रही हूँ ''

शशि का चचेरा भाई चाय पीकर वापस आ गया और बस भी आ गई, मयंक ने बस कंडक्टर को ठीक से सीट देने को कहा।

बस में चढ़ने के बाद शशि ने फिर हाथ जोड़े, और बस चली गई।

अपने गांव के बस स्टैंड से बस से उतरकर, अपने घर जाते समय, शशि को लग रहा था कि वह हवा में उड़ रही है, उसके पैर जमीन पर हैं ही नहीं। घर में उसने मात्र इतना सूचित किया कि फॉर्म भर गया और वह पुस्तकें ले आई है।

चार पांच दिन बाद माँ ने फिर शादी का जिक्र किया और बोली "शशि, बेटा एक बार फिर शादी के बारे में सोच, तुम्हारी पढाई नहीं रुकेगी"

पिताजी वहीं कुर्सी पर बैठकर कुछ पढ़ रहे थे, उन्होंने कुछ नहीं कहा।

शशि ने पूछा '' माँ चलो केवल इतना बताओ कि लड़के का क्या नाम है?''

माँ को नहीं मालूम था बोली '' नाम पंडितजी से पूछ लेगें ''

पिताजी ने कहा " मयंक पांडेय "

''पिताजी मैं मयंक पांडेय को चार वर्षों से जानती हूँ , अभी जौनपुर के कॉलेज में जब मैं फॉर्म भरने गई थी, तो उन्होंने मेरी पूरी सहायता किया था, मैं तो कॉलेज की लाइब्रेरी में बैठकर चाय पीती रही, और केवल हस्ताक्षर किये" शशि बोली।

शशि की माँ और पिताजी दोनों भौंचक होकर उसको देखते रहे, उनके मुँह से एक शब्द भी नहीं निकला।

"माँ, मैंने नाम इसीलिए पूछा क्योंकि अगर पंडितजी मयंक का नाम लेते तो मैं शादी से इंकार नहीं करती, चलो अब हाँ कह रही हूँ" शशि बोली।

"तुमने अपने होने वाले पति से फॉर्म भरने का सारा काम करवाया?" माँ ने आश्चर्य से पूछा।

"और पति होते किस लिए हैं" शशि बोली।

शांत और खिन्न बैठे शशि के पिताजी एकाएक चैतन्य हो गये और ठठाकर हंसने लगे फिर शशि की माँ से बोले " जाओ मेरे और मेरी बेटी के लिए बढ़िया चाय बनाकर ले आओ, और साथ में कुछ खाने को भी"

माँ भी मुस्कराने लगी।

6

जिस जगह पर नमन बस से उतरा, वहां कोई बस स्टैंड नहीं था, उसकी पहचान एक विशालकाय पीपल का वृक्ष था, जो इस कोलतार सड़क के किनारे खड़ा था। उसके कंधे पर लटके एक बैग के अलावा हाथ में दो पैकेट थे । शाम ढल चुकी थी, और हेमंत ऋतु के मार्गशीर्ष माह के मध्य की तेज ठंढक, धुंधला सा कुहासा फैला रही थी। मुख्य मार्ग पर, एक जर्जर साइकिल पर एक अधेड़ उम्र का आदमी पर आ रहा है। नमन ने उसे आवाज़ लगाई और साइकिल के पास पहुंचा।

उस आदमी ने पूछा "क्या बात है?"

नमन ने बताया कि उसे गंगापुर में राजमणि पांडेय के घर जाना है, वह किस तरफ जाये ।

वह आदमी साइकिल से उतर गया और बोला “मेरे साथ चलो”

कुछ देर के बाद उसने कहा " मुझे सीधा जाना है जबकि तुम्हे बाएं तरफ जाना है, देखो उधर एक जलता हुआ दीया दिख रहा है, बस उसी के आगे पंडितजी का घर है"

उसी समय मार्ग के किनारे लगे खम्भों में लटके बल्ब जलने लगे और प्रकाश फ़ैल गया।

दीदी के ससुराल की अच्छी प्रतिष्ठा थी, जब गाँवो में अन्य घरों में साइकिल थी, इनके घर के बाहर जीप और दालान में एक तरफ चमचमाती मोटर साइकिल खड़ी थी। दालान में घुसते ही उसे जीजाजी दिखे, नमन को यही मालूम था कि जीजाजी ग़ाज़ीपुर में हैं, जहाँ वे सहायक विक्रय कर अधिकारी के रूप में पदस्थ हैं।

नमन ने उन्हें प्रणाम किया और उन्होंने अपना हाथ आगे बढ़ाया, नमन ने उनसे गर्मजोशी से हाथ मिलाया ।

"कैसे हो बड़े अफसर?"जीजाजी ने कहा।

नमन ने कहा "ठीक हूँ जीजाजी, आपका कैसा चल रहा है? मैं सोच रहा था कि आप गाज़ीपुर में होंगे "

" शनिवार और इतवार को अक्सर मैं आ जाता हूँ, " जीजाजी ने बताया।

" मेरी दो साल की ट्रेनिंग पूरी हो गई जीजाजी, उत्तर प्रदेश सरकार के सामान्य प्रशासन विभाग ने फ़िलहाल गोरखपुर में पोस्टिंग दिया है, पंद्रह दिन बाद मुझे उपस्थित होना है, अतः मैंने सभी से मिलने का निश्चय किया और आ गया " नमन बोला।

"आओ अंदर आ जाओ, पिताजी और माँ दोनों मंदिर के पास एक यज्ञ में गए हैं,आज पूर्णाहुति है " जीजाजी ने बताया ।

"जी " कहकर नमन उनके साथ अंदर चला गया।

घर के अंदर और बाहर सर्वत्र बिजली का प्रकाश फैला हुआ था ।

आंगन से लगी दालान में दीदी, अपने दो साल के बच्चे को लेकर खड़ी थी, कोने के रसोई घर में एक महिला खाना बना रही थी।

दीदी का रंग और निखर गया था, भरपूर स्वर्ण आभूषणों से लदी दीदी बहुत संभ्रांत दिख रहीं थीं। नमन ने दीदी के पैर छुए, उन्होंने सर पर हाथ रखा और रोने लगीं " तुमको सालों बाद देख रही हूँ नमन, तुमको अपनी दीदी का ख्याल कभी नहीं आया? "

नमन की आँखें भर उठीं, वह कुछ बोल ही नहीं पाया, बस हाथ बढ़ाकर भांजे को अपनी गोद में ले लिया।

अब तक दीदी स्थिर हो गई थीं, बोलीं "इसके पहले तुम पिताजी के साथ आये थे, और उसके बाद दीदी को भूल गए "

अब नमन हंसने लगा और बोला " दीदी, इतने लम्बे समय तक क्यों नहीं मिला, यह प्रश्न तो ठीक है, परन्तु दीदी को भूल जाऊंगा तो याद किसको रखना है?"

"अभी तुम्हारी किस पद पर पोस्टिंग हुई है?" दीदी ने बात बदल दिया।

"दीदी, पद तो वैसे सब डिविजनल मजिस्ट्रेट का है, परन्तु अभी प्रोबेशन में मुझे तहसीलदार से लेकर, जिला कलेक्टर कार्यालय में अटैच करने तक, अलग अलग क्षेत्रों की जानकारी के लिए यहाँ वहां भेजते रहेंगे। एक साल बाद ही ठीक से पोस्टिंग होगी " नमन ने बताया ।

तभी पता चला कि जीजाजी के पिताजी और माँ आ गए हैं, जीजाजी उठकर बाहर निकल गये, उन्ही के साथ नमन भी बाहर आ गया।

वे बाहर दालान में ही खड़े होकर बात कर रहे कि नमन ने दोनों के पांव छुये और उन्होंने आशीर्वाद दिया, जीजाजी ने बताया कि गोलू के मामा हैं। उनके पिताजी ने खुश होकर कहा " बच्चा तुम तो बहुत दिन बाद आये हो, अरे बहन से बीच बीच में भेंट करना चाहिए "

"जी बाबूजी, दो साल तो मेरे ट्रेनिंग में निकल गये, उसके पहले इलाहाबाद में तैयारी कर रहा था, इसीलिए ज्यादा विलम्ब हो गया " नमन ने बताया।

" हाँ बेटा, भविष्य भी तो बनाना है " फिर जीजाजी की तरफ मुड़कर बोले " बच्चे को कुछ खिलाओ पिलाओ " और सामने दालान के छोटे कमरे में चले गये।

जीजाजी की माँ ने नमन की माताजी के विषय में विस्तार से जानकारी लिया और अंदर चली गईं।

जीजाजी फिर नमन को लेकर अंदर चले गये और बोले " आओ आराम से बातें करते हैं " और सभी लोग दीदी के कमरे में कुर्सी पर बैठ गए ।

"कल दोपहर को बगीचे में चलेंगे, वहां पर दाल बाटी का कार्यक्रम रखेंगे, खाना खायेंगे और बातचीत की जायेगी" जीजाजी ने कहा।

इसपर दीदी ने कहा " नमन, तुम्हारे जीजाजी ठीक कह रहे हैं, तुम्हारे नाम पर मैं भी बगीचे में चल सकूंगी, कुछ अपनी बातें भी करेंगे "

दूसरे दिन सभी बगीचे के लिए रवाना हो गये, गोलू नमन की गोद में था, बगीचे में ईंटो की दालान का निर्माण किया गया था, और उसमे एक छोटा कमरा भी था। दालान में तीन-चार तख़्त पड़े हुए थे, सभी लोग उसी पर बैठ गये। दालान के ठीक बाहर तीन लोग उपले की आग के इर्द गिर्द थे, जो बाटी दाल बना रहे थे।

जीजाजी ने एक से कहा " भोला पहले चाय पिला दो"

नमन आज तक यह नहीं समझ पाया था कि जिस आर्थिक परेशानी में वे सभी जी रहे थे, उस समय एक समृद्ध परिवार में, वह भी राजपत्रित अधिकारी के साथ, उसके दीदी की शादी कैसे हुई ? चाय पीने के बाद सभी लोग बगीचे में बिछे तख़्त पर बैठ गये, जहाँ बढ़िया सफाई की गई थी।

बात दीदी ने शुरू किया " माँ कैसी है?"

"ऐसा है दीदी, तुम्हारी शादी के बाद से ही माँ किसी भी चिंता से बाहर हो गई थीं, मेरे पी.यस.सी. रिजल्ट के बाद माँ का भाव वैसे भी बहुत बढ़ गया है" नमन ने हँसते हुए कहा।

दीदी भी हंसने लगी।

उसी समय एक आदमी ने आकर कहा " खाना तैयार है, चलें "

सभी ने भोजन नीचे एक दरी पर बैठकर किया, उनके सामने साफ की हुई जमीन पर पत्तलों में बाटी, भरता और चूरमा परोसा गया और मिटटी की तश्तरी में दाल। दीदी अपने बच्चे को बगल में बैठाकर खा रही थीं, और बीच बीच में बच्चे के मुंह में दाल डाल देतीं, और वह प्रसन्न बैठा रहा। खाना बहुत ही स्वादिष्ट बना था, नमन खाते खाते भोजन की तारीफ भी कर रहा था.

भोजन के बाद वे फिर से बगीचे में जा रहे थे कि एक महिला और उसकी बेटी वहां आ गईं, अतः सभी दालान में ही बैठ गये।

जीजाजी ने और दीदी ने महिला को प्रणाम किया, फिर जीजाजी बोले "आओ बैठो चाची "

चाची जीजाजी के बगल में बैठ गईं और और नमन की ओर देखकर बोलीं " बच्चा, ये कौन हैं?"

जीजाजी बोले " चाची, ये शशि के भाई हैं, कल रात को आये थे "

उनके साथ आई लड़की नीचे जमीन पर ही बैठ गई।

चाची जीजाजी से बोलीं "बच्चा, मै बहुत परेशान हो गईं हूँ । हमारी लड़की बार बार बोल रही है कि उसे और पढ़ना है, जबकि अब मुझे इसकी शादी करना है, मै सब कुछ स्कूल को ही दे दूंगी, तो कैसे चलेगा?"

जीजाजी ने हँसते हुए कहा "देवयानी, तुम अपनी माँ को कब परेशान करना बंद करोगी?"

देवयानी ने सर झुकाये हुए ही जबाब दिया "भैया, मैं बारहवीं में पढ़ रही हूँ, अब बारहवीं पूर्ण करने के लिए मुझे परीक्षा फॉर्म भरने से लेकर शेष फीस तो भुगतान करना है, और इसके लिए एक एक पैसे का हिसाब मेरे पास है"

जीजाजी ने हँसते हुए कहा " चाची, समस्या बहुत कठिन नहीं है, इसका निदान है देवयानी को पैसे उपलब्ध कराना, चूँकि यहाँ हमारे साले साहब बैठे हुए हैं और वे मजिस्ट्रेट हैं, इसलिए वे इसपर अपनी राय देंगे "

नमन कुछ देर चुप रहा फिर धीरे धीरे बोला "जीजाजी का आदेश है, तो मेरा स्पष्ट मत है कि लड़की को बारहवीं अवश्य पढ़ना चाहिये, क्योंकि अधूरी पढाई उचित नहीं है "

फिर वह देवयानी की तरफ देखते हुए बोला " तुम्हारा हाई स्कूल में परिणाम प्रतिशत क्या था?"

देवयानी ने बिना सर उठाये कहा " अठत्तर प्रतिशत "

"और ग्यारहवीं में? नमन ने फिर पूछा

"जी 74.50 प्रतिशत" संक्षिप्त सा उत्तर मिला।

"और तुम्हारा मेन सब्जेक्ट क्या है?"

उत्तर मिला " अर्थशास्त्र "

"और तुम्हे कम से कम कुल कितने पैसे चाहिए, जिससे अंतिम परीक्षा तक कोई परेशानी न हो?" नमन ने फिर पूछा।

"दो हज़ार दो सौ " उत्तर मिला ।

नमन ने जीजाजी को देखकर उनसे कहा " जीजाजी यह अंतिम परीक्षा और उससे सम्बंधित व्यय की ही तो मांग कर रही है "

"चाची जी के लिए वही तो कठिन है, उन्हें इसकी शादी की चिंता है " जीजाजी बोले।

इस पर नमन ने कहा "चलिए मैं एक प्रस्ताव रखता हूँ, मैं एक सप्ताह में दो हज़ार पांच सौ रुपये इस लड़की को मनीआर्डर से भेज दूंगा, जिसके बाद यह आराम से परीक्षा दे सकेगी। इसके मार्क्स की जानकारी लेने का मेरा एक अभिप्राय था, यह लड़की शिक्षा के माध्यम से अच्छा पैसा कमायेगी, और उस समय यह मेरे पैसे वापस कर देगी"

उसकी माँ ने कहा "बच्चा, यह लड़की तो शादी करके चली जाएगी, फिर आपके पैसे मैं वापस नहीं कर सकूंगी"

नमन ने कहा "माँ जी, इसकी कोई लिखापढ़ी नहीं हो रही है"

अचानक चुपचाप बैठी देवयानी खड़ी हो गई, और नमन को देखते हुए बोली "कल सायं के पहले आप मुझे नहीं जानते थे, परन्तु परिणाम के आधार पर आपने मेरी योग्यता पर जो विश्वास दिखाया है, उसके लिए मैं आपको धन्यवाद देती हूँ, और सहयोग के लिए आभार व्यक्त करती हूँ "

देवयानी ने अपनी माँ का हाथ पकड़ा और बोली "चलो माँ " और माँ बेटी दोनों चलीं गई।

रास्ते में देवयानी ने अपनी माँ से कहा " माँ तुम घर चलो, मैं सुक्कू चाचा से मिलकर आती हूँ " और वह दूसरी दिशा में चली गई।

उसके सुक्कू चाचा एक गड़ेरिया थे, जो भेंड़ें चराया करते थे, तथा देवयानी के घर और उसके स्कूल के बीच में, गांव से बाहर मिटटी से बने एक कमरे के घर में रहते थे, वे अकेले थे, उनकी पत्नी की काफी पहले मृत्यु हो गई थी, वे देवयानी को अपनी पुत्री जैसा मानते थे।

" क्या हुआ रे बिटिया, आज फिर माँ से लड़ाई हो गई क्या ?" देवयानी को देखकर बड़े प्यार से बोले।

" क्या बतायें चाचा, वही पढाई को लेकर कुछ चिकचिक हो गई थी, माँ मुझे लेकर मयंक भैया के पास गई थी " देवयानी बोली और उनको सारी कहानी सुना दिया।

" चाचा, मुझे आपका आशीर्वाद चाहिये" देवयानी ने कहा और सुक्कू ने उसके सर पर हाथ रख दिया।

उधर दालान में नमन ने कहा " चलिये आपके गांव के मंदिर चलते हैं, ईश्वर के दर्शन किया जाये "

जीजाजी ने शशि को घर पर छोड़ दिया और वे दोनों मंदिर की तरफ चल दिये।

जीजाजी के घर के पास में ही देवयानी का घर था, जो अत्यंत दीन-हीन दिख रहा था, घर के नाम पर कच्ची मिटटी से बने दो कमरे थे, सामने गांव के मार्ग तक कच्ची मिटटी से बनी बाउंडरी थी।

मंदिर एक तालाब के किनारे बना था, दोनों ने मंदिर में दर्शन किया, और पुजारी से आशीर्वाद लेकर घर वापस आये। उस रात को खाने के बाद जीजाजी के पिताजी बहुत देर तक अपने पूर्वजों के किस्से सुनाते रहे, नमन कब सो गया, उसे खुद पता नहीं चला।

अगले दिन सबेरे नमन घर के अंदर गया, दीदी से अपना बैग लिया, और ब्रश तथा टूथपेस्ट निकाल कर आंगन के कोने में बने वाश बेसिन में ब्रश किया और कंघी करने के बाद, दीदी के कमरे में जाकर कपडे पहनने लगा, वहीं शीघ्र ही नाश्ता आ गया , नमन ने दीदी के चरण स्पर्श किया और बैग लेकर बाहर आ गया। वहां नमन ने जीजाजी के पिताजी और माँ के चरण स्पर्श करके आशीर्वाद लिया।

जीजाजी ने उसे बैठाया और मोटरसाइकिल स्टार्ट किया, मुश्किल से तीन चार मिनट का रास्ता था, उन्होंने उसी चौराहे के पास बाइक रोका और बोले "ओ. के. ऑफिसर, तुम्हारी बस में अभी 20 -25 मिनट का समय है, परन्तु मुझे ट्रेन पकड़नी है अतः मैं चलता हूँ, अब तो भेंट होती रहेगी "

नमन ने जीजाजी के पैर छुए और वे नमस्कार कहते हुए चले गये।

नमन ने सूर्योदय के पूर्व की रोशनी में गांव की ओर देखा, दूर तक फैले खेत, सारे हरियाली से भरे हुए, कहीं कहीं सरसों के पौधों में फूलों का पीला रंग, सूर्योदय के पूर्व प्रकाश में बिखरते लाल रंग के साथ मिलकर पूरे वातावरण को रंगीन मादकता प्रदान कर रहे थे, पीपल के पत्ते हलकी हवा में भी सरसराने लगते थे, और चारों तरफ प्रकृति मुस्करा रही थी।

हरियाली के बीच में से एक टेढ़ी मेढ़ी पगडण्डी दूर गांव की तरफ जा रही थी, जो प्रातःकाल की इस बेला में खाली थी।

वह पीपल के पत्ते की हवा का आनंद ले रहा था कि उसने देखा पगडण्डी पर कोई दौड़ता हुआ आ रहा है, उसे बड़ा आश्चर्य हुआ कि इस तरह की पगडण्डी पर कोई दौड़ भी सकता है, पास आने पर समझ में आया कि कोई लड़की है, जिसके बाल हवा में लहरा रहे हैं , और उसने पीले रंग का कपडा पहना है। बिलकुल पास आने पर उसके आश्चर्य का ठिकाना नहीं रहा कि वह देवयानी है, जो दौड़ती हुई आकर उसके सामने खड़ी हो गई, वह हांफ रही थी।

"तुम " नमन ने कहा।

"जी सर, शशि भाभी ने मुझसे कहा कि आप अपना ब्रश और टूथपेस्ट घर में ही भूल गये थे, अतः किसी से भिजवा दो " फिर रुककर बोली "इतना सबेरे किसी को ढूंढने में तो आपकी बस निकल जाती, इसलिए मैं ही चली आई" उसने नमन को ब्रश और टूथपेस्ट पकड़ा दिया।

वह फिर धीरे से बोली " सर बुरा न माने तो एक चीज़ पूछूं "

" नहीं, बुरा क्यों मानूंगा, तुम घर से दौड़ती हुए चली आ रही हो, मुझे बड़ा अजीब लग रहा है " नमन ने कहा।

" सर, कल आपने मेरी पढाई में सहयोग के लिए एक राशि देने के लिए कहा था, क्या आप सही में भेंजेगे या उस समय मुझे सांत्वना देने के लिए ऐसे ही कह दिया था?" वह बोली।

" देवयानी " पहली बार उसने उसे नाम से बुलाया " मैं तुम्हारी मनोदशा समझ रहा हूँ, विश्वास रखो जो मैंने कहा है, वह राशि एक सप्ताह के अंदर तुम्हारे नाम से आयेगी"

नमन ने कुछ सोचकर फिर कहा " चूँकि तुम यहाँ तक दौड़ती हुई मेरे काम के निमित्त आई हो, मैं तुम्हे एक और प्रस्ताव दे रहा हूँ, और फिर से कह रहा हूँ कि यह कोई सांत्वना नहीं है। अगर तुम इण्टर बोर्ड की परीक्षा में 75% अंक ले आई, तो मैं तुम्हारा एडमीशन बनारस हिन्दू यूनिवर्सिटी में करवा दूंगा, और पूरे ग्रेजुएशन का खर्चा उठाऊंगा, शर्त

वही रहेगी कि जब तुम अच्छी कमाई करने लगोगी, तो सभी राशि वापस करोगी, स्वीकार है ?"

देवयानी फूट फूट कर रोने लगी, और उसके पैरों में गिर पड़ी, रोते रोते बोली " मुझे हज़ार बार स्वीकार है, आपने फिर से मेरे ऊपर विश्वास जताया है " और बिना कुछ सुने खड़ी हो गई, वापस मुड़ गई, तथा तेजी से वापस चली गई। नमन हवा के झोंके से, उड़ती हुई पीले रंग की पुरानी साड़ी पर, लहराते हुए घने काले बालों को, कुछ देर देखता रहा, टेढ़ी मेढ़ी पगडण्डी पर दौड़ती वह लड़की, पानी में तैरती हुई जलपरी जैसी लग रही थी।

जब गहन पर्वतीय श्रृंखला से उछलती कूदती पतली सी जल धारा चट्टानों पर निकलती है, तो उसके कहीं भी गुम हो जाने की आशंका बनी रहती है, परन्तु यदि उसने सागर बनना निश्चित कर लिया हो, तो सारे अवरोध उसे स्वयं मार्ग दे देते हैं , और वह जलधारा कालांतर में स्थिर भरी हुई नदी का रूप ले लेती है, इस पगडण्डी पर दौड़ती हुई कन्या उसी भाव के साथ चली जा रही थी।

तब तक बस भी आकर खड़ी हो गई, नमन को पीछे ही जगह मिल पाई, वाराणसी बस स्टैंड से वह सीधा कैंट पोस्ट ऑफिस गया, और उसने देवयानी पांडेय के नाम से रुपये दो हज़ार पांच सौ का मनी आर्डर किया। घर पहुँचने तक तेज धूप हो गई थी, सिहरन वाली यह धूप अच्छी लगी।

जून का महीना आधा समाप्त हो गया था, परन्तु गर्मी कम नहीं हुई थी, छत पर पंखा तेज़ चल रहा था, परन्तु सुबह के आठ बजे भी उमस के कारण पसीना होने लगा था, नमन एक तख़्त पर बैठा कुछ कानून से सम्बंधित पुस्तकों को पढ़ रहा था, उसे गोरखपुर से आये दो दिन हुए थे। तभी माँ ने कहा " नमन, आज मुझे देवी के दर्शन के लिए जाना है, तुम मेरे साथ सड़क तक चलो, मैं वहां से बस से चली जाऊँगी "

उसने पुस्तक बंद कर दिया और माँ से बोला " कौन से मंदिर जा रही हो माँ?"

" मुझे शीतला माता के दर्शन करने चौकियां जाना है" माँ ने कहा, “अभी निकलूंगी तब भी लौटने में शाम हो जाएगी, तुम्हारा खाना बनाकर रख दिया है, समय से खा लेना "

नमन बोला " तो अपने बेटे को भी दर्शन करा दो "

माँ का चेहरा खिल उठा और बोलीं " तू जायेगा मेरे साथ, आज तक तो कहीं नहीं गया "

"नहीं आज चलूँगा" नमन ने कहा।

" माँ तुम घर बंद करो, मैं अभी दस मिनट में आता हूँ " कहकर नमन घर से बाहर निकल गया।

वापस वह जीप में बैठकर आया, जो गांव की ही थी, और उतरकर माँ से धीरे से बोला “ माँ अब तुम अधिकारी की माँ हो, मंदिर जीप से चलेंगे “

माँ के चेहरे पर प्रसन्नता की आभा फूट पड़ी।

चौकियां मंदिर पूरे क्षेत्र में आस्था का प्रतीक था, जहाँ पहुंचने में नमन को एक घंटे से कुछ ऊपर लगे।

जीप से उतरकर नमन माँ से बोला " माँ यहाँ बहुत भीड़ है अतः तुम्हे तो समय लगेगा, मैं दर्शन करके बाहर गुलमोहर के पेड़ के नीचे बैठूंगा, आप आ जाना। अगर मैं कहीं आस पास कहीं निकल गया, तब भी आप वहीं आकर बैठ जाना"

माँ जो कि बहुत खुश दिख रही थी, बोली "ठीक है "

गुलमोहर पूरी तरह लाल फूलों से लदा हुआ था, जैसे जैसे ग्रीष्म ऋतु के जेष्ट मास की तपन बढ़ती गई, गुलमोहर की पत्तियां धानी रंग में और फूल गहरे लाल रंग में, दूर बिखरे अनंत आकाश के नीचे इंद्रधनुषी छटा को चुनौती देते हुए, अपना अलग संसार घोषित कर रहे थे। बढ़ती हुई तपन में हल्की सी हवा में मचलती हुई गुलमोहर की पत्तियां, सरसराती हुई नमन के बालों को स्पर्श कर रहीं थीं कि अचानक नमन को रुक्मिणी

याद आ गई। अगर वह इस समय यहाँ बैठी होती तो उसकी आंखे भी गुलमोहर के फूल पर टिकी होतीं, और उसकी स्वप्निल आँखें दूर क्षितिज को निहार रही होतीं।

नमन ने अपने कलाई में बंधी हुई घड़ी देखी, दोपहर में कुछ विलम्ब है, परन्तु गर्मी तेज हो गई है, अब तक माँ की पूजा तो हो जानी चाहिए, चलकर देखते हैं कि माँ क्या कर रही है, सोचकर वह उठा ही था कि सामने देवयानी दिखी, जो झुककर उसका चरण स्पर्श कर रही थी, और बगल में देवयानी की माँ भी खड़ी थी।

नमन ने देवयानी की माँ को प्रणाम किया और बोला "आप लोग " और देवयानी से बोला "चलो खड़ी हो जाओ "

"सर, मैंने आपको दूर से ही पहचान लिया था, यह संभव ही नहीं था कि बिना आपको प्रणाम किये मैं मंदिर में चली जाऊं, हमारी प्रार्थना फलीभूत होने के लिए देवी दर्शन से पूर्व आपके चरण स्पर्श आवश्यक है" देवयानी एक सांस में बोल गई ।

" ठीक है, तुम को जो बोलना था वह बोल गई, अब चाचीजी से बात करने दो" नमन ने उसकी माँ की तरफ देखते हुए कहा "चाचीजी आप बैठिये और बताइये, गांव का क्या हाल चाल है?"

देवयानी की माँ ने कहा "बच्चा, तुम्हारे जीजाजी और बहन दोनों मजे में है, तुम्हारा भांजा कुछ ज्यादा मस्ती करने लगा है। तुम्हारे सहयोग से हमारी लड़की बारहवीं पास कर गई, बहुत बहुत धन्यवाद बच्चा, शीतला माता तुमको धन धान्य से भर दे, तुम सदैव सुखी रहो"

अब नमन को याद आया कि उसने इस लड़की को कुछ पैसे भेजे थे, और कुछ आश्वासन भी दिया था। इनसे मिलने के पहले वह सब कुछ भूल चुका था।

उसने देवयानी को देखा जो अभी भी खड़ी थी, और पूछा "तुमको बैठने में कुछ परेशानी हो रही है क्या?"

देवयानी ने बिना कोई उत्तर दिये खड़े खड़े कहा " सर माँ ने आपको धन्यवाद दे दिया है, परन्तु आपके कारण मैं पुनर्जीवित हो गई हूँ, और मैं आपको पुनः प्रणाम करती हूँ "

"ठीक है, अब मैं भी तुमको दो बार आशीर्वाद देता हूँ , और शायद एक सप्ताह पहले ही रिजल्ट आया है, अतः अब तुम मुझे बताओ कि इंटरमीडिएट में तुम्हारा रिजल्ट कैसा रहा?" नमन ने पूछा।

"सर, मैं पास हो गई हूँ " संक्षिप्त सा उत्तर मिला।

" ठीक है, अब अपना प्रतिशत बताओ " नमन ने पूछा।

"सर 76.5 प्रतिशत " पुनः संक्षिप्त उत्तर।

नमन अचंभित होकर झटके से खड़ा हो गया "आर्ट साइड से होकर भी 76.5 प्रतिशत?"

"जी सर " संक्षिप्त उत्तर।

"बहुत बढ़िया, मेरी बधाई स्वीकार करो" नमन पुनः बैठते हुए बोला।

अब देवयानी की माँ ने कहा " बच्चा, पिछली बार तुम बोले थे कि इस लड़की को बारहवीं पास हो जाने दो, तो यह पास हो गई, अब इसे समझा दो कि माँ की बात माने, मुझे हर हाल में इसकी शादी करनी है "

नमन ने कहा "चाची, इसने बारहवीं में जो नंबर पाया है, वह प्राप्त करना बहुत बहुत कठिन है, मेरा खुद का नंबर इससे पांच प्रतिशत कम था, चाचीजी, मेरी बात सुने, यह आपकी अकेली लड़की है, आपको इसको घर से भगाने की इतनी जल्दी क्यों है? लड़की पढ़ने में बहुत तेज है, कुछ और पढ़ लेगी तो बहुत से लड़के मिलेंगे आपको"

"बच्चा, तुम्हारे भरोसे इसने बारहवीं पास किया, मेरी हैसियत अब इतनी नहीं बची है कि और आगे मैं इसके पढाई का खर्चा उठा सकूँ, फिर इसकी उमर हो रही है, शादी करना कोई खेल नहीं है, वर ढूंढने में वक़्त लगता है, कम से कम दो साल तो ढूंढ़ने और तैयारी में लग जायेंगे" देवयानी की माँ ने कहा।

'' ठीक है चाची मैं आपकी भावनाओं से अवगत हो गया, अब आप ध्यान से मेरी बात सुने,आपकी लड़की आगे पढ़ेगी तो स्कालरशिप के इतने पैसे मिल जायेंगे कि इसकी आगे की पढाई का खर्चा निकल जायेगा। कभी मैंने इससे वादा किया था कि अगर इसके बारहवीं में पिचहत्तर प्रतिशत से अधिक अंक आये, तो पढाई की आगे का खर्च मैं उठाऊंगा। आप इसके लिए योग्य वर ढूंढिए, तब तक यह अगले क्लास में पढ़ती रहेगी, जब तय हो जाये, शादी कर दीजियेगा'' नमन ने प्रस्तावित किया ।

देवयानी की माँ इस प्रस्ताव से सहमत होती दिखी।

तभी नमन को अपनी माँ दिखाई पड़ी, जो इधर उधर देख रही थी, माँ उसे ढूढ़ रही थी।

माँ उसे ही ढूढ़ रही थी, उसने वहीं से माँ को पुकारा, माँ उसके पास आई, वह पसीने से लथपथ थी।

'' क्या माँ, आओ बैठो यहाँ कुछ ठंढक है, अच्छे से दर्शन हो गए'' नमन बोला।

'' हाँ बेटा'' और माँ वहीं चबूतरे पर बैठ गई।

तभी देवयानी ने झुककर उनके चरण स्पर्श किया, माँ ने उसे गौर से देखते हुए आशीर्वाद दिया।

नमन बोला ''माँ यह देवयानी है, जीजाजी के चाचा की लड़की है, जब मैं दीदी के यहाँ गया था, तो इन लोगों से मुलाकात हुई थी'' और देवयानी की माँ की तरफ इशारा करते हुए कहा " और यह जीजाजी की चाची हैं"

देवयानी की माँ ने नमन की माँ को नमस्कार किया, प्रति उत्तर में माँ ने भी हाथ जोड़ दिए।

''माँ, यह लड़की पढ़ने में बहुत तेज है, इसने इण्टर बोर्ड में 76.5 प्रतिशत अंक प्राप्त किया है '' नमन ने बताया ।

'' बधाई बेटा '' माँ ने कहा ।

देवयानी ने पुनः नमन की माँ के चरण स्पर्श किये।

देवयानी की माँ ने कहा '' बहन जी, आपका नाती बहुत चंचल है, मैंने शशि को हमेशा उसके पीछे भागते हुए देखा है ''

अब माँ को उनका प्रिय विषय मिल गया और प्रायः दस मिनट तक दोनों में चर्चा होती रही और अंत में नमन को टोकना पड़ा ''माँ, चलें ''

माँ चौंक कर बोली ''अरे हाँ चल '' और वे खड़ी हो गईं।

नमन ने ड्राइवर को बुलाया और माँ को जीप में बैठने के लिए कहा और देवयानी की तरफ मुड़ कर बोला ''जीजाजी के माध्यम से तुम्हे आवेदन फॉर्म मिल जायेगा, भर कर उन्ही को दे देना, प्रवेश परीक्षा की तारीख की सूचना भी उन्ही के माध्यम से मिलेगा, निर्धारित तिथि को बनारस हिन्दू यूनिवर्सिटी के विश्वनाथ मंदिर के सामने, माँ के साथ नौ बजे प्रातः तक पहुँच जाना, मैं वहीं मिलूंगा''

'' जी '' और वह खड़ी रही।

जीप निकल जाने के बाद, देवयानी ने झुककर वहां से एक चुटकी धूल उठाया, जहाँ नमन खड़ा था, और उसे अपने माथे में लगा लिया ।

नमन चलती जीप में माँ के साथ बैठा था, सोचने लगा कि एक तरह से अनाथ सी लड़की देवयानी, जिसके यहाँ आय को कोई श्रोत नहीं है, नगण्य खेती के आमदनी पर घर का खर्च किसी तरह से चल रहा है, फिर भी इस दरिद्रता के बीच उसे शिक्षा चाहिए, उसे अपने भविष्य में अटूट विश्वास है ।

नमन के जीजाजी ने बनारस के अर्दली बाजार में एक कमरा किराये पर ले रखा था, जो सभी सुविधाओं से युक्त था। नमन उस दिन देर शाम को वहां पहुंचा तो जीजाजी आ चुके थे, परन्तु कहीं गये हुये थे।

जीजाजी एक घंटे बाद आये और बोले '' नमन तुम तो कल आनेवाले थे?''

नमन बोला "असल में जीजाजी मैंने देवयानी को सुबह नौ बजे का समय दिया था, उस समय पहुँचना कठिन दिख रहा था, अतः मै अभी आ गया"

जीजाजी बोले "अब अपना हाल चाल बताओ "

नमन बोला " कल प्रातः आठ बजे मैं बनारस हिन्दू यूनिवर्सिटी के लिए निकल जाऊंगा, यहाँ से जाने में कितना समय लगेगा?"

" अधिक से अधिक पैंतालीस मिनट, सामने ही कचहरी है, वहां से साधन मिलते रहेंगे " जीजाजी बोले।

नमन को रात में रुकने में कोई समस्या नहीं हुई, दूसरे दिन समय से बनारस हिन्दू यूनिवर्सिटी पहुँच गया, मुख्य द्वार से प्रांगण में स्थित विश्वनाथ मंदिर ऑटो रिक्शे से पहुँच गया । वहां मंदिर के अंदर प्रवेश करते ही बाएं तरफ उसे देवयानी दिखाई दी, जो अपनी माँ के साथ जमीन पर बैठी हुई थी, उसने अपने कंधे से एक थैला लटका रखा था। नमन वहां पहुँच कर उसके माँ को प्रणाम करके जमीन पर ही बैठ गया, और देवयानी से बोला " प्रवेश पत्र दिखाना "

देवयानी ने थैले में से निकाल कर दिया, देखने के बाद नमन ने कहा " आप लोग बहुत सबेरे ही गांव से चल दिये होंगे, इसलिये बाहर खाने पीने के स्टाल हैं, पहले नाश्ता करते हैं " और खड़ा हो गया, उसके साथ ही माँ बेटी भी खड़ी हो गईं, और सभी बाहर आ गये ।

बाहर सबने डोसा खाया और नमन ने देवयानी की माँ से कहा कि वहीं जाकर बैठ जाएँ, जहाँ अभी तक बैठी थीं, परीक्षा के बाद देवयानी वहीं पहुँच जायेगी, और माँ पुनः मंदिर के अंदर चली गईं।

देवयानी ने नमन से पूछा " क्या आप परीक्षा केंद्र तक अपने आप पहुँच जायेंगे?"

"हाँ, क्यों?" नमन बोला।

" यह विश्वविद्यालय इतना विशाल है कि हमारे जैसे बहुत से लोग भटकते ही रहेंगे, और निर्धारित स्थल पर शायद ही पहुंचें" देवयानी ने शंका स्पष्ट किया।

मैं यहाँ तीन साल रहा हूँ, मुझे सब पता है " नमन ने बताया।

फिर बोला " सामने ही तुम्हारा केंद्र है, दस मिनट बाद तुम्हे प्रवेश की अनुमति मिलेगी और उसके बाद प्रवेश परीक्षा है"

देवयानी ने ध्यान से नमन को देखा, और बिना किसी उत्तर के परीक्षा भवन की तरफ बढ़ गई, अपने जीवन काल में पहली बार उसने इतनी बड़ी संख्या में परीक्षार्थियों की भीड़ देखा, साथ ही बहुत आधुनिक वस्त्रों में लड़के लड़कियों का समूह भी, लेकिन एक बार भी उसने अपने अति सामान्य कपड़ों पर ग्लानि महसूस नहीं किया ।

परीक्षा समाप्ति पर उसे नमन वहीं मिला, जहाँ वह छोड़कर गई थी, नमन ने सीधा प्रश्न किया "कैसा रहा?"

देवयानी ने कुछ देर उसको देखा और धीरे से बोली " सर, चाहे कुछ भी करना पड़े परन्तु आपका विश्वास नहीं टूटने दूंगी"

"मैं आज के परीक्षा के बारे में पूछ रहा हूँ "

"सर, मैं वही बता रही हूँ " देवयानी बोली।

"ठीक है चलो चलें "और वे दोनों विश्वनाथ मंदिर पहुंचे, जहाँ देवयानी की माँ उनकी प्रतीक्षा कर रही थी।

देवयानी की माँ ने कहा " बड़े भाग्य से मैं इस मंदिर में आई हूँ इसलिए कुछ देर मैं मंदिर में पूजा करना करना चाहती हूँ, मैं यहाँ से हिली तक नहीं, क्योंकि मुझे डर लग रहा था कि कहीं गुम न हो जाऊं"

नमन ने कहा " जी जरूर आप कीजिये, मैं यहीं बैठा हूँ, पूजा के बाद आप दोनों यहीं आइयेगा "

माँ उठकर चली गई तो नमन ने देवयानी से पूछा "और तुम नहीं जा रही हो?"

देवयानी ने मंदिर की तरफ देखते हुए कहा " मेरा भगवान तो मेरे साथ है "

" तुम्हारी कुछ बातें मेरी समझ में नहीं आती हैं " नमन ने कहा।

" सर यह सब छोड़िये, मुझे आपसे पूछना है कि स्टूडेंट लाइफ में कभी आपके साथ कोई और पढता था, जो पढ़ने में आपसे भी आगे हो?" देवयानी बोली।

नमन कुछ देर चुप रहा फिर बोला " हाँ, एक थी रुक्मिणी ---------"

अगले एक घंटे तक आठवीं क्लास से लेकर दसवीं क्लास तक का वर्णन उन्होंने आनंद से किया, और यह कि उसने अत्यंत बुरे समय में उनके परिवार की किस तरह से सहायता किया।

" चलो मान लो कि मैं जो सुना रहा था,उस चर्चा में मैं कहूं कि मैं और रुक्मिणी एक दूसरे से बहुत प्यार करते थे, तो उसमे अर्थशास्त्र कहाँ से प्रवेश कर गया?" नमन ने हँसते हुए पूछा।

"सर, आप अनुमति दें तो मैं आगे कुछ कहूं " देवयानी उसी गंभीर धीमी आवाज़ में बोली।

"अरे बिलकुल, यह तो खुली चर्चा हो रही है " नमन बोला।

" सर जो अपने अभी तक बताया, वह प्यार नहीं कहलाता है, उसके लिए इंग्लिश का एक शब्द 'इन्फैचुएशन' है, यह एक दूसरे के लिए एक सीमित अवधि का तीब्र लगाव है, यह हाई स्कूल और इंटरमीडिएट के विद्यार्थियों में बहुत देखने को मिलता है। आपके प्रकरण में अर्थशास्त्र इस तरह से आया कि उस समय की परिस्थितियों ने आप को एक 'विक्टिम कार्ड' खेलने के लिए वाध्य किया, जिससे हर तरह से सक्षम रुक्मिणी जी का झुकाव आपकी तरफ हुआ, जहां तक प्यार की बात है तो वह स्थल परिवर्तन से शून्य नहीं होता है, अन्यथा आप आज भी रुक्मिणी जी के संपर्क में होते, क्योंकि मुझे ऐसा नहीं लगता कि आप और रुक्मिणी जी ने एक दूसरे को कोई पत्र भी लिखा हो,

नमन स्तब्ध होकर सुनता रहा, उसे एक साधनहीन ग्रामीण बाला से इस विवेचना की कत्तई अपेक्षा नहीं थी, यह अर्थशास्त्र की विवेचना का प्रयास था या सायकोलोजी का, उसे स्पष्ट नहीं हो पाया, पर था गजब का।

उसकी हंसी गायब हो गई " देवयानी, तुम मुझे यह बताओ कि तुम्हारी माँ अभी भगवान शिव की पूजा कर रही है, क्या उसमे भी अर्थशास्त्र है?"

देवयानी कुछ देर नमन को देखती रही फिर बोली "बुरा नहीं मानियेगा सर, ईश्वर को सर्वशक्तिमान माना गया है, इसलिए जो कुछ व्यक्ति की क्षमता में नहीं है, वह ईश्वर से मांगता है, कोई भी मंदिर में केवल और केवल, कुछ मांगने ही जाता है, वह जिस बस्तु में सक्षम है उसकी मांग नहीं करेगा, यह सरल अर्थशास्त्र ही तो है सर, शून्य भाव से ईश्वर की आराधना तभी की जाती है, जब किसी की मांग की आपूर्ति हो गई हो "

इस विवेचना ने नमन को एक तेज तूफान में फंसे व्यक्ति की तरह हिलाकर रख दिया, क्या उसके और रुक्मिणी के मध्य प्यार था ही नहीं, वह उसकी प्रतिकूल परिस्थितियों के कारण उत्पन्न हुआ तीब्र लगाव था, और केवल कुछ समय के लिए ही था?

देवयानी बोली " सर क्षमा करें, मैं कुछ ज्यादा बोल गई "

अचानक बारहवीं पास, समस्त सुविधाओं से वंचित, उस किशोरी के ह्रदय में एक हूक सी उठी, और उसे लगा जैसे नमन उसके लिये मार्गदर्शक से बढ़कर भी कुछ है, और यह अभी तत्काल नहीं हुआ, एक दिन जब वह सूर्योदय के समय उसका टूथब्रश पहुँचाने गई थी, उसी साक्षात्कार में यह युवक उसके मन मंदिर पर छा गया था।

और फिर तभी देवयानी की माँ दर्शन करके वापस आई, नमन ने कहा "माँ आ गई है, अब चलें, एडमीशन की सूचना तुम्हारे गांव के पते पर आ जाएगी, उस समय मैं बी.एच.यू. आकर व्यवस्था कर दूंगा" और दोनों उठ खड़े हुए।

नमन ने ऑटो रिक्शे की व्यवस्था करके किराये का भुगतान कर दिया और देवयानी की माँ से कहा "यहाँ से सीधे बस स्टैंड जाइये, पहुँचने के आधे घंटे के अंदर आपको आपके गांव के लिए सीधी बस मिल जाएगी"

देवयानी की माँ ने परीक्षा के बारे में पूछा, परन्तु देवयानी गांव पहुँचने तक एक भी शब्द नहीं बोली, घर पहुँच कर भी वह बहुत खोई खोई सी थी।

नमन के जीजाजी ने टेलीफोन के माध्यम से नमन को सूचित किया कि देवयानी का सेलेक्शन बी.एच.यू. में हो गया है, और उसके काउन्सलिंग की तारीख अगले सोमवार को सबेरे 11बजे है, वे लोग पिछली बार की तरह वहीं विश्वनाथ मंदिर में मिलेंगे। सोमवार को नियत समय से एक घंटे पहले नमन, मिलने के निर्धारित स्थल अर्थात विश्वनाथ मंदिर में पहुंचा, जहाँ दोनों माँ बेटी मौजूद थीं, इन दोनों को देख कर नमन को महसूस हुआ कि दोनों माँ बेटी का कुल संसार बस इतना ही है, न कम न ज्यादा।

नमन ने देवयानी से कहा " यूनिवर्सिटी का पत्र दिखाओ "

देवयानी ने अपने थैले से एक पत्र निकालकर दिया, नमन ने काउंसलिंग की जगह अंडरलाइन किया और बोला " हाई स्कूल और इण्टर के मार्कशीट तथा सर्टिफिकेट देना, तथा अतिरिक्त सत्यापित प्रतियां भी, साथ ही फोटो भी "

देवयानी ने पेपर्स और फोटो दिये, उसके स्कूल के प्रिंसिपल ने सभी पेपर्स की प्रतियों को सत्यापित किया था।

नमन ने फिर पूछा " नाश्ता पानी हो गया है?"

देवयानी की माँ ने उत्तर दिया "हाँ बच्चा, आज समय था, घर से ही खा पीकर चले हैं"

नमन ने देवयानी से कहा " आओ " और देवयानी उसके पीछे चल पड़ी।

निर्धारित भवन में पहुंचने पर, काउंसलिंग में यह जानकर नमन पुनः आश्चर्यचकित हो गया कि देवयानी प्रथम तीन छात्रों में है, और उसी क्रम में काउंसलिंग हो रही थी। देवयानी का यह प्रवेश मात्र औपचारिकता बन गई, सारे आवश्यक पेपर्स जमा हो गए, मांग अनुसार महिला महाविद्यालय में हॉस्टल भी आवंटित हो गया, और सूचित किया गया कि अगले सप्ताह से कक्षाएं प्रारम्भ हो जाएँगी।

नमन ने सारी औपचारिकताएं स्वतः पूर्ण किया, और मांग-पत्र के अनुसार राशि पटाकर जब वह महिला महाविद्यालय पहुंचा, तो हॉस्टल आवंटन होने में समय नहीं लगा, उसने देवयानी को हॉस्टल कमरा स्वतः जाकर देखने के लिए कहा और देवयानी ने कमरा देख लिया ।

विश्वनाथ मंदिर के मार्ग में वापसी पर नमन ने पूछा " यह प्रवेश कैसा लगा?"

" जी, बहुत अच्छा " देवयानी बोली।

नमन ने पूछा " अब अगले एक वर्ष के व्यय का अनुमान बताओ, जिससे मैं वह राशि तुम्हे अभी दे दूँ "

देवयानी ने पूछा " अभी देंगें सर "

नमन ने कहा " हाँ "

देवयानी ने अपने थैले से एक कॉपी निकाला और बोली " सर इसमें एक वर्ष के गणना का विवरण है "

नमन ने देखकर कहा "अरे लड़की, यह गांव का स्कूल नहीं है, विश्वविद्यालय है, यहाँ के वातावरण के अनुरूप तुम्हे अपने को ढालना पड़ेगा, इस बजट में काम नहीं चलेगा, तुम्हे कठिनाई होगी "

चुप होकर देवयानी ने कुछ देर चारों तरफ देखा और रुंधे गले से बोली "हाल में पकड़ा गया तोता जब पिंजरे से मुक्त होता है सर, तो उसकी उड़ान सीमा रहित होती है, दूर अंतरिक्ष तक फैला अनंत आकाश उसके पंखों के दायरे में होता है। गांव के दो कच्चे कमरों तक

सीमित, एक दरिद्र, अनाथ लड़की को, इस प्रांगण में आपने लाकर खड़ा क़र दिया नमन सर, अब कोई कठिनाई हो ही नहीं सकती, आपने मुझे अनंत यात्रा के मार्ग को दिखा दिया, अब मेरे लिए कोई सीमा नहीं है " और देवयानी फूट फूट क़र रोने लगी।

"अरे पागल लड़की, रोते नहीं, मैंने तुमसे व्यय की बात किया" नमन बोला।

"ठीक है सर, बस्तुतः मेरे व्यय बहुत सीमित हैं, हॉस्टल और मेस खर्च ही मुख्य हैं " देवयानी ने विवरण दिया।

"चलो बिलकुल ठीक, अब आज मैं विश्वनाथ मंदिर के सामने ईश्वर को साक्षी मानकर, तुम्हे यह निर्देश देता हूँ कि जो भी राशि मैंने दिया था या भविष्य में दूंगा, उसे वापस नहीं करना है, इस समय मैं तुम्हारे एस्टीमेट से दुगनी राशि तुम्हे दे रहा हूँ, जिसके व्यय में संकोच नहीं करना है " नमन बोला।

वह सर झुकाकर बोली "जैसी आपकी आज्ञा" आज वह मुस्कराई।

मंदिर के प्रांगण में माँ वैसे ही बैठी मिली, मंदिर की ओर एक टक देखते हुए।

देवयानी बोली " माँ, आज तो सर को आशीर्वाद दे, जिन्होंने मुझे यहाँ तक पहुंचा दिया"

माँ फौरन बोली "जुग जुग जिओ बच्चा, भगवान तुम्हारी हर इच्छा पूरी करे "

नमन ने हाथ जोड़ लिए और बोला "अब हम लोग वापस चलें, रिक्शे से मेन गेट तक चलते हैं, वहां से ऑटो रिक्शा रिज़र्व करके सीधा बस स्टैंड चलेंगे " और सभी उठ गये ।

बस स्टैंड पर जाते ही देवयानी की बस मिल गई और माँ बेटी दोनों चली गईं।

आधे घंटे बाद नमन भी घर के लिए रवाना हो गया।

गांव पहुंचकर देवयानी सीधे सुक्कू चाचा से मिलने गई , वे बाहर बैठे कुछ सोच रहे थे। देवयानी ने झुककर उनके चरणस्पर्श किया, वे चौंक कर उसे देखने लगे।

"चाचा, आपमें मुझे अपने वे पिता दिखते हैं, जिनके चेहरे का स्मरण भी मुझे नहीं है, मैं आपको यह बताने के लिये आई हूँ कि मेरा एडमीशन बनारस हिन्दू यूनिवर्सिटी में हो गया है, आप मेरे सर पे हाथ रखकर भविष्य के लिये आशीर्वाद दीजिये " देवयानी ने कहा।

सुक्कू के आँखों में आंसू आ गये, देवयानी के सर पर हाथ रखकर बोले " बिटिया, यह तो शुरुवात है, तुम उस ऊंचाई पर पहुँचोगी , जहाँ तुम्हे पूरी दुनिया याद करेगी "

और देवयानी चली गई, सुक्कू भावविव्हल होकर उस जाता हुआ देखते रहे।

7

प्रथम बार विश्वविद्यालय के हॉस्टल के लिए देवयानी की समझ में जो कुछ आया, उसने रख लिया, जाने के एक दिन पहले गद्दा रजाई मोड़कर सुतली से बांध लिया गया, तथा शेष सामान दो थैलों में आ गया।

प्रस्थान के दिन उसकी दो सहेलियां उसे बस स्टैंड पहुँचाने आईं, अतः सामान आसानी से बसस्टैंड पहुँच गया, उसकी माँ बहुत समझाने के बाद भी नहीं मानी, और बोलीं कि वहां विश्वविद्यालय तक पहुंचा कर वह तुरंत वापस आ जायेगी, जाने से पहले देवयानी शशि से मिलने पहुंची, उस समय घर में और कोई नहीं था।

" बधाई हो देवयानी कि तुम्हे बी. एच. यू. की शिक्षा मिलेगी, जो मुझे नहीं मिल पायी" देवयानी के पैर छूने पर उसने बधाई दिया।

" भाभी आप ही की वजह से मैं आगे पढ़ पा रही हूँ, नहीं तो मेरी माँ अब तक मेरी शादी कर चुकी होती" देवयानी हंसकर बोली।

" मेरा नमन स्त्री शिक्षा पर कठोर है, जब तक पढ़ोगी वह सहायक बना रहेगा , नमन प्रेरक का काम करता है" शशि बोली।

देवयानी बोली "भाभी, अगर आपके भाई का केवल मार्गदर्शन मिलता रहा तो मैं कहाँ तक चली जाऊंगी, मुझे खुद पता नहीं "

देवयानी यह नहीं बोल पाई कि नमन उसके ह्रदय में गहरे प्रवेश कर चुका है, वह प्रेरक से बहुत आगे का व्यक्ति है, इस समय तो देवयानी के लिए देवता तुल्य है।

देवयानी फिर बोली " दीदी, मेरे निकलने का समय हो गया है, अतः मैं जा रही हूँ, कोई भूल चूक हुई हो तो मुझे छोटी बहन समझ कर माफ़ कर देना "

शशि बोली " एक मिनट रुको " और वह घर के अंदर गई और तुरंत ही वापस आ गई, उसके हाथ में एक पर्स था, उसे देवयानी को देते हुए बोली "इसकी जरूरत हमेशा पड़ेगी इसे रखो "

देवयानी ने फिर से उसके पैर छुए और चली गई।

बस में सामान चढाने और बनारस में उतारने में कोई परेशानी नहीं हुई, बस कंडक्टर एक अच्छा व्यक्ति था। बस स्टैंड से ऑटो रिक्शा में सामान लेकर विश्वविद्यालय के लिए रवाना हुए, बी. एच. यू. में महिला महाविद्यालय पहुँचने पर गेट पर सुरक्षा गार्ड ने ऑटो रोक दिया और आई कार्ड दिखने को कहा। देवयानी ने एडमिशन और हॉस्टल आवंटन के कागज दिखाये और कहा " कॉलेज में उपस्थित होने के बाद ही आई कार्ड बनेंगे, मैं उपस्थित होने ही आई हूँ, यह मेरी माँ है मुझे पहुंचा कर चली जाएगी "

गार्ड ने एक रजिस्टर में कुछ प्रविष्टि किया और ऑटो को हॉस्टल में सामान उतारकर तुरंत वापस आने को कहा, जो 3-4 मिनट में वापस आकर गेट से बाहर चला गया।

दोनों सीढ़ियों से ऊपर गईं, परन्तु बिस्तर के बंडल को ऊपर ले जाने में परेशानी हो रही थी, सिक्योरिटी गार्ड देख रहा था, तुरंत आ गया और बोला " आप दोनों चलो, मैं पहुंचा दूंगा "

उसने बंडल उठाया और देवयानी के कमरे तक पहुंचा दिया, देवयानी ने कृतज्ञता पूर्वक उसे प्रणाम किया। आधे घंटे में दोनों माँ और बेटी ने मिलकर देवयानी का बिस्तर लगा दिया, सारा सामान एक

वार्डरोब में जमा दिया, और अभी क्या सामान चाहिए, इसकी सूची बना ली गई, और लंका से, जो कि महिला महाविद्यालय से बस थोड़ी ही दूर पर था, तत्काल खरीदने का निर्णय लिया गया। खरीदी करने के उपरांत वार्डरोब में ऊपरी रैक को छोड़कर, जो पुस्तकों के लिए आरक्षित किया गया था, शेष में सभी सामान जमा दिया गया।

माँ ने दूसरा प्रश्न किया " खाना कहाँ मिलेगा ?"

"माँ यहाँ सभी का खाना मेस में बनता है और खाने का समय निर्धारित है, अब माँ तुम्हारे जाने का समय हो गया है, चलो मैं तुम्हे लंका पर ऑटो में बैठा देती हूँ" देवयानी ने माँ से कहा।

माँ खड़ी हो गई और दोनों माँ बेटी एक दूसरे को पकड़ कर रोती रहीं, फिर माँ ने बेटी को दुलारा, और दोनों कमरे से बाहर निकल गईं, लंका पर ऑटोरिक्शा में माँ को बैठाने के बाद, उसने ड्राइवर से कहा कि माँ को रोडवेज़ पर उतार देना, और ऑटो रवाना हो गया।

वापसी में ऑफिस में उसने अपनी उपस्थिति रिपोर्ट किया, और वहां से उसे अपने वार्डन को रिपोर्ट करने को कहा गया। मैडम वार्डन अपने कक्ष में ही मिल गईं, और उन्होंने उसकी जानकारी पंजीबद्ध किया, तथा सूचित किया कि आज रात से मेस चालू हो जायेगा। मैडम ने यह जानने के बाद कि यह लड़की ग्रामीण क्षेत्र से है, और इसके पिता नहीं हैं, उसे आश्वस्त किया कि किसी भी परेशानी में देवयानी उनसे सीधे मिले।

देवयानी बहुत सबेरे ही उठ गई थी, और दिन भर की दौड़ धूप ने उसे बेहद थका दिया था। जीवन में पहली बार वह माँ से अलग हुई थी, उसे यह अकेलापन अत्यंत कष्टदायक लगा, जैसे ही निढाल होकर अपने बिस्तर पर वह लेटी, वह गहरी नींद में सो गई।

उसकी नींद देर शाम को टूटी, उस समय अँधेरा हो रहा था। उसने बाथरूम जाकर अपने चेहरे पर पानी के छींटे मारे और और कंघी किया, जैसे ही वह कमरे से बाहर निकलने को तैयार हुई, दरवाजे पर थपथपाहट की आवाज़ आई। दरवाज़ा खोलते ही आया दिखी, उनके हाथ में चमड़े का चमचमाता सूटकेस था, और कंधे पर थैला लटक रहा

था, देवयानी ने सहायता देकर कंधे से बैग उतारा और पूछा " आंटी, यह किसका सामान है?"

उसने उत्तर दिया " तुम्हारे साथ जो दूसरी लड़की रहेगी उसी का है "

देवयानी चुपचाप एक कुर्सी पर बैठ गई। तभी एक बड़ा होल्डाल लिए कोई आदमी आया, जिसके हाथ में दूसरा नया बैग था, उसने खाली बेड पर होल्डाल खोलकर बेड पर बिस्तर लगा दिया और बिना कुछ बोले बाहर चला गया। आया ने बताया कि यह कार का ड्राइवर है, जिससे वह लड़की आयी है।

करीब दस मिनट बाद जीन्स और टी शर्ट पहने एक लड़की ने प्रवेश किया और उसी के साथ सजी धजी एक महिला ने प्रवेश किया, जो उसकी माँ थी। देवयानी ने उठकर नमस्ते किया, उन्होंने सर हिला दिया और कमरे को ध्यान से देखने लगी, आने वाली लड़की ने उसे हैल्लो कहा और अपना हाथ बढ़ा दिया, देवयानी ने मुस्करा कर उससे हाथ मिलाया और वहीं खड़ी रही। पांच मिनट बाद महिला और उसकी बेटी दोनों कमरे से बाहर निकल गईं।

पंद्रह मिनट बाद वह लड़की अकेली वापस आई, और धम्म से दूसरी कुर्सी पर बैठ गई, उसके कंधे से एक पर्स झूल रहा था। कुछ देर बैठने के बाद वह बोली " जब यहीं रहना है तो परिचय हो जाये, मैं शिवानी वर्मा, पटना से आयी हूँ, वहीं की रहने वाली हूँ, और अभी अंदर जो आई थीं, मेरी मॉम थीं, पापा नीचे ऑफिस में ही बैठे रह गये, वे बिहार के पी. डब्लू. डी. विभाग के चीफ इंजीनियर हैं, मुझसे बड़ा एक भाई है, जो हायर एजुकेशन के लिए विदेश में है"

फिर उसकी तरफ देखकर बोली "और तुम्हारा परिचय?"

" मेरा परिचय अत्यंत संक्षिप्त है, मैं देवयानी पांडेय हूँ, पास के ज़िले जौनपुर के एक गांव की हूँ, इंटरमीडिएट तक की पढाई मैंने गांव के ही कॉलेज से किया है, जब मैं छोटी थी मेरे पिता की मृत्यु हो गई थी, माँ ने ही मेरा पालन पोषण किया, और आज तक उन्ही के सहारे हूँ " देवयानी ने बताया।

"ओह आई एम् सॉरी, परिवार में कोई और भाई बहन?" शिवानी बोली।

" नहीं बस मैं, और मेरी माँ, और थोड़ी सी खेती, यही परिवार की आबादी और कुल संपत्ति है" देवयानी ने बताया।

"मैं कॉमर्स लेकर पढूंगी, मुझे आई. आई. एम्. अहमदाबाद से एम्. बी. ए. करना है, और फिर हायर एजुकेशन के लिए यू. एस. जाना है, और तुम्हारा सब्जेक्ट?" शिवानी ने पूछा।

"मेरा मुख्य विषय अर्थशास्त्र है, मेरा भविष्य ग्रेजुएशन तक सीमित है, उसके बाद कोई भी जॉब" देवयानी ने बताया।

"ओह " शिवानी बोली "केवल एक छोटी सी बात और पूछनी है, पटना से ही मेरे साथ की दो सहेलियों ने भी इसी विश्वविद्यालय में एडमीशन लिया है, हम लोग क्लास ख़तम होने के बाद, शाम को एक साथ गपशप के लिए, आधे घंटे के लिए यहीं बैठेंगें, अगर तुम्हे आपत्ति न हो तो उतने समय के लिए कहीं बाहर चली जाना"

देवयानी मुस्कराई "जरूर, मुझे कोई आपत्ति नहीं है"

"मेनी थैंक्स, मेरी एक कमज़ोरी चाय है, चलो तुमको चाय पिलाकर ले आऊँ" शिवानी बोली।

" लेकिन मेस तो रात को चालू होगा" देवयानी बोली।

"अरे चलो, हॉस्पिटल कंपाउंड में आयुर्वेद वार्ड के किनारे चाय की एक छोटी दुकान है, बहुत अच्छी चाय मिलेगी, तुम उठो तो सही" शिवानी बोली।

और दोनों बाहर निकल आयीं, शिवानी जहाँ उसे लेकर आई, वह मरीज़ों के साथ आये लोगों के लिए चाय पीने की सुरक्षित जगह थी, यहाँ शांति थी, दोनों कुल्हड़ में चाय लेकर ठीक सामने एक पुलिया पर बैठ गईं, शिवानी की चाल में एक बेफ़्रिकी थी जो देवयानी को बहुत अच्छी लगी।

उसकी शांति को शिवानी ने भंग किया " क्यों माँ की याद आ रही है?"

देवयानी उत्तर में मुस्कराई "वह तो हमेशा आती रहती है, परन्तु अभी मैं यहाँ के वातावरण को देख रही थी"

कुछ देर चुप रहकर शिवानी बोली "कम से कम अगले तीन वर्ष तुम्हारे साथ ही रहना है, मैं बातचीत में बहुत सावधान नहीं रहती, इसलिए कुछ ऐसा बोल जाऊं जो तुम्हे अच्छा नहीं लगे, तो मुझे टोक देना। मेरे पास खर्च करने के लिए पैसे हैं, परन्तु तुमको देखकर और यह समझकर कि तुम स्वाभिमानी हो, क्या मैं तुम्हारे ऊपर भी पैसे खर्च कर सकती हूँ ?"

"नहीं बिलकुल नहीं, परन्तु तुम जब भी चाय पिलाओगी, तुम्हारे पैसे की ही चाय पिऊँगी" देवयानी आराम से बोली।

शिवानी बोली " हम दोनों के नाम के आखिर में 'आनी' लगा हैं अतः मैं तुमको 'देवा' और तुम मुझे 'शिवा' कहकर बुलाना, मज़ा आएगा"

"जैसा तुम कहो " देवयानी बोली ।

'दोनों उठकर महिला महाविद्यालय के गेट की तरफ चल दीं, शिवानी ने पूछा " अपनी फैकल्टी देखी है तुमने?"

"अभी तो नहीं, कल सबेरे उपस्थित होना है " देवयानी बोली।

"अरे यार दूर है यहाँ से, करीब एक किलोमीटर से अधिक जाना पड़ेगा, जाओगी कैसे?" दूसरा प्रश्न आया।

"इस कैंपस में मेरी सारी यात्रा पैदल ही होगी, और तुम्हारी?" देवयानी ने पूछा।

"नीचे मेरी स्कूटी है, कहीं भी आने जाने के लिए वही मेरी सवारी है, मेरे पापा ने ट्रेन के पार्सल से भेजा था, एक आदमी एक दिन पहले ही पहुंचा गया था" शिवानी बोली।

शिवानी कुछ देर के बाद फिर बोली "देवयानी मैं संकोच नहीं करती और तुम्हे भी यही सलाह है, कल सबेरे से तुम मेरे साथ अपनी फैकल्टी

तक चलोगी, तुम्हे छोड़कर मैं अपने फैकल्टी में चली जाउंगी, जो वहीं पास में है "

देवयानी बोली " ठीक है, आने जाने में संकोच नहीं करुँगी, तुम्हारे साथ ही चलूंगी"

दोनों ने मेस में जाकर अपना पंजीयन कराया और रात का खाना खाकर, अपने कमरे में आकर कुछ देर विश्वविद्यालय की बातें करती रहीं, और सो गईं। अब एक नियम सा बन गया था कि देवयानी अपनी क्लास के लिए शिवानी के ही साथ जाती, और वापसी में उसी के साथ आती, यदि किसी कारण से देर सबेर होती तो दोनों प्रतीक्षा कर लेतीं, देवयानी ने लाइब्रेरी जाना शुरू कर दिया, परन्तु वह आवागमन पैदल यात्रा के माध्यम से ही होता था।

एक दिन खाना खाने के बाद चर्चा में देवयानी ने अपने रूममेट से पूछा "और शिवा, तुम्हारी सहेलियों का क्या हालचाल है?"

" कौन सी सहेलियां?" शिवानी ने आश्चर्य से पूछा।

"अरे तुम्हे ही याद नहीं है, तुमने मुझसे पहले ही दिन कहा था कि तुम्हारी दो सहेलियां तुम्हारे कमरे में शाम को बैठकर बातचीत करेंगी, और मुझे उस समय कमरे से बाहर रहना है " देवयानी ने कहा।

शिवानी खिलखिलाकर हंसी और बोली "मेरी ऐसी कोई सहेलियां नहीं हैं, वह मैंने तुम्हे टेस्ट करने के लिए कहा था, तुमने जिस तरह से मुस्कराकर मेरी बात को स्वीकार किया, उसके बाद से ही मैंने तुम्हारे प्रति अपने सम्बन्धो का निर्धारण कर लिया, अब इस कैंपस में मेरी सहेली या और जो कोई भी कुछ है, वह केवल तुम हो, विश्वास करो "

देवयानी खुलकर हंसी और उसने बैठी हुई शिवानी के पास जाकर उसके बालों को सहलाया और बोली " मुझे पूर्ण विश्वास है "

विश्वविद्यालय में आये हुए देवयानी को आठ माह बीत चुके थे, इस मध्य वह एक बार केवल पांच दिनों के लिए अपने गांव गई थी, एक दिन माँ ने पूछा "बेटा, कुछ लोगों को पढ़ी लिखी लड़की चाहिये, अब तुम्हारी

शादी की बातचीत होने पर कम पैसों में भी कुछ लोग शादी करने को तैयार हैं "

देवयानी समझ गई कि माँ अपने मूल उद्देश्य पर यथावत कायम है।

" माँ, तुम अपना खोज जारी रखो, कोई न कोई तो मिलेगा ही, तुमसे नमन सर ने पहले ही कह दिया है कि तुम्हारी खोज होने तक मैं पढ़ती रहूंगी" देवयानी ने कहा।

शिवानी का कहना था कि लड़कियां चाहे किसी वर्ग की हों, उसके अट्ठारह वर्ष पार करते ही घर में उसकी शादी को लेकर हलचल शुरू हो जाती है, और इस पुनीत कार्य में सभी सक्रिय हो जाते हैं। दोनों ने यह तय किया था कि चाहे कुछ भी हो जाये, अपने जीवन को निर्धारित लक्ष्य तक पहुंचाये बिना 'शादी' शब्द से दूर ही रहेंगे।

उस स्मृति से वापस आकर माँ के सामने पुनः यथास्थिति की चर्चा प्रारम्भ हो गई, माँ ने फिर दुहराया " बेटा, कुछ अच्छे लड़के भी रूचि दिखाने लगे हैं, उसमे से एक तो स्कूल में बाबू है, उसके परिवार का मानना है कि लड़की पढ़कर उसी स्कूल में टीचर हो जायेगी "

देवयानी ने कहा "यह तो बड़ी अच्छी सोच है, दोनों जिंदगी भर कमायेंगें देखो माँ, मेरी यह पढाई तीन साल की है, अभी दो साल से कुछ ज्यादा ही बचे हैं, अतः तुम लड़का देखती रहो परन्तु फाइनल दो साल के बाद ही करना, जहाँ कहोगी मैं कर लूंगी, अब शादी के अलावा कुछ बात करें"

देवयानी ने कहा "माँ, अब मेरी बात सुनो, मेरा आना जाना अब से साल में केवल एक बार हो पायेगा, मुझे सारा ध्यान पढाई में लगाना है क्योंकि मेरा रिजल्ट अच्छा होगा, तभी न नौकरी मिलेगी, अब यह तुम बताओ कि मुझे कब आना ठीक रहेगा"

" तुम जब भी आओगी मेरे लिए ठीक ही रहेगा, परन्तु बेटा इसे साल में दो बार कर दो "

" चलो ठीक है, परन्तु तुम अबसे मुझसे मेरी शादी की बात नहीं करोगी " देवयानी ने कहा।

" लेकिन मैं लड़का तो देखती रहूंगी न " माँ ने असहज होकर कहा ।

"अरे माँ उसपर रोक नहीं है, बिलकुल देखती रहो " देवयानी मुस्कराई।

वापस यूनिवर्सिटी पहुँचने पर देवयानी को ज्ञात हुआ कि शिवानी अभी तक नहीं आई है, उसने साथ लाया सामान जमाया और सो गई, और सूरज डूबने तक सोती रही।

उठने पर उसे चाय पीने की इच्छा हुई, परन्तु उसकी आदत में चाय के साथ शिवानी का साथ भी समिल्लित है, अतः उसने कुछ देर नीचे जाकर टहलने का निश्चय किया, कंघी कर के वह नीचे उतरी और बाहर निकलने लगी, तो प्रवेश द्वार से लगे लॉन में, शिवानी एक बड़े बैग के साथ घास पर बैठी नज़र आई, उसके साथ दो लड़कियां और थीं।

"शिवा, ऊपर क्यों नहीं आई?" उसने शिवानी से पूछा।

" गई थी रे, पर तू तो घोड़े बेच कर सो रही थी, दरवाज़ा ही नहीं खुला तो फिर यहीं नीचे आ गई" शिवानी मुस्करा कर बोली।

" हाय रे, चल उठ बैग मुझे दे, मैं ऊपर रखकर आती हूँ, तुम यहीं रहो, आज तुमको चाय मैं पिलाऊंगी " देवयानी बोली। शिवानी खुलकर हंसी और बैग देवयानी को पकड़ा दिया, देवयानी बैग कमरे में रखकर आई, और दोनों निर्धारित चाय दूकान की तरफ चल दीं, वहां पहुंचकर चाय लेकर पुलिया पर बैठ गईं।

शिवानी बोली " कैसा रहा माँ से मिलना?"

देवयानी बोली "इतने दिनों बाद माँ मुझे देखकर बहुत गदगद हुई, परन्तु अति प्रसन्न होने पर उसका प्रिय टॉपिक 'बेटी की शादी ' का चैप्टर खुल जाता है, और मेरा जबाब उसे तुरंत मिल जाता है 'माँ तुम लड़के

देखते रहो, जो भी पसंद करोगी मैं शादी कर लूंगी 'और वह संतुष्ट होकर दूसरे कामों में लग जाती है ''

दोनों कुछ देर हंसती रहीं फिर देवयानी ने शिवानी से पूछा '' और तुम्हारे टूर का क्या हाल रहा''

'' अच्छा लगता है जब मम्मी और पापा मिलते हैं, फिर पटना के रिश्तेदारों और पुरानी सहेलियों से भी भेंट होती है ''शिवानी ने कहा ।

''तुम मुझे यह बताओ लाइब्रेरी में तीन तीन घंटे करती क्या हो? पढाई में क्या पढ़ती हो? कुछ और चक्कर तो नहीं है?'' शिवानी ने कई प्रश्न पूछ डाले।

''मुख्य रूप से मैं अर्थशास्त्र की ही पुस्तकें पढ़ती हूँ, इसका हमारे वर्तमान कोर्स से सम्बन्ध तो है, परन्तु दूसरे रूप में, फिलहाल मैं 'एडम स्मिथ', 'डेविड रेकॉर्डो' और 'फ्रेडरिक हायेक' की पुस्तकों का अध्ययन कर रही हूँ, जिन्होंने विश्व की स्थापित अवधारणाओं को बदल दिया, इसको समझने में बहुत समय लगता है '' देवयानी बोली फिर कुछ रुक कर दोहराया '' मेरी शिवा, मेरे कोर्स के अलावा मेरी डिक्शनरी में दूर दूर तक 'चक्कर' शब्द नहीं है''

देवयानी फिर मुस्करा कर बोली '' तुम्ही बताओ मुझसे कौन चक्कर चलाएगा, मैं हमेशा तुम्हारे साथ रहती हूँ, तुमसे ज्यादा चार्मिंग मुझे कोई नहीं दिखता, अब किसी की भी नज़र तुमसे हटेगी तभी कुछ चांस है, जिसकी दूर दूर तक कोई संभावना नहीं है''

''मज़ाक उड़ा रही है देवा'' शिवानी ने हँसते हुए कहा।

वार्षिक परीक्षाएं जैसे प्रारंभ हुई थीं, कुछ समय बाद वैसे ही समाप्त भी हो गईं, अधिकांश छात्रों ने राहत की साँस लेते हुए अस्सी घाट पर, या फिल्म टाकीज में दिन बिताना शुरू कर दिया, देवयानी ने विश्वविद्यालय में प्रवेश करने के दिन तक, फिल्म देखना तो दूर की बात थी, किसी टॉकीज़ तक के दर्शन नहीं किये थे, परन्तु यहाँ शिवानी उसे छोड़ने वाली ही नहीं थी, छुट्टी के दिन कभी कभी उसे खींचकर, ऑटो रिक्शा से

गोदौलिया ले जाती, और आस पास के किसी न किसी टॉकीज़ में एक फिल्म जरूर दिखाती, उसी क्रम में एक दिन शिवानी देवयानी को बलपूर्वक खींचते हुए, रिक्शे से गंगा किनारे अस्सी घाट पहुंची, तथा कुछ और छात्राओं को मिलाकर एक नाव किराये पर लिया, तथा गंगा में भ्रमण शुरू कर दिया, नाव वाला बीच में पड़ने वाले हर घाट की जानकारी देने लगा, देवयानी के जीवन में नाव से यह पहला गंगा भ्रमण था।

अचानक उसे सब कुछ नया नया लगा, दूर तक फैली गंगा की अगाध जल राशि, सांध्य सूरज की किरणों में रंग बिरंगी हिलोर मारती लहरें, हज़ारों सालों से बिना रुके, बिना थके बहने वाली गंगा, सबको अन्न और जल देने वाली माँ, कितनी शांति है उसकी गोद में। शिवानी ने उसकी तन्द्रा तोड़ते हुए कहा "कहाँ खो गई, वह देख सामने मणिकर्णिका घाट है, जो महास्मशान है, विश्व में हिन्दू समुदाय का एकमात्र स्मशान है, जहाँ चौबीसों घंटे और सातो दिन चिता प्रज्वलित रहती है", देवयानी की स्मृति में बहुत दूर तक जलती हुई चितायें दिखती रहीं, गंगा शिव की तरह आदि भी है और अंत भी, और मोक्षदायनी भी।

देवयानी और शिवानी के वार्षिक परिणाम की तिथि नियत होते ही, बीस दिन के अवकाश की घोषणा हो गई, और उसके साथ निर्देश भी जारी हुआ कि कोई भी हॉस्टल में नहीं रुकेगा। दोनों रूममेट दूसरे दिन प्रातःकाल कार्यालय में सूचना देकर, अपने गंतव्य की तरफ रवाना हो गईं, बहुत दिनों बाद देवयानी को ख़ाली ख़ाली सा लगा, और अपने गांव के बस स्टैंड पर उतरने के बाद भी, किसी तरह के रोमांच की अनुभूति नहीं हुई।

देवयानी की माँ को लगा की जब से उनकी बेटी बी. एच. यू. से आई है, या तो पुस्तकों में सिर खपाती है या खोई खोई सी कुछ सोचती रहती है।

उन्होंने एक दिन पूछा "क्यों बिटिया, तुम गमसुम सी रहती हो कोई समस्या है क्या?"

" माँ जब तक तुम्हारे साथ रहकर पढ़ती थी, घर आने पर तुम्हारे गोद में सिर रखकर, ढेर सारी बात तो कर लेती थी, अब यूनिवर्सिटी में अकेलापन और खालीपन सा महसूस होता है" देवयानी माँ के गोद में सिर रखकर बोली।

माँ ने उसे खींच कर चिपका लिया, और उसके सिर पर हाथ फेरने लगी " बिटिया, तुम्हारे होश में आने के साथ तुम्हारे पिताजी हम लोगों को छोड़कर स्वर्गवासी हो गये, तब से इस संसार में हम ही दोनों एक दूसरे का सहारा बने, तुम तो वहां चहल पहल में रह सकती हो, पर मैं तो नितांत अकेली पड़ जाती हूँ, पर जब यही भाग्य है, तो यही सही "

इसी तरह समय निकलता रहा और आखिर बी. एच. यू. वापस जाने का दिन भी आ गया, इस बार देवयानी ने माँ को मना कर दिया कि अब उसे साथ में जाने के लिए माँ को तकलीफ नहीं देनी है, देवयानी के वापस हॉस्टल पहुँचने पर ज्ञात हुआ कि शिवानी अभी तक नहीं आई है, अतः उसने हॉस्टल वार्डन के यहाँ जाकर अपनी उपस्थिति दर्ज़ कराया।

आज क्लास में दो बजे पहुंचना था, चूँकि वह घर से ही तैयार होकर और खाना खाकर निकली थी, इसलिए उसे जाने में कोई समस्या नहीं थी, और दोपहर बाद पैदल ही क्लास के लिये चल दी, आज ग्रेजुएशन के द्वितीय वर्ष का पहला दिन था, अतः देवयानी रोमांचित हो उठी। एक वर्ष पूर्ण हो चुका था अतः सीनियर होने का गर्व भाव भी महसूस होने लगा था, मात्र एक दिन बाद प्रथम वर्ष का परिणाम आने वाला था।

शाम को मेस में चाय पीने के बाद जब वह रूम की तरफ जा रही थी, तब शिवानी के दर्शन हुये जो सामानों से लदी हुई कमरे की तरफ ही जा रही थी। देवयानी ने उसका हाथ पकड़ा और उसका सारा सामान उतरवा लिया, और फिर दोनों गले मिलीं, शिवानी खुश हो गई और अपना आधा सामान उसको पकड़ा दिया, फिर दोनों सीढ़ी चढ़कर कमरे में पहुंची।

शिवानी ने पूछा " छुट्टी कैसी कटी?"

देवयानी ने कहा " वह बाद में बताएँगे, तुम पहले वार्डन के पास जाकर अपनी उपस्थिति दर्ज़ कराओ "

"ठीक है" कहकर शिवानी चलने को हुई तो देवयानी ने कहा " मेस में चाय मिल रही है, पीकर आना "

और शिवानी बाहर निकल गई ।

रात को खाने के बाद दोनों बैठी और स्थिर होकर चर्चा शुरू हुई।

शिवानी ने कहा "मुझे कई रिश्तेदारों के यहाँ जबरदस्ती घुमाया गया, उसमे कुछ के यहाँ केवल समय बर्बाद हुआ, परन्तु कुछ जगह लाभ हुआ"

देवयानी बोली "मेरे सारे रिश्तेदार मेरी माँ में ही समाहित हैं, हम आपस में ही सारे रिश्ते जी लेते हैं " और हंसने लगी।

शिवानी बोली "सुन देवा, आज तुमको हमारी हर बात माननी पड़ेगी, मैं जो भी आदेश दूंगी, तुम्हे मानना है"

देवयानी बोली " चल शिवा, इतने दिनों बाद मिली है, तेरी हर बात कबूल है"

शिवानी ने कहा " पक्का "

"हाँ" देवयानी ने कहा "हम को लग रहा हैं कि तू थक गई है, इसलिए मुझसे मालिश करवाएगी "

"अब सुन, मोबाइल फ़ोन का चलन तेजी से बढ़ रहा हैं, मेरे मम्मी और पापा के पास तो कब से है, परन्तु मेरा नंबर अब आया और पापा ने मुझे एक मोबाइल फ़ोन दिया, इस भ्रमण में पापा के ठीक नीचे वाले अफसर ने उन्हें एक मोबाइल फ़ोन गिफ्ट किया, और मैंने उसे लपक लिया, उन्होंने पूछा कि मैं दो मोबाइल का क्या करुँगी, तो मैंने तेरा नाम लिया और उन्हें बताया कि तू मेरी बहन से भी बढ़कर हैं " शिवानी ने कहा।

पापा ने बताया " बेटा, इसका सिम रजिस्टर करवाना पड़ेगा उसलिए उसका विवरण चाहिये"

" देवयानी, मैं ख़ुशी से झूम उठी कि उन्होंने इस पर कोई आपत्ति नहीं लिया और तुम्हारे नाम और यूनिवर्सिटी के पते पर सिम रजिस्टर हो गई, इसलिए हे सहेली तू मेरा प्रेम स्वीकार कर " कहकर शिवानी खड़ी हो गई और पर्स से एक अच्छे ब्रांड के मोबाइल डब्बे को निकालकर उसे दिया।

देवयानी की आँखें भर आईं और भर्राये स्वर में बोली " शिवा, मैं तुझे क्या कहूं, तू तो कृष्ण से भी बढ़कर हैं, मेरे में साहस नहीं हैं कि मैं तुम्हारे प्रेम को अस्वीकार करूँ, पर बता एक तो इसके बारे में कुछ नहीं जानती, दूसरा इसका रखरखाव बहुत महंगा होता है"

"ऐसा है पहले तो तू मुँह धोकर आ, फिर बात करेंगें" शिवानी बहुत धीरे से बोली।

देवयानी ने वापस आकर उसकी तरफ प्रश्नात्मक निगाहों से देखा।

शिवानी ने कहा "मैं अभी तुमको छोड़कर नहीं जा रही हूँ, और तुम्हारा जो मानसिक स्तर हैं, तुम चौबीस घंटे में फर्राटे से इस्तेमाल करने लगोगी "

देवयानी ने मोबाइल के पैकेट ले लिया।

शिवानी बोली "देवा तुम केवल तीन दिन लाइब्रेरी मत जाओ, उतने समय में हम दोनों बैठकर समझ लेंगें, मंजूर है?"

"आज तो तेरा हर हुकुम कबूल है शहंशाह " देवयानी ने झुककर कहा, और दोनों खुलकर हंसने लगी।

और आखिर रिजल्ट आ ही गया, देवयानी और शिवानी दोनों को अपने परिणाम का आभास था, जो उनकी आशा अनुरूप ही घोषित हुआ, देवयानी अपने वर्ग की टॉपर और शिवानी सातवें क्रमांक पर थी, और वे दोनों ही इससे संतुष्ट भी थीं।

देवयानी द्वारा यूनिवर्सिटी में खोले गए सेविंग बैंक खाते में, उत्तर प्रदेश शासन द्वारा स्कॉलरशिप की एक वर्ष की राशि भेज दी गई थी, अतः नमन द्वारा दिए पैसे और इस राशि क़ो मिलाकर देवयानी के लिए आगे आने वाले पूरे वर्ष हेतु कोई आर्थिक समस्या नहीं बची थी, इस बार गांव से आने क़े बाद वह प्रसन्न रहती थी।

मोबाइल फ़ोन में दोनों ने महारत हासिल कर लिया था, खेल खेल में उन्हें सभी उपयोग ठीक से समझ में आ गए थे, शिवानी क़े फ़ोन में काफी लोगों क़े नाम और नंबर आ गए थे, परन्तु देवयानी क़े फ़ोन में केवल शिवानी का ही नंबर था।

"एक बात और माननी पड़ेगी " मोबाइल के उपहार के तीन माह बाद एक दिन शिवानी ने कहा।

"अगर कुछ उपहार दे रही हो तो अब नहीं " देवयानी ने कहा।

"पहले पूरी बात तो सुनाकर, तू तो प्रश्न के पहले ही उत्तर देने लगती है" शिवानी बोली

"चल ठीक है बता" देवयानी शांत होकर बैठ गई।

" जब मैं घर गई थी, तो पता चला कि मेरे भाई ने अमेरिका से मुझे दो जीन्स और दो टॉप भेजा है, जैसा कि तुमने देखा है कि मैं इसी तरह के कपडे पहनती हूँ " शिवानी ने कहा।

"और तू इसमें गजब की चार्मिंग लगती है " देवयानी बोली ।

"अब आगे सुन, अब मेरे पास बहुत स्टॉक हो गया है, और मेरी दिल से इच्छा है कि एक जीन्स और टॉप तू ले ले, मैं तुमको इसे पहनते हुए देखना चाहती हूँ " शिवानी ने बात पूरी किया।

"देख शिवा----- "

शिवानी ने उसकी बात काटते हुए कहा "इडियट, कोई देख सुन अब नहीं, बहुत हो गया, अपनी कॉपी में मेरा नाम और इसकी कीमत चढ़ा ले,

और जब सबका हिसाब करना तो मेरा भी भेज देना, अब तो कोई समस्या नहीं "

देवयानी खिलखिलाकर हंसी और बहुत देर तक हंसती रही, फिर बोली "चल तू मुझे खुद उन कपड़ों को पहना "

शिवानी खुश हो गई और उसने अपने वार्डरॉब में पहले से निकालकर रखे दोनों कपड़े ले आई, और देवयानी से बोली " ये कपड़े आजकल के क्रेज़ हैं, शुरू में तुमको थोड़ा असहज लगेगा क्योंकि तुम लूज़ कपड़े पहनती हो, परन्तु कुछ समय बाद इसके अलावा कुछ नहीं पहनोगी "

"अंडरगारमेंट्स को छोड़कर बाक़ी कपडे उतार, इस बार मैं पहना रही हूँ, पर आगे से तुम्हे ही पहनना है, प्रॉब्लम केवल जीन्स में है" शिवानी बोली।

देवयानी ने उसके निर्देश का पालन किया, परन्तु ऊपर पहने गए समीज़ को केवल ऊपर की तरफ मोड़ लिया।

"बाप रे कैसे शर्म से लाल हो रही है, अरे बहन, मेरे सामने ऐसे शरमा रही है तो सुहागरात में पति के सामने सारे कपडे उतारने होंगे, तो क्या करेगी?" शिवानी ने चुटकी ली।

" मैं क्यों उतारूंगी, यह काम पति का है, मुझे केवल असफल विरोध करना है?" देवयानी अब तक शिवानी से ठीक से घुलमिल गई थी।

शिवानी ने उसे जीन्स को खींच कर पहना दिया और बोली " तुम इसे अब खुद उतारो और खुद पहनो"

अगले पंद्रह मिनट के ट्रायल में देवयानी की हिचक समाप्त हो गई, और वह आराम से पहनकर और चल फिर कर समझ गई कि यह सही ड्रेस है, उसने शिवानी की दी हुई ड्रेस पहनकर मेस के भी दो चक्कर लगा लिया, और पाया कि उसे जीवन में पहली बार पहनने पर जो असामान्य लग रहा है, उसे कोई नोटिस भी नहीं कर रहा है, क्योंकि प्रायः सभी यही पहनती हैं।

कुछ दिन बाद क्लासेज समाप्त होने पर शिवानी ने सूचित किया कि दूसरे दिन अस्सी घाट पर लड़कियों का एक समूह भी साथ जा रहा है, इसलिए मेरा आदेश है कि आज तू मेरे साथ लंका चलेगी, और और ब्यूटीपार्लर में जैसा मैं फेसिअल कराऊंगी, तुझे भी कराना है, इसके बाद तुम्हे इस सब के लिए पूरे वर्ष तक नहीं कहूँगी"

"ठीक है " देवयानी बोली और थोड़ी देर बाद दोनों स्कूटी से लंका स्थित एक ब्यूटीपारलर के सामने पहुँच गईं, आधे घंटे के अंदर उन्हें अपॉइंटमेंट मिल गया।

शिवानी ने ब्यूटीशियन को समझाया की देवयानी का हेयर सेटिंग और लाइट मेकअप करना है, और वह दूसरे चेयर में जाकर बैठ गई।

फेसिअल शुरू होने के पैंतालीस मिनट बाद दोनों वापस हॉस्टल पहुँच गईं और शिवानी ने देवयानी को बाथ रूम मिरर के सामने खड़ा कर दिया और बोली " देख अपने को, कितनी सुन्दर लग रही है, इतना तो जरूरी है रे देवा

"वास्तव में कुछ अलग तो लग रही हूँ, अब बिना किसी कमेंट के तुझे एक सौ एक बार धन्यवाद" देवयानी बोली।

8

नमन की बहु प्रतीक्षित, प्रथम पदस्थापना का आदेश मिल गया, उत्तर प्रदेश के पीलीभीत जिले के अमरिया केंद्र पर उप जिलाधिकारी एवं मजिस्ट्रेट, अमरिया के पद पर उसकी पदस्थिति की गई थी, पोस्टिंग तो कहीं न कहीं होनी ही थी, परन्तु यदि पूर्वांचल में हो जाती तो गांव से ज्यादा संपर्क बना रहता, जो अब थोड़ा कठिन हो जायेगा।

नई पोस्टिंग पर जाने से पहले वह माँ से मिलने आया, माँ को पोस्टिंग की खबर ने बहुत प्रसन्न कर दिया, परन्तु इससे उनकी एक चिंता और बढ़ गई।

माँ ने नमन से कहा ''तुम मजिस्ट्रेट तो बन गये परन्तु यहाँ पर जो बोझ बढ़ जायेगा उसका समाधान बताओ?''

''वह क्या माँ?" नमन ने पूछा।

"तुम्हारी शादी का और क्या, बहुत से लोग आ रहे हैं और वह भी प्रतिष्ठित परिवारों के लोग, अभी तक तो एक बहाना था कि पोस्टिंग होने दें, परन्तु अब?'' माँ ने जोर देकर कहा ''अब तुम्हारी उम्र भी हो रही है बेटा, मुझे तुम्हारे पिताजी और माँ दोनों का कर्तव्य करना है, मैं यहाँ अकेली पड़ जाती हूँ, इसलिए अब जरूरी ही नहीं, सबसे जरुरी तुम्हारी शादी करना है "

''माँ अभी तो पोस्टिंग हुई है, सेटल तो हो जाऊं'' नमन ने कहा।

'' सेटल होने के लिये ही पत्नी की जरूरत है, नमन तुम ग्यारहवीं क्लास से ही हम लोगों से अलग रह रहे हो, अगर कोई लड़की तुम्हारे जीवन में है तो साफ साफ बताओ '' माँ उसको गौर से देखते हुए बोली।

''नहीं माँ, हमारी जिंदगी में कोई नहीं है, मैं तुमसे सहमत हूँ कि अब तुम्हारे ऊपर दबाव बढ़ जायेगा, और उतना ही मेरे ऊपर भी, एक साल मुझे सेटल होने के लिए चाहिए, उसके बाद शादी, ठीक?'' नमन ने कहा।

''चल ठीक है, अब अपनी दीदी से मेरी एक बार भेंट करा दे'' माँ ने कहा।

''तो माँ सबसे बढ़िया है कि जहाँ हम लोग पिछले बार दर्शन के लिए गये थे, वहीं चलें '' नमन ने सुझाव दिया।

''नहीं नमन, इस बार मैं बनारस में संकट मोचन बाबा के दर्शन करना चाहती हूँ, तुम्हारे पिताजी इस मंदिर में बहुत आस्था रखते थे '' माँ ने कहा।

''माँ, बाजार में कुछ लोगों के घर में टेलीफ़ोन लगा है, इसलिए मैं वहीं से जीजाजी से बात कर के आता हूँ'' और नमन बाहर निकल गया।

लौटकर उसने माँ को बताया ''भाग्य से जीजाजी एक सप्ताह की छुट्टी पर आये हैं, और वे गांव पर ही हैं। जीजाजी दीदी को लेकर सीधे संकट मोचन मंदिर पहुँच जायेंगे, हम लोग किराये की जीप से चलते हैं''

वाराणसी के संकट मोचन मंदिर में दर्शनोपरांत माँ बेटी मंदिर के पीछे एक पत्थर की बेंच पर बैठ गईं, शशि की माँ अपने बेटी के पुत्र को गोद में रखना चाहती थी, परन्तु वह बालक इधर उधर भागने का आनंद ले रहा था, नमन और उसके जीजाजी वहीं खड़े होकर बात कर रहे थे, तभी नमन ने दीदी से पूछा ''और दीदी पी. एच. डी. का क्या हाल है?''

''थीसिस तो सबमिट हो गई है, गाइड ने एप्रूव कर दिया है, शायद अगले दीक्षांत समारोह में डिग्री मिल जाये'' शशि ने बताया।

"धीरे धीरे बहुत पढ़ गई दीदी " नमन बोला।

शशि बोली " नमन, एक दिन देवयानी आई थी, उसने कहा था, "भाभी आपके भाई नमन सर का आशीर्वाद बना रहा, तो मुझे नहीं मालूम मैं कहाँ तक चली जाऊंगी, बी.ए. तो केवल सीढ़ी भर है"

शशि ने फिर नमन से कहा " तुम्हारा ऐसा कौन सा आशीर्वाद उसे मिल गया है नमन?"

"अरे दीदी, मैं बी.एच.यू. का ही पढ़ा हूँ, इसलिए देवयानी के एड्मीशन के समय मैं वहां चला गया था, जिससे कोई समस्या न हो " नमन ने आराम से कहा।

अचानक माँ सक्रिय हो उठी, उनकी नज़र तो शशि के बेटे पर ही थी परन्तु वह नमन से पूछ रही थीं " क्यों नमन, शशि जिस लड़की की बात कर रही है, क्या वही है जो चौकियां मंदिर दर्शन में मिली थी?"

"हां माँ" नमन ने संक्षिप्त जबाब दिया।

माँ ने शशि की ओर मुड़कर कहा " शशि, तुम्हारे भाई की शादी के लिए मुझ पर बहुत दबाव पड़ रहा है, अगर तुम्हारे जानकारी में ऐसी कोई लड़की है तो इसकी शादी करा दे बेटा"

" माँ जब आपका बेटा अभी तैयार ही नहीं है, तो इस पर चर्चा का कोई मतलब ही नहीं है, लड़कियों की कहाँ कमी है?" शशि बोली।

" शशि, कहीं नमन को तुम्हारी ननद तो पसंद नहीं आ गई, वह चौकियां दर्शन के समय इसके पैर छू रही थी, और अभी तुम बता रही हो को उसको नमन पर बहुत भरोसा है?" माँ ने कहा।

शशि हंसने लगी और बोली "अरे नहीं माँ, देवयानी के घर की दशा बहुत ख़राब है, और वह एक बहुत साधारण लड़की है, परन्तु वह पढ़ने में बहुत तेज है, अतः नमन केवल उसकी मदद कर रहा है "

शशि ने कहा "अरे माँ अभी अभी नमन की उम्र शादी करने लायक हुई है, एक दो साल और रुको फिर देखेंगें"

अचानक शशि को रुक्मिणी याद आ गई, कभी नमन उसके लिए पागलपन की हद तक पहुँच गया था, परन्तु सगरगांव छोड़े बहुत दिन हो गए, पता नहीं रुक्मिणी कहाँ होगी? अब नमन भी सामान्य हो गया है, शायद हर उम्र के अलग अफ़साने होते हैं।

फिर माँ बेटी शशि के लड़के में व्यस्त हो गईं, और उसके बारे में तथा शशि की सास के बारे में चर्चा करने लगीं।

नमन ने अपने जीजाजी से कहा "चलिए चाय पीकर आते हैं, इन दोनों के लिए लेते आयेंगें" और दोनों बाहर की तरफ चले गए।

बाहर चाय की दुकान पर चाय पीते समय नमन और उसके जीजाजी सरकार के क्रिया कलापों पर चर्चा कर रहे थे।

उन्होंने दोनों के लिए चाय लिया और दो मिटटी के कुल्हड़ लेकर वहीं आ गए जहाँ माँ बेटी अभी भी चर्चा में व्यस्त थीं।

जीजाजी ने कहा "आशा है आप लोग ठीक से भेंट कर लिये होंगें, तो अब चला जाये "

शशि की माँ ने कहा " बच्चा, तुम्हारी वजह से हम लोग यहाँ पवित्र स्थल पर आकर मिल लिये, बहुत धन्यवाद, मुझे अपने नाती को देखने की तेज इच्छा हो गई थी, और नमन भी आ गया था, इसलिए बाबा संकटमोचन की कृपा से मुलाकात हो गई, बहुत अच्छा लगा"

तभी अचानक शशि को कुछ याद आया, बोली " बी. एच. यू. तो पास में ही है न "

नमन ने कहा " हाँ क्यों "

"यहाँ हम काफी दिन बाद आये हैं, क्यों न वहां विश्वनाथ मंदिर जाकर हो आते हैं " शशि ने प्रस्ताव दिया।

नमन ने जीजाजी की तरफ देखा, इसपर उन्होंने हाँ में सर हिलाया।

सभी शशि की गाड़ी से बी. एच. यू. के विश्वनाथ मंदिर पहुंचे, सभी ने एकसाथ मंदिर में पूजा किया, शाम हो गई थी, अतः वापस जाने का निर्णय लिया गया।

अचानक शशि को कुछ याद आया और वह अपने पति से बोली "देवयानी यहीं रहती है अतः क्यों न उससे मिलते चलें, केवल पांच मिनट"

"ठीक है" मयंक ने कहा।

रास्ते में ही महिला महा विद्यालय का गेट था, अतः दोनों वाहनों को कुछ आगे उन्होंने रोक लिया, और शशि को कहा गया कि वह अंदर जाकर पता लगाये कि देवयानी कहाँ है, शशि उतरकर गेट के अंदर चली गई।

शिवानी और देवयानी, दोनों कपडे बदलने जा रही थीं कि दरवाज़े पर किसी ने दस्तक दिया, शिवानी ने दरवाज़ा खोला तो आया खड़ी थी, और उसने बताया कि देवयानी से मिलने कोई मैडम आईं हैं, अतः वह नीचे आ जाये, और आया चली गई।

" मुझसे मिलने " देवयानी ने कहा " मेरी माँ को छोड़कर और कौन मैडम आ गईं?"

" चल मैं भी तेरे साथ चलती हूँ " शिवानी ने कहा और दोनों नीचे उतरने लगीं।

देवयानी ने आया से पूछा कि कौन मिलने आया है, आया ने गेट के तरफ इशारा किया, वहां पहुंचने पर देवयानी ने शशि को देखा और खुश होकर बोली " भाभी आप?"और उसने शशि के चरणस्पर्श किये।"

" हाँ देवयानी , हम लोग यहाँ दर्शन के लिए आये थे, मेरी इच्छा तुमसे मिलने की हुई, चूँकि सूरज डूब रहा है, इसलिए बस मिलकर चले जायेंगें" शशि ने कहा।

शिवानी ने हस्तक्षेप करते हुए कहा " भाभीजी मैं शिवानी हूँ, इसकी रुममेट, यह तो परिचय कराने से रही, इसलिए मैं ने ही अपना परिचय दे दिया, देवयानी तो आपसे यहीं खड़े खड़े बात ख़तम कर लेगी जो मुझे स्वीकार नहीं है, कृपया आइये गेस्ट हॉल में बैठते हैं "

शशि ने कहा " अरे मैं अकेले नहीं हूँ, मेरी माँ, मेरा भाई और मेरे पति भी बाहर खड़े हैं "

शिवानी बोली " भाभी आप चलिए बैठिये, मैं उनको लेकर आती हूँ " और वह गेट से बाहर निकल गई।

बाहर दो गाड़ियां खड़ी थीं और दो लोग बाहर टहल रहे थे, शिवानी ने दोनों को नमस्कार किया और गाड़ी के अंदर बैठी महिला को प्रणाम किया, उन सबों ने भी हाथ जोड़े।

शिवानी ने सभी को सम्बोधित करते हुए कहा "मैं शिवानी हूँ और देवयानी की रूममेट हूँ, प्लीज् आपलोग अंदर आइये, देवयानी अपनी भाभी को लेकर गेस्ट हॉल में गई है "

सभी उसके साथ अंदर गेस्ट हॉल में गये, जहाँ शशि बैठी हुई थी और देवयानी खड़ी हुई कुछ कह रही थी।

देवयानी ने शशि की माँ, अपने भाई और नमन के पांव छुए, और सभी को कुर्सियों पर बैठाया और खुद खड़ी रही।

तभी शिवानी बोली " देवयानी तुम बातचीत करो, मैं चाय की व्यवस्था करती हूँ " और बाहर निकल गई।

शिवानी के जाते ही सबकी नज़र देवयानी पर पड़ी, और सभी आश्चर्य चकित होकर एक परिवर्तित देवयानी को देख रहे थे, चुस्त जीन्स और लाल रंग के टॉप में सजी, डिज़ाइनर जूती (और अभी अभी मेकअप कराके लौटी) देवयानी पहचान में ही नहीं आ रही थी, शरीर पहले से भर गया था, और उसके चेहरे पर अलग तरह का सौंदर्य प्रस्फुटित हो रहा था।

" देवयानी तुम तो पहचान में ही नहीं आ रही हो " नमन ने कहा।

देवयानी संकोच से सर झुकाये खड़ी रही।

नमन ने फिर कहा " तुम पहले फर्स्ट ईयर का रिजल्ट बताओ"

वह सर झुकाकर बोली "सर, मैंने अपनी फैकल्टी में टॉप किया है "

सबने एक स्वर में उसे बधाई दिया, देवयानी ने हाथ जोड़े पर कुछ कहा नहीं।

शशि ने अपनी माँ की ओर देखा और पाया कि वे पलक झपकाये बिना एकटक देवयानी को देख रही हैं, शशि मुस्कराई और देवयानी से पूछा " तुम्हारी रूममेट कहाँ की है "

" भाभी, वह लड़की, जो अभी चाय लाने गई है, पटना के पी. डब्लू. डी. में कार्यरत एक चीफ इंजीनियर की बेटी है " देवयानी बोली।

इसी बीच शिवानी एक मेस बैरे के साथ वहां आ गई, बैरे के हाथ में एक ट्रे थी, जिसमें छह कप चाय और एक प्लेट में दो तरह के बिस्किट्स थे, शिवानी ने सभी को चाय दिया, एक कप खुद लिया और आखिरी कप देवयानी को दिया, और उसी के साथ खड़ी हो गई।

देवयानी ने अपने सभी अतिथियों का परिचय शिवानी को दिया।

शिवानी ने नमन की तरफ देखते हुए कहा "देवयानी सबसे ज्यादा आपका नाम लेती है, नमन सर ने ही मुझे यहाँ भेजा, नमन सर ने ये किया, नमन सर ने वो किया, हमेशा नमन सर, लगता है आप इसके एक मात्र प्रेरणा श्रोत हैं"

इस पर शशि ठठाकर हंसी और बोली " हाँ मेरा भाई देवयानी का प्रेरणा श्रोत है, परन्तु देवयानी के ग्रेजुएशन के बाद देवयानी की माँ ने उसकी अंतिम सीमा निर्धारित कर दिया है, और मेरा भाई कुछ नहीं कर पायेगा, क्योंकि देवयानी की माँ अब बिना उसकी शादी किये नहीं मानेगी"

शिवानी कुछ देर चाय पीती रही फिर अति गंभीर स्वर में विश्वास भरे लहजे में बोली "भाभी, देवयानी एक वर्ष से मेरी रूममेट है, फैकल्टी की टॉपर है, यह लड़की लगातार तीन घंटे लाइब्रेरी अटेंड करती है, मुझे पूर्ण विश्वास है कि फाइनल के बाद यह यूनिवर्सिटी टॉपर बनेगी "

शशि बोली " आप ठीक कह रही हैं, परन्तु मैं ग्रेजुएशन के बाद की बात कर रही थी।

शिवानी उसी गंभीर स्वर में बोली " भाभी, यह निर्णय आर्थिक परिस्थितियों के कारण है, परन्तु अगर यह लड़की मुझसे सहमत होगी तब हम दोनों जी जान लगाकर 'कैट' क्लियर करेंगें, और मेरे साथ यह भी किसी रेप्यूटेड इंस्टिट्यूट से एम्.बी.ए. करेगी।

शिवानी फिर बोली " इसको साथ रखने में मेरा स्वार्थ भी है, यह साथ रहेगी तभी मैं 'कैट' क्लियर कर पाऊँगी, हो सकता है इसके साथ रहने से हमलोग किसी बहुत अच्छे संस्थान में भी पहुँच जाएँ, आप लोगों के सामने यह सब वर्णन करने का मेरा एक उद्देश्य भी है "

फिर वह चुप हो गई और देवयानी की तरफ देखने लगी, जो चुपचाप नज़रे झुकाये जमीन की तरफ देख रही थी।

शिवानी ने सभी की तरफ देखते हुए फिर कहा " हमारी योजना में एक बहुत आवश्यक बिंदू है, नमन सर की 'स्वीकृति ', वह जब तक 'यस' नहीं कहेंगे, यह लड़की एक इंच आगे नहीं बढ़ेगी "

इस पर नमन की माँ खुलकर हंसी, फिर देवयानी की तरफ देखकर बोली "तुम्हे इसकी स्वीकृति क्यों चाहिए?"

देवयानी धीरे से बोली " नमन सर के कारण ही मैं शिक्षा ले पा रही हूँ, इसलिए बिना उनकी स्वीकृति के मैं कुछ भी नहीं करुँगी"

नमन की माँ ने अचानक एक अत्यंत अप्रत्याशित प्रश्न किया " तुम यह बताओ कि क्या इसके कह देने से तुम अपनी पढाई भी छोड़ सकती हो ?"

देवयानी ने कहा "निसंदेह, अभी कहेंगे तो आज ही छोड़ दूंगीं "

सभी हतप्रभ होकर उसे देखने लगे, नमन की माँ भी भौंचक होकर उसे देखने लगी।

नमन हंसने लगा और बोला " यह सब छोड़ो, और देवयानी, तुम बताओ की कोई समस्या तो नहीं आ रही है?"

"नहीं सर " देवयानी बोली।

नमन शिवानी की तरफ देखकर कहा " शिवानी जी, मैं आपकी योजना से शत प्रतिशत सहमत हूँ, मेरे किसी सहयोग की आवश्यकता होगी तो बताइयेगा"

फिर बोला " अब चलने का समय हो गया, आप लोग उठिये "

सभी खड़े हो गये और गेट की तरफ बढ़ गये, दोनों गाड़ियां रवाना हो रहीं थीं कि शिवानी को कुछ याद आया, और उसने सभी से कहा " एक मिनट, आप लोग अपने मोबाइल नंबर देवयानी को दे दें "

देवयानी ने अपना मोबाइल जीन्स के पॉकेट से निकला और शशि से बोली "पहले आप बताइये "

उसके बाद माँ को छोड़कर सभी ने अपने नंबर बताये और उनको आश्चर्य हुआ देवयानी ने कितनी जल्दी सभी का नंबर अपने मोबाइल में ले लिया, और यह भी कि उसकी मोबाइल एक अच्छे ब्रांड का है।

जहाँ पर दोनों गाड़ियों को अलग होना था, वहीं एक किनारे पर दोनों गाड़ियां रुक गईं, नमन उतरकर जीजाजी की गाड़ी की तरफ जाने वाला था कि माँ ने कहा "शशि को एक मिनट के लिए भेजना"

शशि उतारकर माँ के पास पहुंची " और माँ, अब देख कब मुलाकात होती है "

माँ ने कहा "शशि एक बात ध्यान से सुन, मैं आज देवयानी को देखकर हतप्रभ रह गई, आज तो वह गजब की सुन्दर और मॉडर्न दिखी। बेटा, मुझे इससे कोई फर्क नहीं पड़ता कि वह कितनी गरीब है, नमन के

लिये यह लड़की बिलकुल जोड़ की दिखाई दे रही है, तुम बाद में सोच के बताना "

शशि मुस्कराई " माँ सोचना क्या है, तुम नमन से पूछ लो, अगर वह तैयार हो तो यह घर की बात है"

और दोनों गाड़ियां अपने गंतव्य की तरफ रवाना हो गईं।

कमरे में पहुंचकर शिवानी ने देवयानी को गले से लगा लिया और धीरे से बोली "ओह तो तू नमन के पीछे पागल है, उसके एक इशारे पर यूनिवर्सिटी छोड़ देगी, वैसे है तो लाजबाब"

" लेकिन अगर नमन तुम्हे आज प्रोपोज़ करे तो " शिवानी ने पूछा।

" वह जो भी आदेश देंगे, मैं पालन करुँगी " देवयानी बोली।

एक शरारती मुस्कान के साथ शिवानी बोली " कुछ भी"

" हाँ शिवा, कुछ भी " देवयानी ने उसी स्वर में उत्तर दिया।

उस दिन देवयानी सुबह जल्दी उठी और उसने शिवानी को भी पानी छिड़ककर उठाया, क्योंकि वह इस समय उठने की आदी नहीं थी।

" क्या शिवा, कितने दिनों से हम मॉक टेस्ट में भाग ले रहें हैं, आज 'कैट' एग्जाम है, और हमें एग्जाम सेण्टर भी जाना है" देवयानी ने याद दिलाया।

दोनों ग्रेजुएशन के फाइनल ईयर में प्रवेश कर चुकीं थीं, और कक्षाएं चलने लगी थीं, द्वितीय वर्ष सामान्य रूप में निकल गया, सारी चीजें अपने समय के अनुरूप घटित हो रहीं थीं, माँ को अभी तक उनके बजट के अनुरूप देवयानी के लिए कोई वर नहीं मिला था, और पूर्व में जो सिपाही जी और और स्कूल के बाबू जी उपलब्ध हो रहे थे, दोनों की शादी हो गई थी, और सारा प्रयास नए सिरे से करना था।

दोनों सहेलियां तैयार होकर लंका गेट पर पहुँचने ही वाली थीं कि उनके सामने आकर एक ऑटो रुका, जिसमे एक लड़की बैठी थी, उसने ऑटो में से ही इन दोनों को बुलाया, और पहुँचने पर कहा कि वे दोनों

उसके साथ ही चलें, क्योंकि उसका भी केंद्र लहुराबीर स्थित डिग्री कॉलेज में है।

वहां पहुँच कर शिवानी बोली " देवा, मुझे ठीक से मालूम है कि यह परीक्षा अत्यंत कठिन है, परन्तु इस बार मैंने बहुत परिश्रम किया है, मुझे पता है कि तुम्हे कोई विशेष समस्या नहीं आएगी "

देवयानी हंसी और बोली " शिवा, हर परीक्षा में मैं केवल एक ही बिंदु समझती हूँ, और वह यह है कि ये जितने लोग यहाँ दिख रहे है, सभी भयभीत हैं, और हर परीक्षार्थी आशंकित है कि पता नहीं क्या होगा, पर मेरा मानना है कि कुछ नहीं होगा, न मैं आशंकित होती हूँ और न भयभीत "

शिवानी बोली " मैं तेरे बारे में हर बार एक नई धारणा बनाती हूँ, और आगे अवसरों पर पाती हूँ कि मैं गलत हो गई, तू तो विचित्र है"

तभी घंटी बजी और दोनों ने परीक्षा कक्ष में प्रवेश किया।

परीक्षा समापन के बाद दोनों सहेलियां बाहर सड़क पर आईं, और कुछ देर चलने के बाद ऑटो मिला और वे बी.एच.यू. पहुंच गईं।

शाम को दोनों चाय पीने वही पुरानी जगह पहुंची, और कुल्हड़ में चाय लेकर पुलिया के ऊपर बैठ गईं, शिवानी ने पूछा " तुम्हारी 'कैट' की परीक्षा कैसी रही?"

" अरे मेरी गुड़िया, परीक्षा ख़तम, उसकी बात ख़तम, अब यह चिंता परिणाम बनाने वाले पर छोड़ते हैं. लेकिन मुझे ठीक से पता है कि तुम्हारे लिए यह अति महत्वपूर्ण है, इसलिए मैं बाबा विश्वनाथ से तुम्हारी पूर्ण सफलता की प्रार्थना कर रही हूँ " देवयानी हलके लहजे में बोली।

पर शिवानी समझ गई कि देवयानी एक एक शब्द सही कह रही है, वह गंभीर है, और वास्तव में शिवानी के लिए प्रार्थना कर रही है, सोचकर शिवानी की आँखें सजल हो गईं।

" अब क्या हो गया?" देवयानी ने पूछा।

देवयानी उसके करीब आ गई और उसका मुँह अपनी ओर घुमाते हुए बोली " मेरी बहन, तेरे साथ मेरा यह तीसरा साल चल रहा है, तुम्हारे बिना कुछ बोले मैं पूरी कहानी समझ जाती हूँ कि तेरे अंदर क्या चल रहा है, तू मुझे लेकर भावुक हो रही है न "

देवयानी कुछ देर चुप रहकर बोली " मेरी शिवा, तुम्हारा एक सामाजिक स्तर है और हर दशा में तुम्हे अपना लक्ष्य चाहिए ही, जिस दिन शशि भाभी और उनका परिवार यहाँ आया था, तुमने मेरे लिए जो स्टैंड लिया, उसने मुझे अंदर तक झकझोर कर रख दिया, तुम्हारे लिए मैं सदैव ईश्वर से प्रार्थना करती रहूंगी"

अब शिवानी खुलकर रोने लगी, देवयानी ने उसे अपने अंक में भरते हुए कहा " नहीं बहन नहीं, विश्वास कर तू अपनी ऊंचाइयों को छुयेगी, चुप हो और चल अब चलें "

शिवानी बोली " देवा, ग्रेजुएशन के बाद क्या? यह प्रश्न तो अब दिमाग में घूमने लगा है, यह सही है कि हम लोग प्रयासशील हैं, और विभिन्न परीक्षाओं में बैठ भी रहे हैं "

देवयानी खुलकर हंसी और बोली " मेरी सहेली, फिर क्या? मान लेंगें कि तेरा मेरा साथ बस यहीं तक था, तुम्हारे पेरेंट्स अपनी शक्ति से तुम जहाँ चाहोगी वहां भेज देंगें, मैं कहीं जॉब ढूंढ लूंगी "

फिर बोली " चल एक काल्पनिक प्रश्न पूछती हूँ, मान ले सब कुछ आशानुरूप हो गया, मेरा आई.आई. एम्. अहमदाबाद में सेलेक्शन हो गया, तो क्या मेरी सात पुश्तों की औकात है कि उसकी लाखों रुपये की फीस भर सकूँ? "

"चल इसी बात पर अभी एक समझौता करते हैं, जिसमे न तो तेरे आत्मसम्मान को कोई ठेस पहुंचेगी और न ही कोई और समस्या आयेगी। मान ले तू जहाँ कह रही है वहां पहुँच जाती है, तो विश्वास कर, भारत का बड़ा से बड़ा बैंक तुझे लोन देने के लिए हाथ जोड़े मिलेगा" शिवानी बोली

विश्वविद्यालय की दिनचर्या चलती रही कि एक दिन सूचना बोर्ड पर नोटिस लगा दी गई कि फाइनल ईयर के विद्यार्थी अगले दीक्षांत समारोह के आयोजन विषयक समूह चर्चा के लिए ऑडिटोरियम में बैठक रखी गई है। रात्रि भोजन के बाद अपने कमरे में फिर दोनों की बैठक शुरू हुई और विषय कार्यक्रमों में भागीदारी को लेकर था।

और आखिर त्रिदिवसीय रंगारंग कार्य का शुभारम्भ हो ही गया, दोनों सहेलियां संक्षिप्त प्रोग्राम के लिए चयनित हो गईं थीं, यह कार्यक्रम के दूसरे दिन सायं सात बजे निर्धारित था।

दूसरे दिन सायं सात बजे शिवानी का एकल कार्यक्रम स्टैंडिंग कॉमेडी आयोजित हुआ, इस प्रोग्राम को खूब तालियां मिलीं, उसके पांच मिनट बाद देवयानी का स्थानीय 'कजरी' पर आधारित भोजपुरी गायन पर नृत्य हुआ, हलके नीले शिफॉन साड़ी और स्लीवलेस ब्लाउज में थिरकती हुई देवयानी बहुत आकर्षक लग रही थी। शिवानी ने एक सहेली का माध्यम से दोनों के कार्यक्रम के मोबाइल पर वीडियो बनवा लिया था, और उसे देवयानी को भी भेज दिया था।

ग्रेजुएशन के अंतिम वर्ष के फाइनल एक्जाम्स दो माह बाद प्रारम्भ होने थे, उसकी तैयारी चल रही थी कि 'कैट' के परिणाम भी आ गये, जिसकी सूचना शिवानी के पापा ने उसे दिया, जैसा कि अनुमान था शिवानी और देवयानी दोनों ने 'कैट' में अपेक्षित स्तर की सफलता प्राप्त किया। परन्तु दो दिन बाद आये व्यक्तिगत परिणाम ने एक गंभीर परेशानी पैदा कर दिया, देवयानी के 99.2 परसेंटाइल और शिवानी के ठीक एक प्रतिशत कम 98.20 परसेंटाइल से स्पष्ट हो गया दोनों का एक ही इंस्टिट्यूट में जाना अब अगली परीक्षाओं पर निर्भर करेगा।

उस दिन शिवानी ने नमन और देवयानी को लेकर मज़ाक किया।

देवयानी चौंक कर बैठ गई, उसका चेहरा लाल हो गया, बहुत गंभीर स्वर में बोली," शिवानी, नमन सर को लेकर इस तरह की बात आगे से मत करना, मैं पसंद नहीं करती "

" देवयानी, तुम्हारे पूरे वातावरण को मैं समझ चुकी हूँ, और यह भी कि तुम्हे बहुत आगे जाना है। हे बेवकूफ लड़की, तुमने जो अभी कहा उससे बिना प्रभावित हुए, मैं तुम्हे तुम्हारा भविष्य बता रही हूँ, तुम और नमन एक दूसरे के लिए ही बने हो, मैं जो कुछ भी कह रही हूँ, उसे लिख कर रख ले, और जिस क्षण यह फलीभूत हो मुझे फ़ोन जरूर करना" शिवानी बोली।

देवयानी ने पहली बार नमन को सपने में देखा।

बारिश की बड़ी बड़ी बूंदें शोर मचाती हुई हलकी हवा के साथ अठखेलियां कर रही थीं, अवकाश का दिन था, नमन अपने शासकीय निवास के ड्राइंग रूम में बैठकर कॉफी का आनंद ले रहा था, और बीती स्मृतियों के भंवरजाल में खोया हुआ था।अचानक तेज हवा के साथ बारिश का झोंका अंदर तक आया, और उसके चेहरे पर भी कुछ बूंदे पड़ीं, और वह वर्तमान में वापस आ गया।

आज उसने दीदी और जीजाजी को निमंत्रित किया था, जो उसकी माँ को साथ में लेकर रात के खाने पर आने वाले थे।

नमन के अर्दली ने सूचित किया कि बाहर कोई आया है, जिसने यह कार्ड दिया है, नमन ने देखा कि विजिटिंग कार्ड पर रुक्मिणी गुप्ता का नाम छपा हुआ था, वह कुछ देर कार्ड हाथ में लिए स्तब्ध बैठ रहा, फिर झटके से उठा। बाहर सफ़ेद रंग की एक कार खड़ी थी, और गेट पर रुक्मिणी खड़ी थी, उसका परिचय देने के लिए उसकी काली आँखें ही काफी थीं, पहल उसने ही किया " मैं सोच रही थी कि शायद नमन न पहचाने इसलिए कार्ड भिजवाया "

" मैं तो समझ ही नहीं पा रहा हूँ कि मैं क्या कहूं, तुमको देखते ही मैं मतिभ्रम का शिकार हो गया हूँ , अंदर आओ" नमन ने कहा और उसे अंदर ड्राइंग रूम में ले गया।

ऑर्डरली से उसने स्नैक्स और दो कप कॉफ़ी मंगाया और दोनों साथ साथ पीने लगे।

रुक्मिणी बोली “हम लोग करीब ग्यारह- बारह साल बाद मिल रहे हैं नमन, और मैं तुम्हारे लिए ही आई हूँ "

नमन चुपचाप उसकी तरफ एकटक देखता रहा

" नमन, मैंने दिल्ली में एक सम्मानित कॉलेज से ग्रेजुएशन किया, फिर मेरा एक स्वप्न था कि विदेश में सेवा करूँ, और इसी के चलते मैंने 'स्पेनिश' एवं 'फ्रेंच' में डिप्लोमा के साथ साथ 'स्पेनिश' में विशेष कोर्स भी किया " रुक्मिणी बोली।

रुक्मिणी ने फिर कहा " यू.पी.एस.सी. के माध्यम से दादरा नगर हवेली में प्रशानिक सेवा के लिए मेरा चयन हुआ था, मैंने भारतीय विदेश सेवा के लिए भी प्रयास किया था परन्तु असफल रही, जबकि मेरे ही संवर्गीय सहयोगी अग्रहरि जी का चयन हो गया, प्रशिक्षण के उपरांत अभी अग्रहरि जी विदेश मंत्रालय में पदस्थ हो गए हैं, और उन्होंने मेरे भाषा के आधार पर विदेश मंत्रालय में पोस्ट होने के लिए मेरा आवेदन लेकर, प्रतिनियुक्ति हेतु भेज दिया था, मात्र छह महीने के अंदर स्पेनिश भाषा में विशेष योग्यता के आधार पर मुझे विदेश मंत्रालय में ले लिया गया। कुछ दिन पहले अग्रहरि जी को तृतीय सचिव के रूप में स्पेन एम्बेसी में पोस्ट किया गया, और साथ ही मुझे भी भाषा विशेषज्ञ के रूप में पोस्ट किया गया, जहाँ एक माह बाद जाना है "

रुक्मिणी फिर बोली " नमन हम लोग उम्र के उस पड़ाव पर आ गये हैं , जहाँ जीवन के बारे में निर्णय लेना अपरिहार्य हो गया है, अब हम दोनों ही हाई स्कूल वाले विद्यार्थी नहीं रहे "

नमन बोला " रुक्मिणी, मुझे तो अभी भी विश्वास नहीं हो रहा है कि तुम हमसे मिलने आई हो "

रुक्मिणी ने कहा " नमन, अब हम उस तमसा के किनारे नहीं बैठे हैं , जिसकी स्वर्णिम लहरें डूबते सूरज की रौशनी में स्वप्नों की दुनिया रचती थीं , अभी हम जहाँ बैठे हैं, वह विशुद्ध सीवर का गन्दा नाला है, जहाँ जीवन की कड़वी सच्चाई दिखती है "

" मुझे नहीं पता रुक्मिणी कि तुम क्या चर्चा करने को उत्सुक हो, परन्तु मैं तुमसे सहमत हूँ कि हमारे उम्र का बर्तमान पड़ाव एक स्पष्ट निर्णय की मांग करता है। रुक्मिणी तुम आज भी उतनी ही सुन्दर हो, जैसे सगरगांव में अल्हड़ किशोरावस्था में थी, रुक्मिणी मैं आज भी वहीँ खड़ा हूँ, जहाँ और जैसे तुम मुझे छोड़कर गई थी " नमन बोला।

रुक्मिणी की आँखों में नमी दिखने लगी थी, और उसने कुछ देर के लिए दूसरी तरफ मुंह फेर लिया।

दोनों कुछ देर चुप बैठे रहे, फिर रुक्मिणी ने ही पहल किया " ऐसा है नमन, वे दिन तो इस जिंदगी में भूलने से रहे, परन्तु आज की स्थिति में पुनः वापस आओ, और आज की चर्चा करो "

"ठीक है रुक्मिणी, चलो आज की स्थिति की ही चर्चा करते हैं, मैं जहाँ बैठा हूँ, उसी क्षेत्र का एस. डी. एम्. हूँ , अभी शादी नहीं हुई है और क्या? बाकि सब कुछ सामान्य है" नमन मुस्कराते हुए बोला " देखो रुक्मिणी, मैं आज भी तुम्हारी प्रतीक्षा कर रहा हूँ, परन्तु तुम्हारी परिस्थितियों को भी समझ रहा हूँ। तुम्हारा हार्दिक स्वप्न और इच्छा विदेश जाने का है, और तुम्हे विदेश जाने के लिए भारत शासन से आदेश भी प्राप्त है ,अगर मैं गलत नहीं हूँ तो मेरी समझ कहती है कि भारतीय विदेश सेवा के अग्रहरि ने तुम्हे निश्चित ही प्रोपोज़ किया है, और वस्तुतः तुम सहमत भी हो, परन्तु तुम मेरे यहाँ क्यों आई, यह नहीं समझ पा रहा हूँ ? " नमन ने गंभीरता से कहा।

" सही कह रहे हो नमन, यहाँ तक का तुम्हारा विश्लेषण पूरी तरह ठीक है, मैं यहाँ तुम्हारी अनुमति के लिए आई हूँ " रुक्मिणी बाहर की तरफ देखते हुए धीरे धीरे बोली।

"रुक्मिणी, मेरा तुमसे संपर्क तो कभी हुआ नहीं , फिर अनुमति के लिए आने वाली बात तो समझ में नहीं आई " नमन थोड़ा उदासीन भाव से बोला।

रुक्मिणी ख़ामोशी से कुछ क्षणों के लिए उसको देखती रही फिर बोली " तुमको ऐसा लगता है नमन कि सगरगांव से तुम्हारे चले जाने के

बाद, सब कुछ ख़तम हो गया, वहां हम दोनों एक बचकाने से सम्बन्ध में बंधे थे, इसलिये तुम्हारे सगरगांव छोड़ते ही तुम मेरे लिए शून्य हो गये, और मैं उसी रात सब कुछ भूल कर अपने काम में लग गई? कभी कभी लड़कियों के दृष्टिकोण से भी कुछ सोच लिया करो, तो तुम्हे पता लग जायेगा कि तुम गलत हो "

"मेरे जीवन में केवल तुम ही तो थी और तुमने कोई दृष्टिकोण बनने ही नहीं दिया, मैं तो आज तक तुम्हे तुम्हारे ही माध्यम से देखता हूँ " नमन ने कहा।

"नमन, सगरगांव छोड़ने से लेकर अभी तक मैं तुम्हारे प्रत्येक गतिविधियों के बारे में ठीक से जानती हूँ, वाराणसी के कॉलेज में एड-मीशन, फिर बी. एच. यू. से आगे का एजुकेशन, फिर सर्विस के लिए उठा पटक, और अंत में नियुक्ति तथा आज की पोस्टिंग, मैं तुम्हारे हर स्टेज की गवाह हूँ।" रुक्मिणी रुक रुक बोली।

नमन विस्मय से भौंचक होकर आश्चर्यचकित बैठा रहा, और उससे कुछ देर बोलते नहीं बना, फिर रुंधे गले से बोला "मुझे क्षमा करना रुक्मिणी, तुमने मुझे कभी छोड़ा नहीं, और मैं तुमसे कभी मिला नहीं, यह मेरा अपराध है?"

" जीवन में स्थापित होने के लिए तुम्हारे संघर्ष को मैं न केवल देख रही थी, वरन समझ भी रही थी, उसमे कोई भी व्यवधान अक्षम्य होता , मैं केवल तुम्हारे पूर्ण स्थापित होने तक प्रतीक्षारत थी " रुक्मिणी बोली।

" मुझे तो अभी भी लग रहा है कि हम दोनों सगरगांव में तमसा के किनारे बैठे हैं " नमन ने उसे देखते हुए बोला।"

ऐसा लगता है कि तुम्हे केवल तमसा के किनारे की रुक्मिणी ही याद है " रुक्मिणी नमन की ओर देखते हुए बोली।

" नहीं रुक्मिणी, जो याद अमिट होकर रह गई है, वह तुम्हारी अनन्य छवि गुड़ बनते समय मुझे दिखी थी " नमन मुस्कराया।

नमन ने रुक्मिणी के आरक्त होते हुए चेहरे को देखा, जिसने शरमाते हुए धीमी आवाज में कहा " तुम बहुत कमीने हो नमन"

" जो कहो सब मंजूर है, चलो मैं कमीना ही सही, परन्तु वह छवि मैं भूल नहीं सकता, जो मुझे रास्ते पर लाने के लिए तुमने किया, मैं आज भी उस अहसान को स्वीकार करता हूँ " नमन गंभीर होकर कहा।

"अब थोड़ा गंभीर होकर चर्चा करो, हमें अब क्या करना है?" रुक्मिणी बोली।

" ठीक है, तुम मुझसे अनुमति चाहती हो, परन्तु मैंने तो सारे सपने तुम्हे ही बीच में रखकर बुने हैं, मैं क्यों अनुमति दूंगा ? मैं तो चाहूंगा कि तुम सगरगांव की रुक्मिणी ही रहो, और मैं वहीं का नमन " नमन शांत स्वर में बोला।

"मुझे पता है कि तुम्हारा प्रेम यथावत है और तुम मुझे आज भी उतना ही चाहते हो,इसलिए अब तुम ही बताओ कि मैं क्या करूं?" रुक्मिणी ने उसकी आँखों में देखते हुए कहा।

" बहुत सरल, मेरा परिवार रात के खाने पर आने वाले हैं, डिस्ट्रिक्ट मजिस्ट्रेट और जिले के सभी अधिकारी भी यहीं आ जायेंगें, और रुक्मिणी अभी यहीं शादी कर लेते हैं " नमन ने ऐसे कहा जैसे यह कोई सामान्य बात हो।

रुक्मिणी ने कहा " ठीक है, सभी को बुला लो, मैं यहीं और अभी शादी के लिए तैयार हूँ "

अब नमन चकरा गया, उसने रुक्मिणी से इस उत्तर की अपेक्षा नहीं किया था।

अचानक दोनों के बीच एक व्यापक ख़ामोशी छा गई , दोनों ही कुछ सोच रहे थे।

नमन रुक्मिणी की तरफ मुड़ा और उसका हाथ अपने हाथ में लेकर, ठहर ठहर कर बोलने लगा "रुक्मी, तुम मेरे स्वप्नों में आज भी पूरी तरह

से छाई हो, परन्तु जैसा तुमने कहा यह किशोरावस्था नहीं है , सही कहा। मेरे जीवन में आज की तिथी में तुम्हारे अलावा और कोई नहीं है, मैं अपने को सौभाग्यशाली मानता हूँ कि तुम यहाँ तक आई, और अपने बारे में सब कुछ स्पष्ट कर दिया। रुक्मी, हम दोनों ही शासन के जिम्मेदार पदों पर हैं, और हमारे निर्णय से हज़ारों लोग प्रभावित होते हैं, अतः हमसे बचपना की अपेक्षा नहीं की जाती है "

कुछ देर चुप रहने का बाद बोला " मैं तुम्हारे इच्छा के विरूद्ध कुछ करना तो दूर, सोच भी नहीं सकता, मैं तुम पर बिना दबाव डाले, बहुत ही गंभीरता से स्पष्ट रूप से पूछ रहा हूँ, कि क्या तुम अग्रहरि जी के साथ शेष जीवन विदेश में व्यतीत करने को इच्छुक और उत्सुक हो ? "

रुक्मिणी भर्राये गले से बोली " काश हमने बलिया छोड़ा ही नहीं होता, हम अपने स्वप्निल दुनिया में कितने खुश थे नमन, कुछ भी नहीं था, फिर भी सब कुछ था "

" वह दुनिया अब नहीं रही रुक्मी, तुमने सही कहा कि अब हम तमसा कि उन स्वप्निल लहरों के साथ नहीं जा सकते " नमन ने कहा , और फिर दुहराया " मैंने जो पूछा उसका उत्तर दो "

रुक्मिणी ने उसकी आँखों में देखते हुए कहा "मैं यहाँ तुम्हारी अनुमति के लिए ही आई थी, परन्तु तुम्हारा कोई भी आदेश मेरे लिए अंतिम है, जैसा कहोगे वैसा ही होगा "

अचानक नमन को देवयानी याद आ गई, जिसे हर मोड़ पर नमन की अनुमति चाहिए, यही सोचकर वह हंसा और बहुत धीरे से बोला "रुक्मिणी रानी, तुम्हे विदेश मुबारक़ , मैं ऐसा कुछ कह ही नहीं सकता जो तुम्हारे अंदर की आवाज़ से मेल न खाती हो, तुम्हारे इच्छा के अनुरूप, मैं तुम्हे हर विधा से मुक्त करता हूँ, और भावी सफल जीवन के लिए मेरी हार्दिक शुभकामनाएँ, परन्तु हमारी तुम्हारी मित्रता यथावत बनी रहेगी "

अब रुक्मिणी रोने लगी और पहिली बार उसने झुक कर नमन के चरणस्पर्श किये, नमन ने उसे उठा लिया और उसका आलिंगन करते

हुए उसका गहरा चुम्बन लिया, और बहुत धीरे से बोला "तुमने भी आम के पेड़ के नीचे, मुझे आलिंगन में लेकर, मेरा चुम्बन लेते हुए मुझे विदा किया था, मैं उसे ही वापस कर रहा हूँ "

गेट की उस हलकी रौशनी में नमन का चेहरा भाव शून्य और उदास था, उसने रुक्मिणी की ओर देखा पर कुछ बोल नहीं पाया।

रुक्मिणी ने फिर कहा " ऐसे बिदा करोगे तो मैं नहीं जा पाऊँगी, मेरा अंतर्मन अभी भी डावांडोल है, स्पष्ट आदेशित करो "

नमन जबरन मुस्कराया और बोला " जाओ मेरी लाड़ली, दूधो नहाओ पूतो फलो "

रुक्मिणी भर्राई आवाज़ में बोली " ईश्वर तुम्हारा जीवन खुशियों से भर दे " और वह कार में बैठ कर चली गई।

जैसे तेज तूफान में फंसा व्यक्ति अचानक सुब कुछ परिस्थितियों पर छोड़ देता है, वैसे ही नमन शून्य विचार की स्थिति में पहुँच गया था, उसकी समझ में कुछ नहीं आ रहा था।

9

उस दिन, उस फ़ोन कॉल से, देवयानी के जीवन में अभूतपूर्व परिवर्तन होने वाला था, उसने फ़ोन उठाया और उधर से आवाज़ आई

" क्या हम देवयानी पांडेय से बात कर रहे हैं ?"

"जी हाँ " देवयानी ने उत्तर दिया।

" देवयानी पांडेय, मैं भारतीय प्रबंध संस्थान, अहमदाबाद से प्रोफेसर टी. एन. राउत बोल रहा हूँ, और संस्था के आदेशानुसार आपको सूचित करता हूँ कि दो वर्षीय पी.जी. कोर्स के लिए आपका अंतिम रूप से चयन हुआ है, और आप दिनांक पंद्रह जुलाई तक सम्पूर्ण अभिलेखों के साथ संस्थान में उपस्थित हों, लिखित पत्र आपके दिए पते पर भेजा जा चुका है" और फ़ोन कट गया।

देवयानी किंकर्तव्यविमूढ़ स्थिति में बैठी रही, उसको लग रहा था कि वह गंगा के अथाह जल में तैर रही हो, समझ में नहीं आ रहा था कि क्या करे?

बनारस हिन्दू यूनिवर्सिटी का दीक्षांत समारोह नवंबर में प्रस्तावित था, परन्तु परिणाम सामायिक घोषित हो गए थे, प्राप्त अंक तालिका की प्रति को उसने भारतीय प्रबंध संस्थान, अहमदाबाद को भेज दिया था।

इसके पूर्व वह और शिवानी, भारतीय प्रबंध संस्थान, अहमदाबाद से ही सम्बंधित लिखित योग्यता परीक्षा और व्यक्तिगत साक्षात्कार के लिए लखनऊ गए थे। भारतीय प्रबंध संस्थान, अहमदाबाद द्वारा कैट के बाद की कुछ परीक्षा और इंटरव्यू के लिये, जो अहमदाबाद में होना था , इस वर्ष बदलकर छ केंद्रों में विभाजित कर दिया था, जिसमे लखनऊ भी एक केंद्र था। यहाँ लिखित परीक्षा के अतिरिक्त समूह चर्चा और साक्षात्कार में भी भाग लेना पड़ा।

उसने प्रबन्ध संस्थान के समाचार को सर्वप्रथम शिवानी को देने का निर्णय लिया, और उसका नंबर डायल किया, फ़ोन शिवानी ने ही उठाया था , बोली " सुन देवा, मुझे तेरे आई. आई. एम्. ए. के एड्मीशन के बारे में कुछ देर पहले ही पता चला था, मैं तुझे बधाई की जगह जी भर के गालियां देने जा रही थी, परन्तु परिणाम के बाद, कुछ लोगों के विदेश जाने के कारण, मुझे भी अहमदाबाद मिल, हार्दिक बधाई देवा"

देवयानी अप्रत्याशित खुशी से उछल पड़ी और चीख कर बोली " अरे मेरी बहन, मुझे पता था तू गरीब का साथ नहीं छोड़ेगी, वहां भी एक कमरे में ही रहेंगें "और हर्षातिरेक में देवयानी रोने लगी, दूसरी तरफ शिवानी भी रो रही थी और दोनों उस क्षण भाग्य के इस परिवर्तन पर बोलने में असमर्थ हो गईं थीं।

आखिर शिवानी ने सुबकते हुए कहा "देवा शाम को बात करेंगे "

देवयानी की चीख भरी आवाज़ सुनकर उसकी माँ दौड़ी आई और उसको रोता हुआ देखकर परेशान हो उठी, और पूछा "क्या हुआ यानि ? तू तो इम्तिहान पास कर चुकी है फिर ?

देवयानी माँ से लिपट गई और बोली " माँ, मैं अपने भाग्य परिवर्तन पर रो रही हूँ "

माँ ने कहा " बेटा, अभी इतनी जल्दी निराश नहीं होते, नौकरी मिलने में थोड़ा टाइम लगता है , तुम फार्म भरती रहो, पढ़ने में इतनी तेज हो, कहीं न कहीं जरूर होगा "

और बाहर निकल गई।

देवयानी अब प्रसन्न और स्थिर थी, अगली कॉल उसने नमन को किया, फ़ोन नमन ने ही उठाया और बोला “हैल्लो "

देवयानी ने जबाब दिया " सर, मैं देवयानी बोल रही हूँ "

"हाँ देवयानी, कैसी हो ? "

" सर, मैं बिलकुल ठीक हूँ , मैंने यह कॉल आपकी अनुमति और आशीर्वाद के लिये किया है " देवयानी बोली।

" अब किस चीज़ की अनुमति ?“ नमन ने पूछा।

" सर, मेरा.आई. आई. एम्. अहमदाबाद में एडमीशन हो गया है, वहां जाने की अनुमति चाहिये " देवयानी ने कहा।

कुछ देर के लिये सन्नाटा छा गया, फिर नमन की आवाज़ आई “देवयानी, तुम तो धीरे धीरे एक अलग श्रेणी में जाती हुई दिख रही हो, 'आई. आई. एम्. अहमदाबाद' में एडमीशन ! पहले तो मेरी हार्दिक बधाई स्वीकार करो। मुझसे क्या सहयोग चाहती हो, वह बताओ "

" आपकी अनुमति आवश्यक थी, शेष व्यवस्था हो जाएगी, दो वर्ष की पढाई में लगने वाला खर्च विश्व विद्यालय अनुदान आयोग देगा, क्योंकि मैं अपने विषय की टॉपर हूँ , शेष व्यय बैंक लोन से पूरा हो जायेगा, यह सब व्यवस्था शिवानी करेगी, जो अभी तक मेर रूम मेट थी " देवयानी बोली।

" क्या शिवानी का एडमीशन भी तुम्हारे साथ हो गया है ? " नमन ने पूछा।

" जी सर " देवयानी सकुचाते हुए बोली।

" देवयानी, अब तुम्हारा भाग्योदय निर्धारित हो गया, ऐसा बहुत ही कम लोगों के साथ होता है, मैं तुम्हे सीधे अन्तराष्ट्रीय स्तर पर देख पा रहा हूँ, मेरी बधाई फिर से स्वीकार करो " नमन ने कहा।

" मैं आपकी आभारी हूँ सर " और उधर से फ़ोन कट गया।

देवयानी प्रसन्नता से सराबोर हो गई, नमन सर ने आज मुक्त कंठ से उसकी प्रशंसा किया है।

तभी कार आने की आवाज़ सुनाई पड़ी, और उसने देखा कि कार से अपने घर में शशि भाभी और भाई मयंक उतर रहे हैं, वह भागी हुई उनके घर गई और दालान में ही दोनों के चरणस्पर्श किया, और खड़ी हो गई , उसका भतीजा वहीं तख़्त पर चढ़कर बैठ गया, और उसकी तरफ देखने लगा।

" और क्या चल रहा है देवयानी ? " मयंक ने पूछा।

" भैया मैं और आगे पढ़ने की सोच रही थी, इसलिए पोस्ट ग्रेजुएशन के लिए परीक्षा दिया था, उसमे सेलेक्शन हो गया है, इसलिए आप दोनों का आशीर्वाद चाहिए " देवयानी ने कहा।

शशि बोली " हम लोगों का आशीर्वाद तो तो हमेशा तुम्हारे साथ है , वैसे तुम्हारा सेलेक्शन कहाँ हुआ है "

मयंक और शशि दोनों उसको देख रहे थे।

" भाभी, मेरा 'आई. आई. एम्. अहमदाबाद' में हो गया है " देवयानी ने सामान्य रूप में सूचित किया।

दोनों चौंक पड़े और आश्चर्य से देवयानी की तरफ देखने लगे।

" अरे देवयानी, वहां तो देश के टॉप स्किल में से भी गिने चुने लोग ही प्रवेश पाते हैं " मयंक बोला।

" भैया और भाभी का आशीर्वाद मिला तो मेरा भी हो गया " देवयानी बोली।

शशि आगे बढ़ी और उसको गले से लगा लिया " बहुत बहुत बधाई देवयानी, तुमने गांव के साथ साथ पूरे क्षेत्र का नाम रोशन किया, हमारी शुभकामनायें "

" चलो तुमको आज मैं चाय बनाकर पिलाऊंगी " शशि बोली और सभी घर के अंदर चले गए।

तीन दिन बाद समाचार पत्र में दूसरे पृष्ट पर खबर छपी कि उत्तर प्रदेश राज्य से 'आई. आई. एम्. अहमदाबाद ' में मात्र आठ लोगों का चयन हुआ है, जिसमे एक लड़की, जो बनारस हिन्दू यूनिवर्सिटी की टॉपर है , जौनपुर जिले के ग्रामीण क्षेत्र से है , और जो अत्यंत गरीब परिवार से है। और उसके दूसरे दिन स्थानीय समाचार पत्र में देवयानी और उसके कच्चे घर का चित्र प्रकाशित हुआ, और लिखा था इसी लड़की का 'इंडियन इंस्टिट्यूट ऑफ़ मैनेजमेंट, अहमदाबाद' में चयन हुआ है, इस मेधावी लड़की का शासन को उसका सहयोग करना चाहिए।

इस समाचार पत्र में प्रकाशन का दोहरा प्रभाव पड़ा, पहला यह कि क्षेत्र के लोगों में उसकी चर्चा होने लगी, और उसका नाम काफी लोग जानने लगे, और दूसरा यह कि जिला प्रशासन ने आर्थिक दृष्टि से कमज़ोर लोगों के लिये राज्य सरकार की एक योजना के अंतर्गत गृह निर्माण हेतु उसका नाम प्रस्तावित कर दिया , इस योजना में सम्पूर्ण व्यय शासन वहन करती थी।

देवयानी की माँ उसकी शादी की चर्चा छोड़कर इन्ही चर्चाओं में आनंद लेने लगी, उसको अचानक लगने लगा कि बेटी की वजह से उसका कच्चा घर पक्का बन जायेगा।

कुछ देर बाद शिवानी की कॉल आई, वह बोली " अब मेरी बात ध्यान से सुन, चूँकि अहमदाबाद पंद्रह जुलाई तक पहुंचना है, इसलिए चौदह जुलाई को वहां रिपोर्ट करना उचित होगा, तुम यह बताओ कि चौदह जुलाई को सबेरे, जल्दी से जल्दी, कितने बजे तक तू बनारस पहुँच सकती है ?"

" सबेरे साढ़े सात बजे तक, बस ज्यादा से ज्यादा पंद्रह मिनट लेट हो सकती है" देवयानी बोली।

" तो लड़की, तू तेजी से अपनी तैयारी कर और ध्यान रखना एक सूटकेस और एक बैग, इतने में ही सामान पैक करना है,किसी दशा में खाने पीने का सामान और बिस्तर नहीं लाना है , माचिस, तथा तेज धार

वाला कोई सामान नहीं होना चाहिए, आजकल इन बस्तुओं पर प्रतिबन्ध है " शिवानी बोली।

" फिर ध्यान से सुन, चौदह जुलाई के सबेरे साढ़े सात बजे अपने सामान के साथ तुम रोडवेज़ बस स्टैंड, टिकट काउंटर के सामने बैठी रहना, कोई भूल चूक नहीं, में तुमसे वहीं मिलूंगीं और उसके बाद की जबाबदारी मेरी, ठीक ?" शिवानी ने कहा।

" माँ, हमको चौदह जुलाई के सबेरे साढ़े सात बजे तक बनारस बस स्टैंड पर पहुंचना है" देवयानी ने बताया।

" बेटा, उसमे कितने दिन बचे हैं ?"

" छह दिन बचे हैं माँ, बहुत काम करना है" देवयानी ने कहा।

माँ को बता कर देवयानी सीधे सुक्कू चाचा से मिलने गई , वे भेंड़ो को बाड़े में हाँक रहे थे । देवयानी ने पहले की तरह झुककर उनके चरणस्पर्श किया, वे चौंक कर बोले "अरे बिटिया ,तू मानती क्यों नहीं ?"

"चाचा, आप के पिछली बार के आशीर्वाद से मेरा एडमीशन अहमदाबाद के ऐसे संस्थान में हो गया है, जिसमे जाने के लिए लोग तरसते हैं " देवयानी ने कहा।

सुक्कू के आँखों में आंसू आ गये, देवयानी के सर पर हाथ रखकर बोले " बिटिया, तू देश के बाहर सात समुन्दर पार जाएगी और इतनी कमाई करेगी, जो लोग सपने में भी नहीं सोच सकते "

" बस चाचा, मेरे सर पर आपका हाथ बना रहे " और देवयानी वहां से चली गई।

निर्धारित तेरह और चौदह जुलाई के बीच की आधी रात को देवयानी उठ गई और प्रातः चार बजे तक अपना सामान पैक कर के बैठ गई, माँ ने उसे चाय पिलाया और कुछ देर बाद नाश्ता भी करवा दिया, फिर दोनों मिलकर बात करने लगीं , और उसके बाद दोनों गले मिलकर रोने लगीं, ठीक पांच बजे दोनों माँ बेटी बस स्टैंड के लिए रवाना हो गईं। माँ ने एक

दिन पहले शशि से कहा था, अतः उसने उनके यहाँ काम करने वाले मज़दूर को सबेरे भेज दिया था, वह सूटकेस और बैग लेकर साथ चल रहा था। बस आने पर उसने सामान भी चढ़ा दिया और वापस चला गया, देवयानी ने माँ के चरणस्पर्श किया और बिना कुछ और कहे बस में बैठ गई।

वह बिलकुल शांत और निर्विकार भाव से यात्रा कर रही थी, उसे अंदर से महसूस होने लगा था कि यह परिवर्तन की यात्रा है, और सड़क बहुत लम्बी है। जैसा पूर्व में कहीं भी जाते समय एक आंतरिक बेचैनी प्रारम्भ हो जाती थी, इस बार वैसा कुछ नहीं है।

बस स्टैंड वाराणसी पर उतरकर उसने कंडक्टर की सहायता से अपना सामान उतरवाया, और बुकिंग काउंटर के सामने एक बेंच पर बैठ गई, मोबाइल की घडी सात बज कर पंद्रह मिनट पर टिक टिक कर रही थी , उसे उस समय इसकी भी व्यग्रता नहीं थी कि आज चल के आज ही अहमदाबाद पहुंचेगी कैसे? वह शांत बैठी रही।

सात बजकर पैंतीस मिनट पर किसी ने पीछे से उसका कन्धा पकड़कर हिलाया, मुड़कर देखा शिवानी खड़ी है, उसे देखते ही देवयानी का चेहरा खिल उठा, और वह उठकर खड़ी हो गई।

" किस गंभीर सोच में डूबी है ?" शिवानी ने पूछा।

" तुम्हारी सोच में " देवयानी मुस्कराकर बोली।

शिवानी ने सामने देखकर एक आदमी से कहा " भैया यह सामान ले लीजिये '' और देवयानी से बोली " अपना सामान बताओ "

देवयानी ने सूटकेस और बैग की तरफ इशारा किया, जिसे उस आदमी ने उठा लिया, और बाहर की ओर चल पड़ा, शिवानी और देवयानी, दोनों उसके पीछे पीछे चल दिये।

रोडवेज बस स्टैंड के ठीक बाहर साइड में एक कार खड़ी थी, जिसकी डिग्गी में देवयानी का सामान रख दिया गया।

शिवानी ने सामने ड्राइवर के बगल वाली सीट पैर बैठे एक आदमी से देवयानी का परिचय कराया " अंकल यह देवयानी है, मेरी मित्र "

देवयानी ने उन्हें प्रणाम किया और उन्होंने नमस्कार कहा, देवयानी और शिवानी दोनों पीछे की सीट पर बैठ गईं। सामान लाने वाला व्यक्ति, ड्राइवर की सीट पर बैठकर गाड़ी स्टार्ट किया और कार चल पड़ी।

अट्ठारह किलोमीटर जौनपुर की तरफ जाने के बाद, बाबतपुर चौराहे से कार एयरपोर्ट की तरफ मुड़ गई, और तब देवयानी को एक झटका सा लगा कि वे लोग हवाई अड्डे जा रहे हैं। देवयानी ने किताबों में हवाई जहाज को देखा था, और कई बार बी. एच. यू. से गांव जाते समय बस से इसी जगह के पास उड़ते जहाज को देखा था।

आगे एयरपोर्ट में 'डिपार्चर' गेट के पहले कार रुकी और सभी उतर गये, ड्राइवर ने सबका सामान कार से निकालकर बाहर रख दिया, और अंकल से पैसे लेकर चला गया , देवयानी हतप्रभ होकर एयरपोर्ट को देख रही थी।

"केवल वोटर आई. डी. हाथ में रख लो और मेरे साथ आओ" शिवानी बोली।

इसके बाद शिवानी ने एक ट्राली लेकर उसपर देवयानी का सामान जमाया, और उससे कहा "जैसे मैं चला रही हूँ, वैसे ही चलाते हुए तुम मेरे पीछे आओ"

फिर शिवानी ने दूसरी ट्रॉली लेकर अपना सामान जमाया और चलाते हुए गेट की तरफ बढ़ी, देवयानी वैसे ही चलाते हुए उसके पीछे चल पड़ी, दोनों डिपार्चर गेट के सामने लाइन में लग गये, फिर शिवानी ने पर्स से एयर टिकट निकालकर देवयानी को दिया और बोली " गेट पर खड़ी पुलिस जाँच करेगी, तुम वोटर आई. डी. तथा टिकट उन्हें दिखाकर मेरे पीछे आना "

देवयानी ने अपना सर हिलाया, वह अभी भी एयरपोर्ट के इंद्रजाल में भ्रमित सी खड़ी थी।

अंदर जाते ही वह और बड़े मायाजाल में फंस गई, परन्तु उसके विवेक ने कहा कि वह चुपचाप शिवानी के पीछे पीछे चले, शिवानी ने उसके बैगेज की स्क्रीनिंग करवाया, और बुकिंग काउंटर की तरफ ट्रॉली लेकर बढ़ गई, वहां उसने अपना और देवयानी दोनों का बोर्डिंग पास बनवाया, और दोनों का सामान तौल कराकर काउंटर पर जमा क़र दिया, फिर दोनों सहेलियां केवल अपने पर्स के साथ हॉल में आ गईं, उनके पीछे पीछे अंकल भी आ गये।

"देवयानी, मुझे पता है कि तुमने कभी एयर ट्रेवल नहीं किया है, इसलिए मैं तुम्हारे आगे आगे रहती हूँ, यह मत सोचना कि मैं कुछ ज्यादा ही पोज कर रही हूँ" शिवानी ने कहा।

" शिवानी इस समय मेरे समझ में कुछ भी नहीं आ रहा है, हवाई जहाज तो छोड़, मैंने कभी ट्रेन से भी यात्रा नहीं किया है, परन्तु शिवानी इसका टिकट तो काफी महंगा होगा" देवयानी बोली।

" घबड़ा मत, मैं भी तेरे जैसी हो गई हूँ, पूरा हिंसाब लिखा जा रहा है, तुझे जॉब मिलते ही एक एक पैसा वसूल करुँगी" शिवानी मुस्करा कर बोली।

" क्या क्या लिखेगी बहन, तेरा हिंसाब इस जन्म में तो चुकता होने से रहा " देवयानी भावुक होकर बोली, लेकिन फिर मुस्करा कर बोली " पर शिवानी, अब तू कुछ ज्यादा पोज़ कर रही है " और दोनों हँसने लगीं।

शिवानी ने पर्स से एक पॉलिथीन बैग निकाला जिसमे घर की बनी हुई नमकीन रखी थी, उसने उसे खोलकर फैला दिया और देवयानी से बोली " आ लड़की कुछ खाते हैं " और दोनों नमकीन खाने लगीं, उसके पश्चात टी स्टाल पर खड़े होकर चाय पिया।

देवयानी आश्चर्यचकित होकर बोली " एक कप चाय सौ रुपये की ? "

" यह एयरपोर्ट है बहन, सारी चीजें बेभाव हैं, लेकिन चाय पीने का मज़ा यहीं है " शिवानी बोली, फिर बोली " अब चल बाथ रूम चलते हैं " और उसे लेकर महिला टॉयलेट की तरफ बढ़ गई।

सिक्योरिटी में लाइन में लगकर चेकअप के बाद दोनों अंकल के पास चेयर पर बैठ गईं।

जहाज आने पर दोनों निर्धारित गेट से जहाज की तरफ पैदल चल दिये, जहाज पर चढ़ते समय देवयानी एक रोमांच से थरथरा उठी, जीवन में प्रथम हवाई यात्रा प्रारम्भ हो रही थी, सीट पर पहुंचने के लिए शिवानी ने मार्गदर्शन किया, और बैठने के बाद सीट बेल्ट लगाना, और खोलना दोनों बताया। जहाज उड़ते समय देवयानी को लग रहा था कि वह किसी दूसरे लोक में है।

ऐसा लग रहा था कि बादलों के ऊपर एक रहस्यमय संसार बसा हुआ है, कहीं दूर इनमे परियों का बसेरा भी होगा, देवयानी को लगा कि जहाज नहीं, वह खुद उड़ रही है, और कभी भी परियों के बीच पहुँच जायेगी, वहां झील भी होगी, जिसके जगमगाते जल में सूर्य की किरणे फिसल रही होंगी, और तितलियाँ स्वछंद विचरण कर रही होंगी ? इस खुले आसमान का कहाँ तक विस्तार होगा? उस झील के स्वच्छ पानी में लहरें उठ रही होंगी, दूर तक हरियाली फैली होगी, और बृक्ष कतार में खड़े होंगे। रात होने पर जब चन्द्रमा की किरणे उसपर बिखरती होंगी, तो परियां किनारे पर नृत्य कर रही होंगी, और उसी समय घोड़े पर सवार एक बांका राजकुमार, सरोवर के किनारे घोड़े से नीचे उतरता होगा। अचानक राजकुमार नमन में परिवर्तित हो गया, और उसे लगा, वह भी परियों के बीच में खड़ी है, और राजकुमार नमन उसे ही देख रहा है, और फ़िर ---

शिवानी ने उससे कुछ पूछा और उसकी कल्पना वहीं ठहर गई।

जहाज सवा घंटे बाद नीचे उतरने लगा, तो देवयानी को फिर सिहरन होने लगी , शिवानी के पीछे चलते हुये वह सभी एयरपोर्ट पहुंचे। 'एराइवल' से अंदर जाते समय शिवानी ने बताया कि वे लोग दिल्ली हवाई अड्डे पर हैं, और यहाँ से दूसरे जहाज में जाना है, बेहतर होगा बाथरूम यहीं अटेंड कर लिया जाये, और देवयानी को लेकर लेडीज टॉयलेट में चली गई।

''डोमेस्टिक ट्रांसफर' रास्ते से होते हुये और अपनी जाँच कराते हुए दोनों 'डिपार्चर' पर पहुँच गईं , देर तक सोचने के बाद आखिर देवयानी ने पूछ ही लिया " हम लोग जहाज से उतरे परन्तु हमारे सामान तो उसी में हैं, वह कब मिलेगा?"

" देवयानी , चूँकि हम लोगों का डायरेक्ट टिकट अहमदाबाद का है , इसलिए सामान की जबाबदारी जहाज कंपनी की है,सामान हम लोगों को अहमदाबाद में मिलेगा" शिवानी ने समझाया।

एक बजे दोनों अहमदाबाद के फ्लाइट में बैठीं और तीन बजकर पंद्रह मिनट पर अहमदाबाद पहुँच गईं, देवयानी आश्वस्त हो गई, एक ही यात्रा में दो अलग अलग फ्लाइट पर बैठने से उसे हवाई यात्रा की पर्याप्त जानकारी हो गई, आगे अब वह भ्रमित नहीं होगी, इसके लिए उसने शिवानी का आभार माना।

अहमदाबाद में सामान लेते समय वहां अंकल खड़े मिले, शिवानी और देवयानी ने बेल्ट से अपना सामान लिया, और ट्रॉली पर रखकर अंकल के पीछे पीछे चल दिये, अंकल ने टैक्सी पहले से बुक कर दिया था, अतः उन्हें यात्रा के लिए किसी कठिनाई का सामना नहीं करना पड़ा , अंकल ने टैक्सी में बैठते ही किसी को फ़ोन किया।

भारतीय प्रबंध संस्थान, अहमदाबाद, जो बड़े बड़े अक्षरों में ईंटों की दीवाल पर अंकित था, उस समय शाम के चार बज रहे थे। अंकल को यहाँ के बारे में सब पता था, और गेट पर ही वह व्यक्ति भी मिल गया जिसे अंकल ने बुलाया था, टैक्सी को गार्ड की अनुमति से एडमिन ऑफिस तक ले गए, और बाहर ही सारा सामान उतारकर तीनो अंदर चले गये, जबकि अंकल सामान के पास खड़े रहे।

एडमिन ऑफिस में उन्हें बुलाया गया, जहाँ दोनों ने अपने कॉल लेटर प्रस्तुत किया, वहां एक मैडम ने पूछा आप कितने लोग हैं , दोनों ने स्थिति बताया कि वे दोनों हैं। मैडम ने कहा "अभी आपको ओल्ड डॉर्म नंबर आठ में, जहाँ गर्ल्स हॉस्टल हैं, प्रोविजिनली, रूम नंबर सात और आठ आवंटित किया जाता है, अभी अपने सामान के साथ वहां सेटल हो जायें,

यहाँ के रेस्टुरेंट में डिनर उपलब्ध हो जायेगा, जिसके लिए आज और कल तक के कूपन दिए जा रहे हैं। कल सबेरे ठीक नौ बजे सारे ओरिजिनल डाक्यूमेंट्स के साथ इसी ऑफिस में उपस्थित हों "

उन्होंने मैडम को नमस्ते कहा और बाहर चली गईं।

अंकल और उनके आदमी के सहयोग से सामान ओल्ड डॉर्म नंबर आठ तक पहुँच गया, जहाँ गर्ल्स हॉस्टल थे, अतः अंकल ने कहा " हम दोनों जा रहे हैं, कल सबेरे नौ बजे तक मैं आ जाऊंगा, जिससे यहाँ कोई समस्या होने पर उसका समाधान किया जा सकेगा "

देवयानी बोली " शिवा, मैं रात भर सो नहीं पाई हूँ और तेरी भी यही हालत होगी, अतः थकावट अपनी चरम सीमा पर है, अभी तो सामान ले चलते हैं, और कमरा में सोने लायक व्यवस्था करते हैं।

" ठीक कह रही है , चल उठा सामान " और दोनों सामान से लदी फन्दी हॉस्टल के अंदर पहुंची, जहाँ एक गार्ड और एक महिला बैठी थी।

शिवानी ने महिला से कहा " हमें ओल्ड डॉर्म नंबर आठ में रूम सात और आठ आवंटित किया गया है, किधर जाना है ?"

महिला ने किसी को आवाज दिया और एक महिला उपस्थित हुई, उसको निर्देशित किया गया कि इन दोनों को सात और आठ दिखा दो, और सामान ले जाने में मदद करो। फिर बैठी महिला ने इन दोनों को सूचित किया "मैं तुम्हारे डॉर्म की केयरटेकर हूँ, मेरे चार्ज में बीस कमरे हैं, अभी तुम दोनों थकी दिख रही हो, अतः आराम करो, कल कमरे का चार्ज दिया जायेगा, तुम लोगों को कोई भी समस्या हो तो मुझे सूचित करना"

" जी मैडम" कहकर दोनों ने उन्हें नमस्ते किया।

दोनों ने अपना सामान अपने अपने कमरों में जमा लिया, यहाँ का निर्माण कार्य पुराना था, परन्तु रख रखाव बढ़िया था। दोनों ने अपने बिस्तर जमा लिये और जल्दी जल्दी बाक़ी सामान भी जमा लिया, और देवयानी, शिवानी के कमरे में आ गई।

शिवानी बोली "यहाँ बाथ रूम आखिरी छोर पर है, साथ अन्य सुविधायें हैं और कमरे भी सिंगल हैं, चल फ्रेश होकर आते हैं " और दोनों बाथ रूम की तरफ बढ़ गईं।

वे नीचे केयरटेकर के कमरे में गईं, जो घर जाने के लिये निकलने वाली थी, और बोली " मैडम, एक रिक्वेस्ट है "

" तुम लोग अभी यह जानना चाहती हो कि खाना कहाँ मिलेगा?" केयरटेकर ने कहा।

" जी मैडम, हम लोग बहुत थक गए हैं, इसलिए जल्दी भोजन के बाद जल्दी सोयेंगें " शिवानी ने कहा।

" ठीक है" उन्होंने दिशा बताते हुए कहा " वहां मेस काम्प्लेक्स है, उसमे एक रेस्टुरेंट है, जिसमे भोजन चालू हो गया होगा "

दोनों ने उन्हें मार्गदर्शन के लिये धन्यवाद दिया और बाहर निकल गईं।

दूसरे दिन उन्होंने पाया कि पूरा कैंपस हरा भरा है, फूलों की क्यारियां और बहते पानी के फ़वारे भी है, हर चीज़ सुव्यवस्थित। उन्हें दो स्थानों से बहुत सारे निर्देश प्राप्त हुए, सबसे प्रमुख यह था कि उन्हें हर समय मुख्य नोटिस बोर्ड को देखना है, वहां जब भी और जो भी निर्देश प्राप्त होंगे, उनका त्वरित पालन करना है।

शिवानी और देवयानी दोनों ने मिलकर अंकल के सहयोग से अकाउंट सेक्शन में जाकर पंजीयन के चालीस हज़ार एवं प्रथम किश्त के रूप में दो लाख रुपये दोनों के लेखा में जमा करा दिया गया, देवयानी ने विश्वविद्यालय अनुदान आयोग के उस मूल पत्र को, जो उसे काशी हिन्दूविश्वविद्यालय से प्राप्त था, अपने आवेदन के साथ वहीं प्रस्तुत कर दिया, साथ ही वह आवेदन भी प्रस्तुत कर दिया, जिसमे आर्थिक रूप से कमज़ोर विद्यार्थियों के लिये संस्थान से आर्थिक छूट स्कॉलरशिप के रूप में उपलब्ध हो सकती थी।

शिवानी ने अंकल को धन्यवाद दिया और बोली " अंकल, बिना आपके हम लोगों को बहुत कठिनाई होती "

" हम कल रात को ट्रेन से वापस जायेंगे, तब तक यदि कोई भी आवश्यकता हो तो बता देना, और बाद के लिए मेरे भतीजे का फ़ोन नंबर तुम्हारे मोबाइल में है, वह पूरी सहायता करेगा , मैं जाकर सर को सब हाल चाल बता दूंगा " और अंकल चले गये।

शिवानी और देवयानी दोनों पूरे कैंपस का एक चक्कर लगाने के लिये वहां से रवाना हो गईं।

जैसे ही दोनों एडमिनिस्ट्रेटिव ब्लॉक से बाहर जा रहीं थीं कि अंदर आने वाली एक लड़की, शिवानी से टकराते टकराते बची, वह वहीं खड़ी हो गई, और इन दोनों की तरफ देखने लगी।

शिवानी ने कहा " सॉरी मैडम"

उसने कहा " ठीक है " और फिर पूछा "तुम लोग कौन हो ?"

देवयानी और शिवानी दोनों की समझ में एक चीज़ स्पष्ट हो गई कि यह बी. एच. यू कैंपस नहीं है, और अब हिंदी में बातचीत तत्काल प्रभाव से बंद करके सीधे इंग्लिश में ही चर्चा करना है, शिवानी ने ही उत्तर दिया " मैडम, हम लोगों ने कल ही ज्वाइन किया है, और अभी इस कैंपस से परिचित होने के लिये कैंपस को देखने निकले थे"

सामने वाली लड़की मुस्कराई "मैं तुम लोगों की सीनियर रेवा परांजपे हूँ, मैं एडमिनिस्ट्रेटिव ब्लॉक से दस मिनट में वापस आती हूँ, फिर तुम्हे कैंपस भ्रमण करा दूंगीं, यहीं रुको "

दोनों प्रसन्न हो गईं और बोलीं " जी मैडम "

वापस आने पर रेवा परांजपे ने उन्हें अपने साथ आने का इशारा किया, और बोली " हम लोग थोड़ा तेज चलेंगें, परन्तु उसके पहले परिचय जरूरी है, मैं ने अपना नाम बता दिया और मैं पुणे, महाराष्ट्र से हूँ, अब तुम दोनों बताओ"

शिवानी ने कहा " मैं शिवानी वर्मा, पटना बिहार से हूँ, और हम दोनों ने बनारस हिन्दू यूनिवर्सिटी से ग्रेजुएशन किया है "

देवयानी ने कहा "मैं जौनपुर, उत्तर प्रदेश से हूँ, मैं और शिवानी बनारस हिन्दू यूनिवर्सिटी में रूम मेट थे "

रेवा परांजपे ने पूछा " किस डोर्म में हो ?"

शिवानी ने बताया " मैडम, हम दोनों ओल्ड डॉर्म्स नंबर आठ के रूम सात और आठ में हैं "

"बढ़िया, अभी हम जिस बिल्डिंग में थे, वह एडमिनिस्ट्रेटिव ब्लॉक है, गेट नंबर एक से प्रवेश करने पर यही भवन सबसे करीब है। यहाँ दो कैंपस हैं, अभी हम लोग जहाँ हैं , यह मेन कैंपस है, एक नया कैंपस भी है, जो कुछ दूर पर है, दोनों कैंपस को एक चौड़ी सड़क विभाजित करती है, दोनों कैंपस के बीच अंडरपास भी है, अतः विभाजन करने वाली सड़क कोई बाधा नहीं है। ठीक सामने जो भव्य संरचना दिखाई दे रही है, वह लुई कान प्लाजा है , जो आर्किटेक्ट की दृष्टि से बेमिसाल मानी जाती है , और जिस भवन के बगल से हम जा रहे हैं , यह रवि जे. मथाई ऑडिटोरियम है, आओ ऊपर चढ़ें , और जिन सीढ़ियों से हम लोग चढ़ रहे हैं, इसे हॉर्वर्ड स्टेप्स कहा जाता है, इसका अनुभव करो कि इसपर से गुजरे कुछ लोग आज विश्वविख्यात हैं " रेवा परांजपे चुप हो गई, जैसे वह स्वतः हॉर्वर्ड स्टेप्स को महसूस कर रही हो।

कुछ देर बाद बोली " यह बाईं तरफ विक्रम साराभाई लाइब्रेरी है, जैसा कि बाहर अंकित है"

देवयानी ने कहा " मैडम, क्या अंदर जा सकते है ? "

" जरूर , लेकिन मैं पंद्रह मिनट तक ही समय दे सकती हूँ, फिर मुझे जाना है, यहाँ सब कुछ समय से होता है, और समय का सभी को पालन करना है " परांजपे ने कहा और सभी लाइब्रेरी के अंदर चले गये।

लाइब्रेरी कि भव्यता से देवयानी बहुत प्रभावित हुई, दूर तक फैली हुए किताबों के रैक्स और उसमे सुंदरता से रखी हुईं पुस्तकें, पढ़ने के लिए

अलग अलग छह कुर्सियों और चार कुर्सियों के टेबल्स, सब कुछ व्यवस्थित और साफ सुथरा।

पांच मिनट बाद लाइब्रेरी से बाहर आकर रेवा परांजपे ने कहा " अब मैं तुम दोनों को क्लासरूम काम्प्लेक्स दिखा देती हूँ, जहाँ कल सबेरे से तुम्हे व्यस्त हो जाना है "और उसने कुछ दूर चलकर एक क्लासरूम का गेट खोला जो ख़ाली था, और बोली " जैसा कि तुम देख रही हो, यह स्मार्ट क्लास है, समस्त सुविधायें हैं, वाई-फाई है, ए.सी. है और सिटींग अरेंजमेंट की भव्यता तो समझ में आ ही गई होगी ''

बाहर निकलकर दाहिने तरफ कुछ दूर चलकर उसने ऊँगली से एक दिशा बताते हुए कहा " उस तरफ मेस काम्प्लेक्स है, जिसके एक छोर पर क्लासरूम काम्प्लेक्स है, जहाँ से अभी हम यहाँ आये" फिर उसने दूसरी दिशा कि तरफ इशारा करते हुए बताया " यह तुम लोगों के डॉर्म्स हैं, जहाँ दो वर्ष गुजरने हैं "

फिर उसने कहा "यहाँ पर इतनी भागम भाग करनी है कि तुम्हे प्रत्येक इंच की जानकारी हो जायेगी, ठीक है अब मैं अब चलूंगी "

देवयानी और शिवानी ने उसे धन्यवाद कहा और फिर शिवानी बोली " आपसे मार्गदर्शन लेते रहेंगें मैडम "

और परांजपे हाथ हिलाते हुए चली गई।

मेस काम्प्लेक्स में स्थित, एक मेस की तरफ बढ़ीं, जिसमे कुछ छात्र बैठे हुए थे, दोनों काउंटर पर पहुंचीं और दोपहर के खाने की जानकारी प्राप्त किया, मांग करने पर दोनों ने कूपन जमा किया और उन्हें भोजन करने की अनुमति मिल गई, उन्होंने प्लेट लिया और एक तरफ टेबल पर रखे व्यंजनों में से अपने लिये खाना लिया और आनंद सहित, बहुत समय के बाद, ठीक से खाना खाया।

उन्हें डोर्म और मेस कॉम्लेक्स के मध्य एक छोटे से भाग की हरियाली बहुत पसंद आई, जहाँ फूलों के छोटे पौधे लगे थे और उनमे से कुछ में

फूल खिले थे, यहाँ बैठने के लिए अर्ध चंद्राकर दो स्टोन की बेंच थीं, जिसपर दोनों बैठ गईं।

शिवानी के निर्णय के अनुसार देवयानी रात को अपना जरूरी सामान लेकर शिवानी के रूम में चली गई, और दोनों ने मिलकर उसके गद्दे, तकिया और चद्दर को भी शिवानी के रूम में फर्श पर बिछा दिया, और शेष सामान देवयानी के कमरे में ही छोड़ दिया गया , देवयानी रात को शिवानी के कमरे में ही फर्श पर सो गई।

दूसरे दिन देवयानी ने सबेरे जल्दी उठ कर स्टोव पर चाय बनाया, और फिर शिवानी को उठाया, दोनों ने साथ साथ चाय पिया और अपने कपड़े लेकर बाथरूम की तरफ चली गईं, वहां कुछ लड़कियों से हैल्लो हैल्लो हुआ, परन्तु सभी को जल्दी थी।

वापस आकर देवयानी ने कल के ख़रीदे मैगी को तैयार किया, और खाने के बाद अपने कमरे में चली गई। उसने अपने कपड़े पहने, और एक नोटबुक तथा एक दिन पहले प्राप्त निर्देशों को साथ में रख लिया, फिर दोनों आठ बजे क्लासरूम के लिए रवाना हो गईं, वहां और क्लासरूम के बीच में बहुत से छात्र मिले, जो उधर ही जा रहे थे।

ठीक आठ बजकर पैंतालीस मिनट पर एक प्रोफेसर ने क्लासरूम में प्रवेश किया, और ठीक उनके पीछे एक यूनिफार्म वाले कर्मचारी ने जो कि अंदर टहल रहा था, बाहर निकल गया और प्रवेश गेट बंद कर दिया।

गेट बंद होने प्रोफेसर ने बोलना शुरू किया " हैल्लो, शुभ प्रभात, मेरा नाम एस. के. बत्रा है और मैं आपका प्रोफेसर हूँ, आज के दिन हम सब एक दूसरे का परिचय प्राप्त करेंगे , और कुछ हलकी फुल्की चर्चा करेंगे। इस संस्थान में व्यर्थ करने के लिये हमारे पास एक मिनट भी नहीं हैं , अब परिचय शुरू किया जाता है "

परिचय समाप्ति के बाद प्रोफेसर ने कहा "अंतिम पीरियड समाप्त होने के बाद और लंच के पहले, आपको समूहबद्ध होना है, उसके लिये आपको अपना समूह गठित करने की छूट दी जाती है , यह समूह पांच

छात्रों का होगा और इस क्लासरूम के कम्पोजीशन के अनुसार प्रत्येक समूह में तीन लड़के और दो लड़कियां होंगी "

अंतिम पीरियड समाप्ति के बाद सभी छात्र निर्धारित स्थल पर एकत्रित हुये, और शिवानी ने देवयानी को मिलाकर अपना समूह बना लिया, तीनो लड़के, एक एक करके शामिल हुए और समूह के बाद सभी तुरंत सहमत भी हो गये। समूह के नेतृत्व के लिए शिवम् नागरे को अधिकृत किया गया, जो नागपुर, महाराष्ट्र का रहने वाला था , सभी ने एक दूसरे का परिचय प्राप्त किया, और हाथ मिलाया।

शाम को शिवानी ने कमरे में देवयानी को दो कप चाय बनाने को कहा। देवयानी उठकर गई और दो कप में चाय ले आई और, दोनों चाय पीने लगीं।

दो महीने बाद देवयानी को एडमिन ब्लॉक में बुलाया गया, तो उसने शिवानी को भी साथ में ले लिया, और लंच के बाद वहां पहुंची ,वहां सम्बंधित शाखा ने उसे बताया कि विश्वविद्यालय अनुदान आयोग द्वारा विशेष स्कालरशिप योजना के अंतर्गत, आई.आई.एम्. अहमदाबाद में दो वर्षों के लिए शिक्षण और अन्य सभी व्यय के राशि की प्रतिपूर्ति कर दी गई है, आपको जो फॉर्म दिया जा रहा है, उसमे जहाँ जहाँ सही का निशान लगा है, अपने हस्ताक्षर कर दें, यह भी निर्देश दिया गया कि दो दिन बाद यहाँ आकर सुनिश्चित करें कि समूर्ण राशि जमा हो गई है

देवयानी ने दो दिन बाद जाकर विश्वविद्यालय अनुदान आयोग के समस्त भुगतान की प्राप्ति रसीद प्राप्त किया और उसी के साथ दो लाख रुपये का चेक लिया, जो उसने अग्रिम जमा किया था, एक सप्ताह बाद दो लाख चालीस हज़ार रुपये का ट्रांसफर शिवानी के खाते में क़र दिया।

अब वह प्रसन्न थी, और उसदिन शाम को छह बजे उसने शिवानी को चाय का ऑफर दिया और बोली " शिवानी, आज इस संस्थान को भुगतान किये जाने वाले समस्त देय राशि का भुगतान पूर्ण हो गया, और मेरे ऊपर कुछ भी बकाया नहीं है, अतः मैं तुझे चाय पिलाउंगीं "

शिवानी खुलकर हंसी और बोली " अरे बेवकूफ, तूने मुझे पैसा क्यों लौटाया ?"

" तू तो मेरी लक्ष्मी है, तुझे वही पैसे लौटाया है जो इस संस्थान के नाम पर जमा किया गया था, शेष एक पैसा भी नहीं दूंगी" देवयानी बोली।

" क्यों भाई ?" शिवानी ने पूछा।

" क्योंकि मैं तेरे क़र्ज़ से कभी भी उऋण नहीं होना चाहती शिवानी, बस " देवयानी एक क्षण को गंभीर हुई, फिर मुस्कराई।

शिवानी उसके मन की बात को समझ गई और बोली " चल चाय पिला "

बनारस हिन्दू यूनिवर्सिटी के दीक्षांत समारोह की सूचना प्राप्त हो गई थी, और दोनों ने ई-मेल पर रजिस्ट्रार कार्यालय से प्राप्त पत्र की कॉपी को सलंग्न करके, अवकाश हेतु आवेदन भी प्रस्तुत कर दिया, बनारस हिन्दू यूनिवर्सिटी द्वारा दिए ई-मेल पर दोनों ने सूचित कर दिया कि वे दीक्षांत समारोह में उपस्थित रहेंगी। वे दोनों सबेरे की फ्लाइट से वाराणसी पहुंची और कुछ समय पूर्व ही बनारस हिन्दू यूनिवर्सिटी पहुँच गईं, वहां उन्होंने निर्धारित ड्रेस साथियों के सहयोग से प्राप्त कर लिया।

मुख्य समारोह में मुख्य अतिथि के हाथों देवयानी को दो पुरस्कार मिले, और अति प्रतिष्ठित बी. एच. यू. मेडल भी दिया गया, शिवानी को एक मेडल मिला, और स्टेज से यह जानकारी दिये जाने पर कि एक ही कमरे में रहने वाली ये दोनों सहेलियां, आई.आई.एम्. अहमदाबाद में पी.जी. शिक्षा प्राप्त कर रही हैं, पूरा हाल तालियों से गूंजता रहा। एक प्रसिद्ध उद्योगपति के अनुरोध पर अर्थशास्त्र के लिए एक विशेष पुरस्कार, जो पिछले वर्ष से ही चालू किया गया था, पांच लाख का चेक भी देवयानी को प्राप्त हुआ।

शिवानी ने वापसी का एयर टिकट देवयानी को देते हुए कहा "किसी वजह से मैं विलम्बित हो जाऊं तो तुम्हे समस्या न हो"

और दोनों अपने घर जाने के लिए बस स्टैंड के लिए रवाना हो गईं।

गांव में घर पहुँचने पर एकाएक देवयानी को देखकर माँ भावुक होकर रोने लगी, और देवयानी को गले से लगा लिया। देवयानी ने चाय पीते पीते उसे विस्तार से बताया कि वह बनारस क्यों आई थी, और अहमदाबाद में क्या होता है।

बेटियां कितनी भी बड़ी, शिक्षित और आत्मनिर्भर हो जायें,उनकी समस्याओं का निदान माँ की गोद में ही होता है, भले ही माँ कितनी भी अनपढ़ क्यों न हो। माँ उनकी आंख देखकर सब समझ जाती है, और धीरे धीरे बेटी के अंतर्मन की सारी व्यथा अथवा प्रसन्नता प्रकट होने में समय नहीं लगता, माँ के सामने चाहकर भी वह कुछ छिपा नहीं सकती, माँ उसकी सारी समस्याओं का निराकरण अपने अनुभव के आधार पर करती है, और बेटी के लिए वह सर्वमान्य हल होता है, बिना किसी लाग लपेट के।

दूसरे दिन पूरे गांव को मालूम हो गया कि देवयानी को कई पुरस्कार और मैडल मिले हैं, लेकिन सर्वाधिक चर्चा में यह रहा कि उसे पांच लाख रुपये भी मिले हैं।

वापस जाने के पहले उसे अपने चाचा जी से पता चला कि उसके घर का पक्का निर्माण एक सप्ताह के अंदर प्रारम्भ हो जायेगा, इस समाचार से माँ के प्रसन्नता की सीमा नहीं रही और उन्होंने इसका सारा श्रेय अपनी बेटी को दिया, उन्हें अपनी बेटी की अगाध क्षमता पर पूरा विश्वास हो गया था।

वापस जाने की पूर्व वह शशि भाभी से मिलने गई, जो उस दिन कॉलेज नहीं गई थी।

" अब तुम्हारे चेहरे पर एक अलग आत्मविश्वास झलकता है" शशि बोली।

"अरे भाभी, यह नमन सर की प्रेरणा से है " देवयानी बोली।

" नमन अब न तो तुम्हारा मार्गदर्शन कर रहा है और न ही तुम्हारे ऊपर कुछ खर्च कर रहा है " शशि मुस्कराई , फिर कुछ देर रुक कर

कहा "अब तो तुम्हे आई.आई.एम्. अहमदाबाद में जाने से पहले उसकी अनुमति की भी जरुरत नहीं रही होगी "

देवयानी भी मुस्कराई "यहाँ आप सही नहीं हैं, मैंने आई.आई.एम्.अहमदाबाद में जाने से पहले उनकी अनुमति प्राप्त किया था"

शशि उसका मुंह देखती रही।

देवयानी उसका चरणस्पर्श करके अपने घर आ गई।

उसने वाराणसी एयरपोर्ट जाने के लिये गांव से ही जीप रिज़र्व किया था, इसलिये दोपहर बाद दो बजे वह आराम से रवाना हुई , एयरपोर्ट पर शिवानी मिल गई, इसलिये वापसी यात्रा सुखद रही।

मजे की बात यह थी कि अहमदाबाद एयरपोर्ट पर, शिवम् नागरे टैक्सी लेकर उनकी अगवानी करने आया था।

कमरे में पहुँचने पर देवयानी ने शिवानी से पूछा " क्या हमारी बहन अब बताएगी कि शिवम् के साथ कौन सा खेल चल रहा है?"

शिवानी बोली " शिवम् खुद से मेरे पीछे पड़ा है, और मेरा मानना है कि लड़का हैंडसम है, अच्छे परिवार से है, पढाई में तुम्हारे बराबर है, इसलिए मज़ा लेने में क्या हर्ज़ है?"

" पर तेरा चेहरा कुछ और कह रहा है , इस खेल में तुम भी बराबर की भागीदार हो " देवयानी मुस्कराई।

" जब तू मेरा चेहरा पढ़ रही है तो पूछ क्यों रही है " शिवानी ने तिरछी आँखों से देखते हुए कहा।

छह महीने व्यतीत होने पर भी जब फीस माफ़ के आवेदन पर निर्णय नहीं हुआ तो देवयानी ने शिवानी से चर्चा के बाद सीधे डायरेक्टर से मिलने की ठानी, डायरेक्टर ऑफिस में सूचना भेजने के बाद भी उसे चालीस मिनट प्रतीक्षा करनी पड़ी।

ऑफिस में डायरेक्टर साहब ने उससे बिना किसी भूमिका के सीधा प्रश्न किया " जब विश्वविद्यालय अनुदान आयोग ने तुम्हारी दो वर्षों की पूरी राशि जमा कर दिया है, तो अब क्या माफ़ करना चाहती हो ?"

" सर, यहाँ पर अति गरीब छात्रों के लिये फीस सम्बंधित स्कालरशिप है, मैं उसकी पात्र हूँ, इसलिए संस्थान को वह सुविधा मुझे देना चाहिए " देवयानी बोली।

डायरेक्टर हँसे, बोले " ठीक है, विचार करेंगें "

" सर " और अभिवादन उपरांत वह बाहर निकल गई।

इसका निश्चित ही प्रभाव पड़ा क्योंकि उसकी आधी फीस उसे स्कालरशिप के रूप में वापस की गई, जो आठ लाख पचास हज़ार रुपये थी, देवयानी के लिए यह बहुत बड़ी राशि थी।

पांचवे सेमेस्टर के बाद भविष्य की योजनाओं पर चर्चा शुरू हो गई थी, अधिकांश छात्र मल्टी नेशनल कंपनी ज्वाइन करना चाहते थे।

" शिवा, इस इंस्टिट्यूट में हमारे रहने की अवधि कुल तीन महीने बची है, अब फाइनली बता कि आगे क्या करना है?" देवयानी ने रात को खाना खाने के बाद पूछा।

शिवानी और शिवम के साथ यह निर्णय हुआ कि अब पूरी क्षमता से बड़ी कम्पनीज के इंटरव्यू की तैयारी की जाना हैं।

उनकी उत्सुकता चरम पर थी, न केवल परिणाम और दीक्षांत समारोह को लेकर, वरन प्लेसमेंट को लेकर भी। देवयानी ने "माइक्रो फाइनेंसिंग तथा वैल्यूएशन" में अलग से विशेषज्ञता प्राप्त किया था। बारह अप्रैल को दीक्षांत समारोह की तिथि निर्धारित हुई, और लुई कान प्लाजा में जहाँ इसका आयोजन किया जाना था, इसका एक दिन दो घंटे का प्रशिक्षण भी दिया गया। दीक्षांत समारोह की तारीख के आस पास प्लेसमेंट के लिए कम्पनीज के आने का कार्यक्रम, सूचना बोर्ड के माध्यम से प्रसारित होने लगा था।

एक दिन शिवम् बोला " कम्पनीज के इंटरव्यू के बारे में सोचो, अभी तक रिजल्ट का पता नहीं, उसके बारे में सोचो, भविष्य के बारे में सोचो "

" ठीक है " दोनों ने एक साथ कहा।

" चलो लाइब्रेरी चलते हैं, जिस कंपनी के साथ जुड़ने का विचार है, उसकी जानकारी प्राप्त करें " शिवम् बोला।

और सभी तैयार होकर लाइब्रेरी की तरफ चल दिये।

और फिर एक दिन दीक्षांत समारोह का दिवस भी निर्धारित हो गया, और यह भी पता चला कि मल्टीनेशनल कम्पनीज अहमदाबाद में आ चुकी हैं , और दीक्षांत समारोह के दूसरे दिन से लेकर अगले तीन दिनों तक उनका चयन चलता रहेगा। पूरे आई.आई.एम्. अहमदाबाद कैंपस में एक ख़ामोशी और उद्विग्नता की छाया फैल गई।

मुख्य आयोजन में जब आई.आई.एम्. अहमदाबाद के डायरेक्टर ने माइक के सामने परिणाम घोषणा करना प्रारम्भ किया, तो पूरे हॉल में सन्नाटा छा गया , डायरेक्टर ने प्रारंभिक सम्बोधन और संस्थान के क्रियाकलाप की जानकारी के बाद कहा "इस सत्र का 'के. वि. श्रीनिवास स्वर्ण पदक', जो कि पी. जी. कोर्स के आलराउंडर हेतु निर्धारित है, जिसको दिया जा रहा है, उसने न केवल आई.आई.एम्. के पी. जी. कोर्स में सर्वप्रथम स्थान प्राप्त किया है, वरन 'माइक्रो फाइनेंसिंग तथा वैल्यूएशन' का विशेष कोर्स भी अत्यंत उच्च मानकों से पूर्ण किया है, साथ ही उसने टेबल टेनिस में भी प्रथम पुरस्कार प्राप्त किया है" डायरेक्टर एक मिनट के लिए चुप हो गए फिर बोले " यह मैडल कुमारी देवयानी पांडेय को दिया जा रहा है " पूरा हाल तालियों की गड़गड़ाहट से गूंज उठा।

फिर डायरेक्टर बोले " कुमारी देवयानी पांडेय को इस मैडल के साथ 'क्वेटज़ल फाउंडेशन मैडल' भी दिया जा रहा है जो आलराउंडर लड़कियों के लिए आरक्षित है"

देवयानी स्टेज पर आई और उसने झुककर सभी को प्रणाम किया, मुख्य अतिथि ने उसे दोनों मैडल पहनाये और एम्. बी. ए. की डिग्री प्रदान किया जो एक खूबसूरत फोल्डर में रखा हुआ था, देवयानी ने मुड़कर पूरे ऑडिएंस को झुककर अभिवादन किया, और स्टेज से नीचे चली गई।

शाम को हॉस्टल कमरे में प्रवेश करने पर देवयानी ने कहा "मै एडमिन ऑफिस गई थी, उन्होंने बताया कि छात्रों की कोई भी समस्या हो तो अगले तीन दिवस में समाधान कर लें, अन्यथा बाद में परेशानी होगी "

" आज मुझे तुझसे जलन हो रही है " शिवानी ने कहा।

" हाय रे, मेरे से ? किस बात पर भाई ?" देवयानी उसे चिपकाते हुए बोली।

" तुम पहले स्थान पर आई और मै बारहवें पर, तुमने दो दो मैडल लिए और मै ख़ाली हाथ, अब बता तुम्हारी कंपनी से मुझे क्या मिला?" शिवानी क्रोध दिखाते हुए बोली।

" ऐसा है मेरी रानी, अगर यही ईर्ष्या का विषय है तो मुझे तो अब तक जल भुन जाना चाहिए " देवयानी उसकी आँखों में देखती हुई बोली।

" किस बात पर ?" शिवानी बोली।

" तुम्हारे हाथ में शिवम् है और मैं ख़ाली हाथ !" देवयानी मुस्कराते हुए बोली।

शिवानी उसे मदभरी निगाहों से देखती रही , पर कुछ कहा नहीं।

"अब तुम चुप रहो और चलो चाय पिलाओ, परन्तु आज कैंपस के अंदर और कुछ खाने के सामान के साथ के साथ " शिवानी बोली।

कुछ देर रूककर फिर बोली " आज तुम्हे मैडल पहनते हुए देखकर मै गर्व से भर उठी थी देवा, और आज तुम्हारा कॉन्फिडेंस देखकर मेरी प्रबल इच्छा हुई कि तुम्हे पकड़कर खूब कस के दबाऊं, चुम्बन लूँ "

"जैसे शिवम् तुम्हारे साथ करता है " देवयानी फिर मुस्कराई।

"अरे इडियट, तुम्हारी सुई एक ही जगह क्यों अटक गई है , मैं ने जो कहा वह गंभीरता से कहा, क्योंकि तुम पर मुझे गर्व है " शिवानी ने कहा।

देवयानी बोली "चल चाय पी कर आते हैं "

संस्थान ने विभिन्न कम्पनीज को इंटरव्यू के लिए एक ही जगह अलग अलग कक्ष उपलब्ध करा दिए थे।

प्रायः जो कम्पनीज अभी फाइनल सिलेक्शन के लिए आई हैं , उनका मानव संसाधन विभाग गत छह महीनो से , कई टुकड़ों में अंतिम वर्ष के पी. जी. छात्रों के लिए, अवकाश के दिनों में,साक्षात्कार आयोजित करता रहा है। भारतीय कम्पनीज की तुलना में छात्रों ने विदेशी कम्पनीज को प्राथमिकता दिया था , जिसका मुख्य कारण आर्थिक पैकेज था।

देवयानी को पहला कॉल 'जे. पी. मॉर्गन चेज ' से मिला, जिसका मुख्यालय न्यूयार्क में था, और सभी औपचारिकता और साक्षात्कार के बाद, उन्होंने भारतीय मुद्रा में 1.50 लाख प्रतिमाह, हाथ में मिलने वाली नगद राशि को, स्वीकार कर लिया।

शिवानी और शिवम् को 'गोल्डमैन सक्स ' में , जिसका मुख्यालय न्यूयार्क के मेनहट्टन में था, भारतीय मुद्रा में 1.10 लाख प्रतिमाह, हाथ में मिलने वाली नगद राशि के ऑफर को स्वीकार कर लिया गया।

आज की निर्धारित सभी कम्पनीज के कक्ष में, दोनों सहेलियों और शिवम् ने, ऑफर लेटर प्राप्त करने और सम्बंधित अमेरिकन वीज़ा का फॉर्म भरने, पासपोर्ट जमा करने , अपना पता, ई मेल और मोबाइल नंबर देने के बाद,रात को अपने हॉस्टल की तरफ रवाना हो गये, और जहाँ सभी ने पैकेज के बारे में चर्चा किया, और एक दूसरे को बधाई दिया।

शिवानी ने देवयानी से कहा "आ सहेली गले मिल लें, तू तो इतना आगे निकल गई कि अब तुझे कोई छू भी नहीं सकता"

शिवम् एक कोने में खड़ा दोनों की बातें सुन रहा था।

देवयानी रोने लगी और शिवानी के पैरों में साष्टांग लेट गई।

शिवानी ने उसे उठा कर गले से लगाया, तब देवयानी भर्राई आवाज़ में बोली " हे मेरी माँ, तूने मुझे कहाँ से कहाँ पहुंचा दिया, मेरी समझ में कुछ नहीं आ रहा है "

शिवानी भी रोने लगी और बोली " देवा, हम दोनों ने एक दूसरे को यहाँ तक पहुँचाया है "

शिवम् बोला " चलो खाना खायें और अपना सामान पैक कर लें, कल रवाना हो जाना है, क्या तुम दोनों ने एडमिन को अपने चयन और जाने के विषय में सूचित कर दिया है ?"

तीनो ने एडमिन ऑफिस में जानकारी देने के बाद सामान की पैकिंग शुरू कर दिया।

आज की रात शिक्षा की आखिर रात थी ,कल से बहुत कुछ बदल जायेगा।

"मैंने कल सबेरे का अहमदाबाद से वाराणसी का, दिल्ली होते हुए तीन टिकट बुक करवा लिए हैं, इसलिए तेरे को कुछ नहीं करना है " सामान पैक करते हुए शिवानी ने कहा।

"तीसरा किसके लिये ? " देवयानी ने पूछा।

" शिवम् भी साथ जायेगा " शिवानी ने कहा।

" शिवम् को तो पूना जाना है " देवयानी ने प्रश्नवाचक दृष्टि से शिवानी को देखा।

" देख देवयानी, कुछ दिन पहले मैंने पापा और मम्मी को साफ साफ बता दिया था कि मैंने शिवम् को जीवन साथी बनाने का निर्णय लिया है, और उनका आशीर्वाद चाहिये। कल मैंने फिर सूचित कर दिया था कि हम दोनों एक ही फर्म में नियुक्त हो गये हैं, अतः मार्गदर्शन करें। पापा ने कहा कि उसको साथ लेकर पटना आ जाओ "शिवानी ने विवरण बताया।

" गजब भाई ,पति और नौकरी साथ साथ , मैं तो अभी तक समझ रही थी कि इंस्टिट्यूट में रहने तक का टाइम पास चल रहा है" देवयानी ने ठहाका लगाया।

शिवम् ने कहा " एक बात और, कंपनी से लेटर प्राप्त करने के बाद, एक दिन के लिये दिल्ली जाकर बायोमेट्रिक्स करवाना पड़ेगा, इसलिये कंप्यूटर पर मेल रेगुलर देखना है, मुझे सूचना प्राप्त होने पर मैं तुम दोनों की दिल्ली की फ्लाइट बुक करा दूंगा, और दिल्ली में ही मिलूंगा " शिवम् बोला।

दूसरे दिन केयरटेकर को कमरे का चार्ज देने के बाद, सभी शिवानी के हॉस्टल के बाहर मिले, और छोड़ते समय भीगी आँखों से विदा हो गये।

वाराणसी एयरपोर्ट पर देवयानी ने कहा " मुझे एक बात साफ़ करें कि यह सब जो मेरे आने जाने का फ्लाइट टिकट और अन्य व्यय हो रहे हैं, उसका भुगतान मुझे कब करना है ?"

शिवम् ने कहा " मैं शिवानी जैसा नहीं हूँ व्यापारी पुत्र हूँ , तुम्हारा पैकेज बहुत ज्यादा है. यू. एस. ए. में इसका डबल वसूलूंगा, निश्चिंत रहो "

देवयानी मुस्कराई और सबके साथ एयरपोर्ट से बाहर निकल गई , शिवानी और शिवम् ने एयरपोर्ट से सीधे मुगलसराय के लिये कैब बुक कराया और देवयानी ने अपने गांव के लिये।

10

उस दिन रुक्मिणी के जाने के बाद,आधे घंटे तक नमन घर के बाहर ही खड़ा रहा, फिर अपने को संयत करके और कुछ निश्चय करने के बाद घर के अंदर आया, करीब आधे घंटे बाद माँ, जीजाजी, तथा दीदी भी आ गए और नमन भोजन व्यवस्था में लग गया।

अंदर आकर उसने ऑर्डरली को आवाज़ लगाई "खाना लगाओ "और फिर सबसे बोला " चलिये खाना खा लें "

खाना खाते समय गप शप चलती रही, उसके बाद सभी ड्राइंग रूम में आकर बैठे।

नमन ने जीजाजी से पूछा " काफी लेंगें " और जीजाजी ने हाँ में सर हिलाया।

ऑर्डरली के जाने के बाद माँ ने चर्चा शुरू किया " नमन , अब मेरी बात गंभीरता से सुन, बहुत समय निकल गया, अब शादी करनी है "

" ठीक है माँ, तुम जहाँ कहोगी कर लेंगे " नमन ने कहा।

कुछ देर सभी खामोश रहे, शशि उसे आश्चर्य से देखती रही फिर बोली " तुमने शादी करने का निर्णय ले लिया?"

" दीदी , माँ बार बार कह रही है तो न करने का कोई कारण भी नहीं है " नमन सामान्य रूप से बोला।

अब मयंक बोला " मुझे एक बड़े अधिकारी द्वारा तुम्हारी शादी के लिये प्रस्ताव दिया गया था, परन्तु मुझे पता था कि तुम्हे अभी समय चाहिये, इसलिए मैंने कोई सार्थक उत्तर नहीं दिया "

"जीजाजी अब मेरा कर्तब्य है कि मैं माँ के लिए बहू ले आऊं , अतः माँ जैसा उचित समझे करे, मैं उसके हर निर्णय में सहमत हूँ " नमन हंसकर बोला।

मयंक ने नमन की माँ को देखकर कहा "माँ जी, अब तो कोई समस्या है नहीं , क्या मैं बात आगे बढ़ाऊं अथवा आपकी नज़र में कोई और है?"

" नहीं बेटा , इसकी शादी तुम्ही फाइनल करो लेकिन मुझे लड़की के बारे में बताओ " माँ ने कहा।

"माँ जी, यह लड़की एक डी.आई.जी. पुलिस की बेटी है, जो ईलाहाबाद में रहते हैं और रिटायर होने वाले हैं, वह जीव विज्ञान में पी.जी. कर चुकी है और पी. एच. डी. करने वाली है, हमारे मित्र ने उसे देखा है, और उनका कहना है कि लड़की अच्छी लुक वाली है " मयंक ने बताया।

"ठीक है , फिर इसी साल शादी करना है " माँ बोली।

" मैं उन लोगों से बात करके बताऊंगा " मयंक बोला और बात समाप्त हो गई, पूरी चर्चा में नमन शांत बना रहा।

दो दिन बाद मयंक ने नमन को सूचित किया कि आने वाले रविवार को ग्यारह बजे सुबह अपनी माँ को लेकर जौनपुर आ जाये।

जौनपुर पहुँचने पर, जीजाजी के घर पर दीदी के आलावा दो महिलाएं और बैठी थीं

बातचीत मयंक ने शुरू किया, नमन की माँ से लड़की की माँ की तरफ देखकर बोला “आप डी.आई.जी. साहब की पत्नी हैं और यह उनकी बेटी काव्या है, काव्या पी. एच. डी. करने जा रही है "

काव्या सुंदर और स्मार्ट दिख रही थी, और उसमे अपने पिता के बड़े अधिकारी होने का गर्व प्रतिबिंबित हो रहा था।

नमन की माँ ने कहा " आप सभी से मिलकर बहुत प्रसन्नता हुई, चूँकि मेरे दामाद ही आपको लेकर आये हैं, अतः हम लोगों की विषय में आपको जानकारी हो गई होगी, आपकी लड़की शिक्षित और सुंदर है, अतः मुझे स्वीकार है, अब फैसला मेरे बेटे और आपकी बेटी को करना है"

मयंक ने बीच में टोकते हुए कहा " माँ हमलोग चाय पीते हैं , तबतक नमन और काव्या बाहर टहलते हुए बातचीत कर सकते हैं”

मयंक ने नमन से कहा " तुम दोनों बाहर चर्चा कर लो और पंद्रह मिनट बाद यहीं आ जाना, तब तक हम लोग चाय पीते रहेंगे "

बाहर टहलते हुए नमन ने काव्या से पूछा " अपने बारे में कुछ बताइये "

काव्या ने उसे देखते हुए कहा " मैंने ईलाहाबाद विश्वविद्यालय से जीव विज्ञान में पोस्ट ग्रेजुएशन किया है, और रिसर्च के लिये प्रयासशील हूँ, विदेशों में भी आवेदन किया है "

" आप सुन्दर और क्वालिफाइड हैं , मुझे आप अच्छी लगीं। हम दोनों अपने भविष्य के जीवन के लिये आज यहाँ आये हैं, मान लीजिये कि रिसर्च के लिये विदेश में आपका चयन हो जाता है, तो आप विवाह करना चाहेंगी अथवा विदेश जाना, क्योंकि मेरी माँ शीघ्र विवाह के लिये उत्सुक है " नमन ने प्रश्न किया।

" आप मुझे हर दृष्टि से अच्छे लगे और मैं भी आपसे यथाशीघ्र विवाह करना चाहूंगी, परन्तु अगर मेरा चयन रिसर्च लिये विदेश में होता है, तो मैं

आपसे रिसर्च अवधि तक प्रतीक्षा करने हेतु अनुरोध करुँगी, क्योंकि विदेश में रिसर्च मेरा एक स्वप्न है " काव्या ने स्पष्ट कहा।

"आप ठीक कह रही हैं, परन्तु आप बहुत स्मार्ट दिख रही हैं " नमन मुस्कराया।

"अरे साहब, आप के सामने कुछ नहीं हूँ " वह झेंपते हुए बोली, उसका चेहरा लाल हो गया था।

वे दोनों घर के अंदर पहुंचे और सभी ने बढ़िया भोजन किया।

काव्या की माँ ने नमन के माँ की तरफ देखकर कहा " बहन जी, अब आगे की बातचीत और तिथियों के लिये इसके पिताजी आपसे मिलेंगे "

नमन की माँ ने काव्या को इक्कीस सौ रुपये दिये और कहा " मैं तुम्हारी प्रतीक्षा करुँगी, जल्दी आना "

काव्या ने उनके चरणस्पर्श किया।

काव्या के पिताजी से मिलने के लिये मयंक ने जौनपुर का अपना घर नियत किया, और शशि ने इसकी सूचना अपनी माँ और भाई को दे दिया, निर्धारित तिथि और स्थल पर सभी मिले और आपसी सहमति से, और पुरोहित की सलाह पर सगाई के लिये बीस दिन के बाद की अवधि निर्धारित की गई।

सभी ने एक साथ भोजन किया और विदा हो गये।

अचानक एक दिन कार्यालय में उसे देवयानी का फ़ोन आया " सर, विवाह निश्चित होने पर आपको बधाई और शुभकामनायें , इस अवसर पर आपसे एक अनुमति हेतु अनुरोध है "

नमन हँसते हुए बोला " तुम्हारी बधाई के लिये धन्यवाद, पर अब तक तो तुमने आई.आई.एम्. अहमदाबाद से एम्. बी. ए. की डिग्री भी प्राप्त कर लिया होगा, अब किस बात की अनुमति शेष है ? "

" सर, मुझे यू. एस. ए. जाने के लिये आपकी अनुमति चाहिये " देवयानी ने धीरे से कहा।

" पहले मुझे पूरा विवरण बताओ " नमन ने उत्सुकता प्रकट किया।

" सर, आई.आई.एम्. अहमदाबाद से एम्. बी. ए. की डिग्री मिल गई है, और एक फाइनेंसियल कंपनी ने मुझे रिक्रूट भी कर लिया है, अतः मुझे यू. एस. ए. जाना पड़ेगा, उसी की अनुमति चाहिए " देवयानी बोली।

"देवयानी, यह पूरा विवरण नहीं है, मुझे रिजल्ट और कंपनी के बारे में तथा पैकेज के बारे में बताओ " नमन ने जानकारी चाही।

" सर , मैंने आई.आई.एम्. अहमदाबाद के पी. जी. में में टॉप किया है, आपके आशीर्वाद से दोनों गोल्ड मैडल मुझे मिले हैं, यू. एस. ए. की 'जे. पी. मॉर्गन चेज ' कंपनी ने मुझे रिक्रूट किया है, और पैकेज में हाथ में मिलने वाली नगद राशि भारतीय मुद्रा में 1.50 लाख प्रतिमाह है " देवयानी ने सकुचाते हुए बताया।

“इसका अर्थ यह हुआ कि तुम्हारा एनुअल पैकेज भारतीय मुद्रा में पच्चीस लाख के आस पास है “ नमन ने आश्चर्य से पूछा।

" जी सर " देवयानी बोली।

" देवयानी तुम तो हमारी सोच से, या यूँ कहें की कल्पना से भी, बहुत आगे निकल गई हो। हमारी तरफ से ढेर सारी बधाई, मुझे केवल इतना बता दो कि विदेश जाने में ढेर सारी औपचारिकता करनी पड़ती है, और विदेश का रहन सहन भी बहुत ही अलग है, कैसे मैनेज करोगी ?" नमन ने उत्सुकता से पूछा।

" हाँ सर, परन्तु शिवानी भी यू. एस. ए. जा रही है, और उसका बड़ा भाई वहीं है, अतः सब कुछ मैनेज किया जा चुका है " देवयानी बोली।

" चलो फिर से मेरी ढेर सारी शुभकामनायें " नमन ने कहा।

फ़ोन कटने के बाद नमन हतप्रभ सा कुछ देर बैठा रहा, देवयानी को उसने कुछ सहयोग दिया था, परन्तु सफलता के शिखर पर पहुंची यह लड़की, उसे हर मोड़ पर चकित करती रहती है।

देवयानी जब एयरपोर्ट से सीधे अपने गांव पहुंची तो शाम होने लगी थी, घर पहुँचने पर उसने माँ को घर के बाहर खड़े पाया, माँ ने उसे अपने अंक में भींच लिया और सामान सहित घर के अंदर ले आई। उसका घर परिवर्तित हो चुका था, शासकीय निधि से दो कमरों का पक्का मकान बन चुका था, जिसमे शौचालय और स्नान कक्ष भी समिल्लित थे।

अंदर आराम से बैठकर चाय पीते समय देवयानी ने कहा " माँ अब तो तू पक्के मकान में है, अब तो कोई समस्या नहीं है न "

माँ कुछ देर चुप रही और बोली "बेटा, और तो कोई समस्या नहीं है, परन्तु जिन लोगों से कभी पैसे उधार लिया था, उनके ताने सुनने पड़ते हैं , परन्तु मेरी तो आदत पड़ गई है, जिसको जो कहना हो कहता रहे "

देवयानी इस विषय में योजना बनाकर आई थी, उसने कहा " माँ, अभी रात होने को है, हुई नहीं है, मैं जो कह रही हूँ ध्यान से सुन और बिना कुछ कहे , मैं जो भी करूँ उसमे साथ दे "

माँ कुछ समझ नहीं पाई , चुपचाप उसे देखती रही, उसे लगा बच्ची बहुत सयानी हो गई है।

देवयानी ने अपने बैग से एक छोटी डायरी और पेन निकाला और माँ से बोली "माँ, तुमसे केवल एक प्रार्थना है कि मुझे जो बताओ, बिलकुल सही हो। अब मुझे क्रम से उनके नाम बताओ, जिन लोगों का हमारे ऊपर आज कि स्थिति में क़र्ज़ है ?"

" ठीक है, मैं मूल राशि और उसपर आजतक हुये व्याज को जोड़कर बता रही हूँ, लिख ले " माँ ने कहा।

सूची पूरी होने पर समस्त राशि बयालीस हज़ार रुपये थी, उसकी माँ पूरे जीवन में ली गई उधार की राशि को इतना बड़ा मानती है, कि उसका भुगतान उसकी नज़र में असंभव सा है !

माँ ने कहा " मुझे मालूम है बेटी कि यह बड़ी रकम है, परन्तु मजबूरी –

" देख लिस्ट के हिंसाब से कुल आठ लोगों ने कर्ज़ा दिया है, अतः हमें अभी आठों घर चलना है, जिससे कल सबेरे से तुझे कोई ताना न मार सके " देवयानी ने कहा।

देवयानी ने लिस्ट और एक पर्स ले लिया और माँ के साथ बाहर निकल गई।

सात घरों के मुखिया मिल गये, देवयानी ने सबके चरण स्पर्श किये , पांच मिनट इधर उधर की चर्चा किया, और उधार की पूर्ण राशि भुगतान करके वह मूल अभिलेख प्राप्त किया, जिसमे उसकी माँ के अंगूठे के निशान लिये गये थे। मयंक के घर पहुँच कर देवयानी ने मयंक के पिताजी और माता जी के चरणस्पर्श किये, फिर मयंक के पिताजी को आने का कारण बताया, देवयानी ने पूरे परिवार का आभार व्यक्त किया, और ज्ञापित किया उनके कारण ही आज तक देवयानी के परिवार का अस्तित्व है। मयंक के पिताजी ने अपनी छोटी सी अलमारी से सारे कागज़ निकलकर देवयानी की माँ के सामने रख दिया, चूँकि वह व्याज पर पैसे देते थे, अतः उनका हिंसाब बिलकुल अपडेट था। देवयानी ने तुरंत पर्स से राशि निकालकर भुगतान कर दिया और माँ के अंगूठे वाले सारे कागज़ उठा कर रख लिया, उसके बाद वह घर के अंदर गई और शशि भाभी से मिली, जो उसे देखकर बहुत प्रसन्न हुई।

शशि ने उससे पढाई के बारे में पूछा, तो देवयानी ने बहुत सामान्य रूप से बताया कि उसे एक कंपनी में काम मिल गया है, शशि ने विवरण नहीं पूछा और बात नमन की शादी की तरफ मुड़ गई और देर तक उसी पर चर्चा होती रही।

घर वापस आकर देवयानी ने माँ के साथ खाना खाया और दोनों एक साथ सोने चली गईं।

सोते समय माँ ने कहा " देवयानी, तुमने सारे क़र्ज़ उतार दिये बिटिया, अब आगे क्या करने वाली है ?"

देवयानी ने विस्तार से माँ को पूरी बात बताई, तो उसको मिलने वाली राशि को सुनकर माँ चौंक कर बैठ गई और बोली "बिटिया, इतनी रकम तो मयंक भी नहीं पाता है, तुम्हे कैसे मिल रही है ? "

देवयानी बोली " वह सब छोड़ माँ, बस किसी को बताना नहीं "

" अरे नहीं बिटिया, मैं केवल इतना बताउंगी कि बिटिया को नौकरी मिल गई है" माँ ने कहा , बहुत दिन बाद माँ हर तरह से निश्चिंत होकर गहरी निद्रा में सो गई, अब उसे बेटी की शादी की चिंता भी नहीं थी।

दूसरे दिन प्रातः आठ बजे माँ को बता कर देवयानी सीधे सुकू चाचा से मिलने गई , वे नीचे जमीन पर बैठकर एक भेड़ के शरीर से धीरे धीरे उसके बाल को कतर रहे थे, और भेड़ पागुर कर रही थी। देवयानी ने पहले की तरह झुककर उनके चरणस्पर्श किया, उन्होंने चौंक कर उसे देखा और आशीर्वाद दिया " बिटिया तू सदा सुखी रहे "

" चाचा, मै आपकी बेटी हूँ और मुझे बहुत पहले से पता है कि आपके ऊपर कुछ लोगों का क़र्ज़ है, जो आपको परेशान करते रहते हैं। चाचा, आपकी भतीजी को आपके आशीर्वाद से नौकरी मिल गई हैं, और वह चाहती है कि आपका क़र्ज़ उतार दे" देवयानी ने कहा।

चाय पीते समय देवयानी ने कहा " मैं आपको उधार दूंगी जिससे आप सबका क़र्ज़ चुकता कर देंगे "

" तू इतना कमाने लगी हैं रे कि उधारी देगी " सुक्कू बोले।

" चाचा , मेरा कहने को इस गांव में केवल आप हैं, इसलिए मेरी बात मान लें " देवयानी ने टूटे कप को संभालकर रखते हुए कहा।

" मेरे ऊपर ग्यारह लोगों के व्याज सहित नौ हज़ार के क़र्ज़ हैं , अब बता इतना पैसा दे पायेगी ?" सुकु चाचा के लिए यह बहुत बड़ी राशि थी, और वह देवयानी की हालत के बारे में सब कुछ जानते थे।

देवयानी ने पर्स से दस हज़ार की गड्डी निकालकर सुक्कू के पैर के पास रख दिया और बोली “चाचा यह आपकी बेटी की तरफ से हैं , मना करेंगें तो मैं आपसे कभी नहीं मिलूंगी "

सुक्कू भर्राई आवाज़ में बोला " बिटिया जैसे तू बात करती है, इस पूरे गांव का एक भी प्राणी मुझसे नहीं करता, मैं तो बस एक चरवाहा हूँ "

" चाचा , अपने अंगूठा वाले कागज़ को जरूर ले लेना " देवयानी ने कहा।

देवयानी संतुष्ट होकर वापस घर आ गई।

माँ को उसने ठीक से समझाया " माँ, अब मैं बहुत दूर जा रही हूँ , इसलिये अपने को स्वस्थ रखना, मैं छह महीने बाद 20 दिन के लिए आऊंगी, तू मेरे लिए दूल्हा देख कर रखना, और मेरी शादी करा देना, ठीक "

माँ हंसी "लड़की, तू अपने माँ को इतना भी बेवकूफ मत समझ, इतना तो मैं भी समझ गई हूँ कि तू कहाँ पहुँच गई है, गांव तो छोड़, दो- चार जिलों में भी तेरे योग्य वर नहीं मिलने वाला है, खुश रह मेरी बिटिया "

कुछ दिन बाद, देवयानी माँ के चरणस्पर्श करके सीधे एयरपोर्ट गई और फिर दिल्ली जाकर, अपना देश छोड़कर, शिवानी और शिवम् के साथ बहुत दूर विदेश के लिए उड़ गई।

काव्या से सगाई के दो दिन पहले मयंक का नमन को सन्देश मिला कि वह आने वाले रविवार को, माँ को लेकर मयंक के जौनपुर वाले आवास पर आ जाये। नमन, माँ को लेकर जौनपुर में जीजाजी के घर पर पहुंचा, तो उसकी दीदी ने बताया कि ईलाहाबाद से काव्या का भाई आ रहा है, उसे आप लोगों से कुछ चर्चा करनी है। कुछ ही देर में मयंक आ गया और उसके बाद काव्या का भाई भी आ गया।

मयंक ने पूछा " अब आप बताइये कि क्या बात है ?"

काव्या के भाई ने कहा " आज से दो दिन बाद सगाई है, वह अपने समय पर हो जायेगी, परन्तु शादी की तिथि अभी निश्चित करना कठिन होगा, क्योंकि काव्या का आगे रिसर्च के लिए जर्मनी के कोलोन यूनिवर्सिटी में हो गया है "

इस बार माँ ने सूत्र अपने हाथ में लिया " बेटा, विदेश में इस रिसर्च में कितना समय लगेगा ?"

काव्या के भाई ने कहा " माँ जी, कम से कम दो साल, जो ढाई तीन साल भी हो सकती है "

इस पर मयंक ने कहा " इस पर हम विचार करके बतायेंगे "

माँ ने कहा " नहीं दामाद जी, मैं स्पष्ट हूँ , मुझे कोई विचार नहीं करना है" फिर उन्होंने काव्या के भाई की तरफ देख कर कहा "बुरा मत मानना बेटा, तुम्हारी बहन विदेश से रिसर्च करेगी, उसको बधाई, परन्तु इतनी प्रतीक्षा हमारे लिये संभव नहीं है "

" फिर मैं चलता हूँ " और वह उठकर चला गया, मयंक उसको उसकी कार तक छोड़ने गया।

काव्या और नमन की शादी का अध्याय यहीं समाप्त हो गया।

खाना खाने की बाद नमन, उसकी दीदी और माँ तथा मयंक की गोष्ठी फिर प्रारम्भ हुई, जिसका अभिप्राय आगे की कार्यवाही से था।

मयंक ने कहा " मेरे पास दूसरा प्रस्ताव भी काफी अच्छा है "

नमन ने टोकते हुए कहा "जीजाजी, अगले महीने मुझे अग्रिम प्रशासनिक प्रशिक्षण हेतु एक महीने के लिये दिल्ली और पंद्रह दिन बाद तीन महीने के लिये स्वीडन जाना है, अतः अगली कोई भी चर्चा छह माह बाद ही होगी "

" चलो फिर शादी अगले साल होगी " मयंक ने कहा, और फिर दूसरी चर्चा होने लगी।

शशि बोली " अभी देवयानी गांव आई थी, उसने एक ही झटके में पूरे गांव का आज तक का सारा क़र्ज़ चुकता कर दिया, करीब पचास हज़ार रुपयों का भुगतान था, मुझे उसने बताया था कि किसी कंपनी में नौकरी लगी है "

मयंक बोला " वह तो अहमदाबाद में थी, उसकी पढाई ख़तम हो गई क्या ?"

नमन ने कहा " जीजाजी, वह बहुत आगे निकल गई है, आप अंदाज़ से बताइये कि उसको कितना मासिक वेतन मिलता होगा ?"

" बहुत होगा तो चालीस हज़ार रुपये, शुरू में इससे अधिक नहीं मिलेगा " मयंक ने कहा।

" जीजाजी, आप में से किसी को कुछ पता नहीं, देवयानी अमेरिका की सबसे प्रतिष्ठित फाइनेंसियल कंपनी में रिक्रूट हुई है , जहाँ हर माह उसको हाथ में नकद डेढ़ लाख रुपये मिलेंगे, इस तरह सारा पैकेज करीब पच्चीस लाख रुपये प्रति वर्ष का है " नमन बोला।

सभी हतप्रभ हो गये, इस राशि की किसी ने कल्पना भी नहीं किया होगा।

"क्या वह अमेरिका जा रही है ?" शशि ने पूछा।

" वह अमेरिका जा चुकी है " नमन ने कहा।

" लेकिन यह सब तुझे कैसे मालूम ? " माँ ने पूछा।

" माँ, आपने बी. एच. यू. में तो देखा था कि उसे कहीं भी जाना है, तो मुझसे अनुमति लेती है " नमन ने बताया।

" ऐसा है नमन , अगर इस बार तुम मना करते तो क्या वह अमेरिका नहीं जाती ?" शशि ने कहा।

" दीदी, मैं मना कर देता तो वह निश्चित रूप से अमेरिका नहीं जाती " नमन बोला।

न्यूयॉर्क एयरपोर्ट पर सिक्योरिटी और माइग्रेशन काउंटर से क्लियर होने के बाद बैगेज बेल्ट पर शिवानी का बड़ा भाई मिल गया, और उसके बाद की सारी प्रक्रिया उसने अपने हाथ में ले लिया तथा यह भी सुझाव दिया कि आज रात सभी लोग उसके फ्लैट में विश्राम करें, दूसरे दिन सवेरे पहले देवयानी को और फिर शिवानी तथा शिवम् को उसकी कंपनी में पहुंचा दिया जायेगा।

अंत में बुरी तरह से थके, यात्रा करने वाले तीनो सदस्यों के सोने की व्यवस्था की गई , दोनों लड़कियां बैडरूम में और दोनों लड़के सिटींग रूम में सो गये।

दूसरे दिन सबेरे, अपने-अपने सामान के साथ, सभी शिवानी के भाई की गाड़ी में एडजस्ट हो गये , और वह सभी को लेकर रवाना हो गया।

पचास मिनट में वह जे. पी. मॉर्गन चेस के विशालकाय स्काईस्क्रेपर के कैंपस में पहुंचा, गेट पर अपना सत्यापन करने के बाद पार्किंग में गाड़ी खड़ा किया, और देवयानी को बोला "अपने सामान के साथ नीचे आ जाओ " और फिर शिवानी से बोला "तुम यहाँ से बहुत दूर नहीं हो, अवकाश के दिनों में आराम से मिल सकती हो, एक दूसरे से मोबाइल संपर्क में रहना, इस समय गाड़ी में ही बैठी रहो "

देवयानी ने नीचे उतरकर शिवानी और शिवम् को हाथ जोड़ा, परन्तु कुछ बोल नहीं पाई , उसकी आँखें भर आईं थीं , वही दशा शिवानी की भी थी।

देवयानी शिवानी के भाई के पीछे पीछे रिसेप्शन पर पहुंची, जहाँ उसने कंपनी का रिक्रूटमेंट लेटर प्रस्तुत किया, जिसने कंप्यूटर से जांचोपरांत उससे पूछा " क्या तुम इंडिया से सीधे यहीं आ रही हो ?"

देवयानी ने हाँ में सर हिलाया, रिसेप्शन से उसे हॉल में बैठने के लिए कहा गया, अपने बैगेज को अपने बगल में रखकर वह एक कुर्सी पर बैठ गई .

शिवानी के भाई ने कहा "अब मैं चलता हूँ, किसी भी प्रकार की समस्या आने पर मुझे कॉल करना "

" जी " देवयानी ने कहा, और शिवानी का भाई हाथ हिलाते हुए चला गया।

जीवन में पहली बार देवयानी ने, एक अनजाने देश में, अपने को पूर्णतः अलग थलग महसूस किया। करीब पंद्रह मिनट बाद एक महिला उसके पास आई, उसने देवयानी को अपना परिचय दिया, और साथ में आने को कहा। वह उसे एक छोटे हॉल में ले गई, जहाँ पहले से 3-4 महिलाएं और 6-7 पुरुष बैठे हुए थे, सभी से महिला ने कहा " मैं जोया, एच. आर. से हूँ, आप सभी का स्वागत किया जाता है, और आप सभी आनबोर्डिंग प्रक्रिया में आ गये हैं, जो इसी समय से प्रारम्भ होता है "

सभी एक दूसरे को अपना परिचय देने लगे, प्रायः तीन चौथाई लोगों का सामान उन्ही के पास रखा हुआ था। अब प्रमुख चर्चा प्रारम्भ हुई और और वह घर के बारे में थी, इंडिया के ही एक लड़की ने बताया कि उसका घर फाइनल हो गया है, परन्तु किराया बाँटने के लिए उसे एक पार्टनर चाहिए, देवयानी ने तत्काल कहा " मैं आपके साथ रहूंगी " और दोनों ने हाथ मिलाया, वह राजस्थान की रहने वाली थी, और आई. आई. टी. खड़गपुर से एम्. टेक. किया था, और उसका नाम सीमा था।

आधे घंटे बाद दो लोग आये और उनके साथ एक ट्राली थी, जिसपर क्रम से फ़ोल्डर्स रखे हुए थे, उन्होंने साइड डेस्क पर रखे एक कंप्यूटर को ऑन किया और कहा " आप सभी को औपचारिक नियुक्ति आदेश, और अगले तीस दिवस का कार्यक्रम दिया जा रहा है, आपको क्या करना है, किसे रिपोर्ट करना है सम्पूर्ण विबरण उपलब्ध हो जायेगा "

वह सभी के नाम पुकारता गया और दूसरा आदमी संबंधितों को फोल्डर देता गया।

कार्य समाप्त होने पर उसने किसी को बुलाया और सभी से कहा "इनके साथ आप सभी जायेंगें " सभी उस आदमी के साथ चले गये, जिसने सभी का तत्काल फोटो सहित बायोमेट्रिक कार्ड बनाया, और

निर्धारित कॉलम का कार्ड जारी कर दिया। उसके पश्चात एक दूसरा आदमी आया, और सभी को पूरे सेटअप के बारे में बताते हुए हर फ्लोर पर पर लिफ्ट से जाकर, कार्यरत विभागों के बारे में बताता गया। पूरा दिन निकल गया, अब सभी अपने सामान के साथ उस विशालकाय भवन से बाहर आये, देवयानी उस राजस्थानी लड़की सीमा के पीछे पीछे लगी रही।

जे. पी. मॉर्गन चेस के केंद्र से छत्तीस किलोमीटर दूर बस से जाने पर, देवयानी और सीमा उस केंद्र पर पहुंचे, जहाँ एक फ्लैट को, इनको अपना घर बनाना था, सनराइज अपार्टमेंट के सेकंड फ्लोर पर दो कमरों का एक फ्लैट था, जिसमे उचित फर्निशिंग थी।

सीमा बोली "देवयानी, एक दूर के सम्बन्धी के माध्यम से मैंने यह फ्लैट बुक कराया था, न्यूयॉर्क सिटी से बाहर होने के कारण किराया रिज़नेबल है, आ पहले पूरा फ्लैट देखें "

दोनों ने पूरा फ्लैट छान मारा और अपने अपने कमरे तय कर लिये, दोनों ही कमरे आत्मनिर्भर थे, और प्रायः उसमे आवश्यक सब कुछ था।

सीमा बोली "इस अपार्टमेंट में काफी एशियाई लड़कियां रहती हैं, चार-पांच भारतीय भी होंगी। इसका मासिक किराया 960 डालर है, और कुछ व्यय हुआ तो 1000 डालर हो सकता है, हम दोनों आधा-आधा बाँट लेंगे "

सीमा बोली " तुम्हे अब यहीं रहना है तो नियमानुसार लैंडलॉर्ड के साथ अलग से एग्रीमेंट करना पड़ेगा, एक फोटो ले ले और नीचे चल, वहीँ फार्म भर देंगे " और दोनों ने नीचे रिसेप्शन पर जाकर औपचारकिता पूर्ण किया।

सीमा ने कहा " एक बात और, सबेरे फ्रेश होने के बाद यह लोग टिश्यू पेपर यूज़ करते हैं, इसलिए एक प्लास्टिक की बाल्टी और मग्गा ले ले, बगल में ही स्टोर है "

देवयानी तुरंत समझ गई, और अपने कमरे के लिए और बहुत सा सामान ले लिया, मुख्य रूप से चाय बनाने के सामान तथा भूख लगने पर तत्काल बनने वाले स्नैक्स और बहुत कुछ। कमरे में आकर उसने अपना पूरा सामान अनपैक किया और क्रम से अपनी रूचि के हिसाब से जमा लिया। अपने बिस्तर पर नई चद्दर और कम्बल बिछाया, तथा तकिये का गिलाफ बदल दिया तथा निकला हुआ सामान लांड्री बैग में डाल दिया , अपनी नियुक्ति के बाद वह पहली बार पूर्ण संतुष्ट हुई।

उस रात को वह निश्चिंत होकर गहरी नींद में सोई।

और अगले एक सप्ताह में, देवयानी ने अपने को सुव्यवस्थित कर लिया। और जब उसे ज्ञात हुआ कि उसके इस कंपनी में चयन हेतु एम्. बी. ए. से ज्यादा 'माइक्रो फाइनेंसिंग तथा वैल्यूएशन' की भूमिका रही है वह अति प्रसन्न हो गई।

तीन महीने बाद देवयानी को चार दिवस के एक प्रोजेक्ट में भाग लेने के लिए, टीम के साथ मेक्सिको जाने का कार्यक्रम प्राप्त हुआ, जिसमे उसे वहां जे. पी. मॉर्गन चेस के विस्तार हेतु, आर्थिक अध्ययन करना था। चार सदस्यों की टीम में वह सबसे जूनियर थी, उसे कोई दायित्व नहीं दिया गया था, परन्तु टीम के सभी सदस्यों द्वारा किये जा रहे कार्यों पर ध्यान देना था। कंपनी में उपस्थिति के बाद यह उसका प्रथम भ्रमण था, जिसमे दो महिलायें और दो पुरुष थे, और उसके आत्मनिर्भर बनने के बाद का स्वतंत्र भ्रमण था, वह बहुत उत्साहित थी। उसे पूरे भ्रमण में सभी साथ के लोगों का व्यवहार अति आत्मीय लगा, उनमे से कोई भी भारतीय नहीं था, परन्तु सभी को उसकी समस्त जानकारी थी, और यह पता था कि वह शाकाहारी है।

जब देवयानी यू. एस. ए. जाने से पहले गांव गई थी, तो एक छोटा सा मोबाइल फ़ोन भी साथ ले गई थी, जो अहमदाबाद में आई.आई. एम्. के कैंटीन से रियायती दर पर माँ के लिए क्रय किया गया था। आज तक जब भी वह बाहर से माँ के पास गई , कभी भी यह क्षमता उत्पन्न नहीं कर पाई कि माँ के लिये कोई उपहार ले सके।

उसने माँ को , उसकी अनिच्छा के बावजूद, मोबाइल चलाना और बात करना सीखा दिया था, और यह भी बता दिया था कि फ़ोन देवयानी ही करेगी, क्योंकि वह जहाँ जा रही है , उसमे और इस देश के समय में भारी अंतर है, जब वहां दिन होगा तब यहाँ रात होगी।

एक दिन शिवानी ने उसे फ़ोन किया और कहा " देवा, हमलोगों को मिले बहुत दिन हो गये,आज अवकाश का दिन है, दोपहर का भोजन हमारे साथ करो, कुछ गपशप हो जायेगी "

निश्चित रेस्टुरेंट पर देवयानी पहुंची तो वहां शिवानी और शिवम् पहुंच चुके थे। दोनों सखियाँ गले मिलीं, और यह तय हुआ कि खाना के बाद बगल के पार्क में बैठकर चर्चा करेंगें।

पार्क में जाने के बाद चर्चा देवयानी ने शुरू किया "और शिवा, तुम्हारे दाम्पत्य जीवन का क्या हालचाल है ?"

शिवानी ने कहा "जब दम्पति बन जायेंगे, तभी तो बता पायेंगें और अभी तुमको यहाँ उसी लिए बुलाये भी हैं "

शिवानी ने शिवम् की तरफ देखा और फिर कहना शुरू किया “कंपनी में उपस्थित होने के छह महीने बाद हम दोनों बीस दिवस के अवकाश पर जाने वाले हैं, उसी अवधि में नवंबर माह के प्रथम सप्ताह में हमारी शादी तय हुई है, और तुम्हे प्रत्येक दशा में उसमे हाज़िर रहना हैं "

" सर्वप्रथम तुम दोनों हमारी बधाई स्वीकार करो और यह आशीर्वाद भी कि तुम्हारा दाम्पत्य जीवन सुखमय और समृद्धि से परिपूर्ण हो " देवयानी ने कहा, कुछ देर रूककर फिर बोली " मैं निश्चित रूप से उसमे सम्मिलित होऊंगी “

घर वापस आने पर देवयानी ने माँ को फ़ोन किया " माँ, शिवानी की शादी नवंबर में तय हो गई हैं, उस समय मैं भी छुट्टी पर रहूंगी, अतः उसकी शादी में उपस्थित रहने का अवसर भी मिल जायेगा "

माँ बोली " बिटिया, उसी छुट्टी में तेरी भी शादी तय हो जायेगी "

देवयानी हंसने लगी और बोली " ठीक है माँ , तू जहाँ तय कर देगी, मैं कर लूंगी "

माँ हंसी और बोली " बिटिया, तेरे बिना अब मुझे बहुत खाली खाली सा लगने लगा है, पक्का घर हैं, कोई अभाव भी नहीं हैं, पर अब मन कहीं भी नहीं लगता "

देवयानी ने महसूस किया कि माँ के स्वर में एक करुणाभरी उदासी थी, अतः बोली "अरे माँ, मैं भी छुट्टी आ रही हूँ न, तेरे साथ 20 दिन रहूंगी, अबकी बार तुझे जौनपुर में फिल्म दिखाऊंगी, उदास मत हो "

अवकाश प्रारम्भ होने के पंद्रह दिवस पूर्व उसे एक आदेश प्राप्त हुआ, जिसमे कंपनी के एक महत्वाकांक्षी योजना में सर्वेक्षण हेतु, आठ दिवस के लिए उसे ब्राज़ील जाना होगा, इस दल में पांच सदस्य होंगे, सभी का स्वतंत्र प्रतिवेदन होगा, जिसके आधार पर टीम प्रभारी अपनी रिपोर्ट बनायेंगे। देवयानी को निर्देशित किया गया कि प्रोजेक्ट अवधि तक उसका फ़ोन बंद रहेगा, नए सदस्यों के लिए प्रोजेक्ट अवधि में गलती से जानकारी लीक न हो, इसकी सतर्कता बरती जाती है । देवयानी ने मैनेजमेंट से अपने अवकाश के विषय पर चर्चा किया, तो उसे बताया गया कि उसके अवकाश पर जाने के दो दिन पूर्व ही टीम वापस आयेगी, अतः अवकाश अप्रभावित रहेगा।

ब्राज़ील की राजधानी ब्राजीलिया पहुँचने पर देवयानी ने अपने सर्वेक्षण की प्रक्रिया के बारे में, टीम प्रभारी से मार्गदर्शन प्राप्त किया, और यह तय हुआ कि दो दल अलग-अलग कार्य करेंगें, प्रत्येक में एक पुरुष और एक महिला सदस्य होंगें, उनका क्षेत्र निर्धारण भी कर दिया गया । भ्रमण के समय आपसी संपर्क, और ब्राज़ील के बड़े वित्तीय संस्थान तथा बैंकिंग प्रतिष्ठानों के साथ इंटरव्यू के समय का निर्धारण का दाईत्व साथ के पुरुष सदस्य का था।

भ्रमण के दूसरे दिन अपरान्ह में एक प्रतिष्ठान ने सूचित किया कि इस प्रकार का एक सर्वे दो महीने पूर्व भारतीय दूतावास के द्वारा कराया गया था, जिसका उद्देश्य किसी राष्ट्रीयकृत बैंक का विस्तार था, उसके बाद की

प्रगति की जानकारी उसे नहीं है। रात को प्रगति प्रतिवेदन देते समय देवयानी ने इस तथ्य से टीम प्रभारी को अवगत कराया, जिन्होंने इस सूचना को कोई महत्त्व नहीं दिया और बोले " बहुत से देश इस प्रकार का सर्वेक्षण कराते रहते हैं, जो उनके राष्ट्र को ध्यान में रखकर किया जाता है और वे अपनी जानकारी शेयर भी नहीं करते"

देवयानी ने कहा " जी " और बात वहीं समाप्त हो गई।

दूसरे दिन ब्रेकफास्ट के समय टीम प्रभारी ने देवयानी से कहा " मैं सोच रहा हूँ कि जो तुमने कल कहा था, उसमे एक बार प्रयास करने में हर्ज नहीं है, भारतीय दूतावास से मैं इस विषय में चर्चा हेतु समय ले लेता हूँ, तुम एक बार अकेले जाकर मिल लो, उनकी जानकारी वर्गीकृत होती है, अतः वे शेयर करेंगे या नहीं, मुझे नहीं पता, परन्तु एक वाह्य रुपरेखा भी प्राप्त होती है, तो तुम उसे अपने प्रतिवेदन का आधार बना लेना "

" जी सर " देवयानी ने उत्तर दिया।

उस दिन रात को भोजन के समय, देवयानी को टीम प्रभारी ने सूचित किया "भारतीय दूतावास ने कल प्रातः 11.30 बजे का समय दिया है, आपको द्वितीय सचिव से मिलना है, अपना पासपोर्ट और आई. डी. साथ में रखना "

देवयानी सुबह निर्धारित समय पर भारतीय दूतावास पहुंची, तो रिसेप्शन ने उसे द्वितीय सचिव के कक्ष में पहुँच दिया।

द्वितीय सचिव ने उसे बैठने के लिए कहा और बोला " आपकी कंपनी ने मिलने के लिए समय लिया था, कृपया बतायें हम क्या सेवा कर सकते हैं ?"

देवयानी बोली " सर, मैं भारतीय हूँ और इस कंपनी में पिछले छह माह से कार्यरत हूँ , हमारी कंपनी का ब्राज़ील में विस्तार हेतु आर्थिक सर्वेक्षण चल रहा है, आपके द्वारा भी कोई आर्थिक सर्वेक्षण कराया जा चुका है, अतः उसकी कुछ जानकारी प्राप्त हो सकती है, तो कंपनी आपकी आभारी रहेगी "

द्वितीय सचिव कुछ देर सोचते रहे फिर बोले "आर्थिक सर्वेक्षण का कार्य श्रीमती अग्रहरि के मार्गदर्शन में किया गया है,अतः आप उनसे संपर्क कर लें "

उन्होंने कॉल बेल दबाया और आगंतुक को आदेश दिया " इन्हे श्रीमती अग्रहरि के कक्ष में ले जाओ "

उसने सर झुकाया, और देवयानी को साथ में आने का इशारा किया, देवयानी ने द्वितीय सचिव को नमस्ते किया और उसके पीछे चली गई।

श्रीमती अग्रहरि एक सुन्दर महिला थीं, उन्होंने देवयानी को बैठने के लिए कहा और बोली "अग्रहरि साहब ने मुझे सूचित किया है कि आप हमारे आर्थिक सर्वेक्षण के बारे में जानकारी चाहती हैं, यह आर्थिक सर्वेक्षण मेरे ही मार्गदर्शन में हुआ है, आप बतायें, मैं आपकी क्या सहायता कर सकती हूँ ?"

श्रीमती अग्रहरि ने कॉल बेल दबाया और आनेवाले को दो चाय लेने के लिए आदेश दिया।

देवयानी ने उसी सब बातों को दोहरा दिया जो उसने अग्रहरि साहब से कहा था।

श्रीमती अग्रहरि ने पूछा " आप भारत में कहाँ की रहने वाली हैं ?"

देवयानी ने उत्तर दिया " मैडम, मैं भारत के एक प्रान्त उत्तर प्रदेश के जौनपुर जिले के एक गांव से हूँ "

देवयानी ने प्रतिप्रश्न किया " और आप मैडम ?"

श्रीमती अग्रहरि ने कहा " संक्षेप में कहूं तो मैं भी उसी क्षेत्र के बलिया जिले के एक गांव से हूँ, सगरगांव से"

अचानक देवयानी को एक तेज झटका लगा, और वह कांप उठी।

श्रीमती अग्रहरि को लगा कि आनेवाली को कोई समस्या हो रही है, बोलीं " आपकी तबियत ठीक है न "

" जी मैडम, मैं बिलकुल ठीक हूँ ' देवयानी मुस्कराई।

" मुझे लगा कि कोई बात हो गई है, चलिए ठीक है " श्रीमती अग्रहरि ने कहा।

" मैडम, बहुत सी चीज़ें अविश्वसनीय रूप से घटित हो जाती हैं, उसी की सिहरन थी मुझे " देवयानी ने कहा, फिर कुछ देर रुक कर बोली " मैं तो आपके पास आर्थिक सर्वेक्षण की जानकारी के लिए आई थी, परन्तु अब ऐसा प्रतीत हो रहा है कि कुछ अतिरिक्त जानकारी भी चाहिए, यदि आप नाराज़ न हों तो मैं निवेदन करूँ "

श्रीमती अग्रहरि उसे कुछ देर स्थिर देखती रही और बोली " आपकी कंपनी को और कौन सी अतिरिक्त जानकारी चाहिये, स्पष्ट कहें , नाराज़ होने का कोई प्रश्न ही नहीं है "

" मैडम, आप सगरगांव की रुक्मिणी गुप्ता हैं न, किशोरावस्था में नमन सर के साथ पढ़ी हैं " देवयानी रुक रुक कर बोली।

श्रीमती अग्रहरि का चेहरा आरक्त हो उठा और उसके चेहरे से हंसी गायब हो गई।

तभी चाय आ गई और दोनों चाय पीने लगीं।

श्रीमती अग्रहरि ने अचानक कहा " मेरी बेटी एक वर्ष की है, हर घंटे पर मैं उसे देखने जाती हूँ, मैं घर से होकर आती हूँ जो कि दूतावास के पीछे एक अलग कैंपस में है, आपको कुछ देर प्रतीक्षा करनी पड़ेगी "

देवयानी ने कहा "यदि आप अन्यथा न लें तो क्या मैं साथ में चल सकती हूँ ? "

" आइये " श्रीमती अग्रहरि ने कहा और देवयानी उनके पीछे पीछे चल पड़ी।

घर पहुंचकर श्रीमती अग्रहरि ने बेटी को आया से अपने गोद में लिया और नीचे खड़ा कर दिया .

देवयानी ने कहा " आपकी बेटी बहुत सुन्दर है , बहुत क्यूट "

श्रीमती अग्रहरि ने कहा "आप नमन को और मुझे कैसे जानती हो, हम लोग इससे पहले कभी नहीं मिले "

" आप ठीक कह रही हैं, नमन सर के बहन शशि की शादी मेरे चचेरे बड़े भाई से हुई है, और हम दोनों के घर सटे हुए हैं" देवयानी ने कहा, फिर बोली " वस्तुतः नमन सर ने मेरे इण्टर और ग्रेजुएशन की शिक्षा पूरी करने में बहुत अधिक आर्थिक सहायता किया था "

"अभी नमन, उनकी पत्नी और परिवार का क्या हालचाल है?" श्रीमती अग्रहरि ने पूछा।

देवयानी मुस्कराई और बोली " नमन सर ने अभी तक शादी नहीं किया है, शेष उनकी माँ हैं, वे ठीक हैं "

श्रीमती अग्रहरि ने कहा " देखो देवयानी, मुझसे छोटी हो, इसलिए नाम लेकर बुला रही हूँ , ऐसा लगता है कि तुम बहुत कुछ जानती हो, इसलिये इस पर चर्चा कर रही हूँ, अन्यथा यह पूर्णतया निजी मामला है। नमन और मैं बहुत अच्छे मित्र थे, और आजीवन रहेंगे। नमन की अनुमति लेकर ही मैंने अपनी शादी किया है, आज मेरे पति विदेश सेवा में वरिष्ठ अधिकारी हैं, उनसे तुम मिल भी चुकी हो, मैं खुद विदेश सेवा में हूँ, और आज यही सब कुछ मेरा वर्तमान है" और वे चुप हो गईं।

कुछ देर रुक कर देवयानी ने पूछा "क्या आपके और आपकी बेटी के साथ मैं एक फोटो ले सकती हूँ "

" हाँ क्यों नहीं " और उनकी मुस्कराहट वापस आ गई।

श्रीमती अग्रहरि ने आया को कहा " हम लोगों की एक फोटो तो ले " और उसे अपना मोबाइल दे दिया।

अपनों बेटी को गोद में लिए हुए श्रीमती अग्रहरि और देवयानी का फोटो मोबाइल में आ गया।

देवयानी ने कहा "मैडम, मैं अपने फ़ोन का उपयोग, कंपनी के नियमानुसार प्रोजेक्ट अवधि तक नहीं कर सकती हूँ, जिसको समाप्त

होने में में कुछ दिन शेष हैं, अतः कृपया मेरा नंबर ले लीजिये और यह फोटो व्हाट्सएप्प पर भेज दीजियेगा "

"तुम्हारा नंबर तो मैं निश्चित लूंगी, और तुमसे उम्मीद करुँगी कि नमन की शादी और उसके परिवार का विवरण मुझे फोटो सहित भेजोगी" श्रीमती अग्रहरि ने कहा।

"जी मैडम, निश्चित ही मैं भेजूंगी " देवयानी ने कहा।

कुछ देर सभी चुप रहे, फिर श्रीमती अग्रहरि बोली " अभी कॉफी पिया जाये" और वे उठकर अंदर चली गईं।

देवयानी उनकी बेटी के साथ खेलती रही।

वापस आने पर उनके साथ में आया कॉफ़ी लेकर आई।

श्रीमती अग्रहरि ने देवयानी से कहा " कोई भी जानकारी देना तभी संभव होता है जब राजदूत की अनुमति मिलती है, और उसमे समय लगता है। तुमने जो जानकारी चाही है, वह एक गंभीर आर्थिक सर्वेक्षण था, परन्तु किन्ही कारणों से उसमे अग्रिम कार्यवाही बंद हो गई, अतः सम्बंधित प्रतिवेदन वर्गीकृत हुआ ही नहीं। अब यह जानकारी मैं तुम्हे व्यक्तिगत आधार पर दे रही हूँ, और तुमसे आग्रह है कि इसमें अपने अनुसार परिवर्तन करके अपना प्रतिवेदन बना लेना "

श्रीमती अग्रहरि ने उसे एक पेनड्राइव दिया और कहा " इसमें सब कुछ है "

कॉफ़ी पीने के बाद देवयानी खड़ी हो गई और बोली " इस सहयोग के लिये हार्दिक धन्यवाद, मैं नमन सर का पैर छूती हूँ क्या आप मुझे अपने पैर छूने की अनुमति देंगी ? "

श्रीमती अग्रहरि खड़ी हो गई और देवयानी को गले से लगा लिया।

" मैंने आपका काफी समय लिया मैडम, अब आज्ञा दें " देवयानी ने अनुमति चाही।

श्रीमती अग्रहरि ने कहा " जाओ खुश रहो " और बाहर खड़े आदमी से कहा " इन्हे कार पार्किंग तक पहुंचा दो "

देवयानी वापस आकर पुनः सर्वेक्षण कार्य में लग गई। ब्राजीलिया और साओ पाउलो के भ्रमण उपरांत अंतिम दिवस पर सभी ने पूर्वान्ह में अपना प्रतिवेदन बनाया और अपरान्ह में टीम प्रभारी को प्रस्तुत किया, रात्रि में चर्चा उपरांत संयुक्त प्रतिवेदन को अंतिम रूप दिया गया।

टीम प्रभारी ने कहा " कल प्रातः ठीक चार बजे एयरपोर्ट के लिए चल देंगे, साओ पाउलो से न्यूयार्क के लिए 10 घंटे लगेंगे, अतः वहां छह बजे शाम को पहुँच कर, हम लोग वहां सीधे मुख्यालय चलेंगे, और समूह में प्रतिवेदन प्रस्तुत करेंगे. वहां संक्षिप्त चर्चा होगी और फिर हम सब फ्री हो जायेंगे।

जे. पी. मॉर्गन चेस के विशालकाय स्काईस्क्रेपर के दसवीं मंज़िल पर कांफ्रेंस रूम में आर्थिक सर्वेक्षण पर चर्चा शुरू हुई और आधे घंटे में समाप्त हो गई, अधिकृत प्रबंधन समिति ने प्रस्तुत प्रतिवेदन को स्वीकार करते हुये, उसे नियंत्रण मंडल में भेजने की अनुशंसा किया, तथा सबसे अच्छी रिपोर्ट पर अपनी अधिकारिता के अंतर्गत, दस हज़ार डॉलर देने की घोषणा किया, जो देवयानी को प्राप्त हुआ और उसके बैंक अकाउंट में भेज दिया गया। सभी को धन्यवाद देते हुये घर जाने के निर्देश भी प्राप्त हो गये।

11

अति प्रसन्न देवयानी ने कंपनी से बाहर निकलने पर अपना मोबाइल दस दिन बाद खोला, और सोचा कि पुरस्कृत किये जाने की बात पहले माँ को बताये। मोबाइल खुलते ही उसने पाया कि माँ के मोबाइल से, जिसमे उसने अंतर्राष्ट्रीय कॉल की व्यवस्था कर रखी थी , करीब पैंतीस मिसकॉल थे। एक पिलर के सहारे खड़ी होकर उसने माँ को काल किया, कुछ देर रिंग जाती रही फिर किसी पुरुष स्वर ने कहा "हैल्लो "

देवयानी ने कहा " मैं देवयानी बोल रही हूँ, माँ कहाँ है और आप कौन बोल रहे हैं ? "

" अरे देवयानी, मैं नरेश तुम्हारा ममेरा भाई बोल रहा हूँ , मैंने तुम्हे कई बार फ़ोन लगाया, हर बार फ़ोन बंद बता रहा था "

" हाँ नरेश भैया, मेरा फ़ोन दस दिन के लिए बंद था, माँ कहाँ है ? " देवयानी ने कहा।

" देवयानी बहुत बुरी खबर दे रहा हूँ, माँ नहीं रहीं, उन्हें गुजरे दस दिन हो गये, तुम जल्दी से आ जाओ, कम से कम तेरहवीं में तो रह पाओगी ---

माँ नहीं रहीं, दस दिन हो गये, देवयानी वहीं धम्म से बैठ गई, अगर पिलर नहीं होता तो वह गिर गई होती। फ़ोन पर क्या आवाज़ आ रही है, उसकी समझ में कुछ नहीं आ रहा था, ऐसा लग रहा था उसके सोचने की शक्ति ही समाप्त हो गई है , वह अर्ध बेहोशी की हालत में पहुँच गई, उसके मस्तिष्क में एक ही वाक्य गूंज रहा था कि 'माँ नहीं रही ' उसकी आँखें शून्य भाव से पता नहीं कहाँ देख रही थी।

उसी समय देवयानी के साथ ब्राज़ील गई लड़की बाहर निकली, और उसने पाया कि देवयानी पिलर के सहारे जमीन पर बैठी है, और भावशून्य होकर सामने देख रही है। उसने देवयानी का कन्धा हिलाया और महसूस किया कि कुछ गड़बड़ है , उसने अपने हेड को फ़ोन किया और स्थिति बताया, अतः पूरा एक समूह ही बाहर आ गया और देवयानी को उठा कर कुर्सी पर बैठाया तथा उसके मुंह पर पानी के छींटे मारे।

देवयानी कुछ चैतन्य हुई और रोने लगी " मेरी माँ का देहांत हो गया सर "

सभी दुखी हो गये और एच. आर. को सूचना दी गई, उनके प्रमुख ने प्रबंधन से बात किया, और बिना बिलम्ब के आदेश जारी हो गया। देवयानी के स्वीकृत अवकाश को यथावत रखते हुए दो दिनों का अतिरिक्त अवकाश स्वीकृत किया गया, जो तत्काल प्रभाव से लागू हो गया, साथ में टूर एजेंट को तत्काल देवयानी का विवरण उपलब्ध कराते हुए, न्यूयार्क से नई दिल्ली तक का कन्फर्म टिकट उपलब्ध करने का आदेश जारी हुआ, जो दस मिनट में प्राप्त भी हो गया।

एक महिला सुरक्षा कर्मी को देवयानी के साथ उसके घर तक, तथा वहां से एयरपोर्ट तक साथ जाने का आदेश प्राप्त हुआ, और कंपनी कार से देवयानी को भेज दिया गया।

महिला सुरक्षा कर्मी ने देवयानी की हाउस पार्टनर को स्थिति बताया और बोली "कंपनी ने इन्हे नई दिल्ली जाने के लिए टिकट बुक करा दिया है , इन्हे अपना सामान लेकर एक घंटे के अंदर एयरपोर्ट जाना होगा, मुझे आदेश है कि मैं इन्हे एयरपोर्ट तक छोड़कर आऊं "

"ठीक है, मैं इनका सामान पैक करवा देती हूँ, फिर तुम्हारे साथ मैं भी चलूंगी, लौटते समय मुझे रास्ते में ही छोड़ देना " देवयानी के पार्टनर ने कहा।

"जी ठीक है " सुरक्षा कर्मी बोली।

अंतराष्ट्रीय एयरपोर्ट, दिल्ली के टर्मिनल तीन पहुंचने पर देवयानी कुछ चैतन्य हुई, अभी तक तो कोई न कोई सहयोग कर रहा था, परन्तु यहाँ उसने अपने को नितांत अकेली महसूस किया, भारी भीड़ में भी उसे लगा कि साथ देने वाला कोई नहीं है। एयरपोर्ट से बाहर निकलकर एक गहरी साँस लिया और टैक्सी से टर्मिनल एक पर पहुंच गई, जहाँ से सबेरे सात बजे पहली फ्लाइट वाराणसी जाने वाली थी।

दिन के ग्यारह बजे थे जब वह गांव पहुंची , घर का दरवाज़ा चिपका हुआ था, धक्का देने पर खुल गया , अंदर जाने पर आंगन में चद्दर ओढ़े कोई सो रहा था, जो दरवाजा खुलने की आवाज से उठकर बैठ गया। देवयानी के मामा का लड़का, नरेश, जिसके सिर के बाल गायब थे, उसे देखकर रोने लगा। देवयानी उसी के पास चारपाई से लगे जमीन पर ही बैठ गई, और पहली बार, हाँ पहली बार, उसे माँ के न होने का एहसास हुआ, और वह फूट फूट कर रोने लगी।

अचानक उसको अपने दायित्व का बोध हुआ, और उसने ममेरे भाई से पूछा " माँ को क्या हो गया था?"

'' मैं इस गांव के आखिरी छोर पर रहने वाले यादव जी के यहाँ आया था, वापसी में मैंने सोचा कि बुआ से मिलता चलूँ " फिर वह चुप होकर कुछ सोचने लगा, फिर बोला "अंदर आकर मैंने इसी चारपाई पर सोई हुई बुआ जी को प्रणाम किया, पर वे कुछ नहीं बोली, अतः मैंने उन्हें कंधे से हिलाया, पर वे बोल नहीं पा रही थीं। मैं बगल में रहने वाली तुम्हारी शशि भाभी को इस बारे में बताया तो वह, उनकी सास, और ससुर आ गये, और गांव के और भी कई लोग आ गये, सबको लगा कि बुआ जी के साथ कोई गंभीर समस्या है, अतः जीप में भरकर हम सभी जौनपुर के जिला अस्पताल ले गये'' और नरेश खामोश हो गया।

" शशि भाभी के ससुर का बहुत प्रभाव है, अतः बुआ जी को तुरंत आई. सी. यू. में भर्ती कर लिया गया। गांव वालों के साथ यहाँ से थोड़ी दूर पर रहने वाला सुकू नाम का गड़ेरिया भी गया था,उसने कहा कि उसके पास आपके बुआजी के पैसे रखे हैं, अतः यहाँ का सारा खर्चा वह उठाएगा। डॉक्टर जिस भी दवाइयों के लिए कहते थे , तुरंत भागकर ले आता। दो घंटे बाद डॉक्टर ने आकर बताया कि बुआजी के तेज ब्रेन हैमरज हो गया था, और बहुत प्रयास के बाद भी उन्हें नहीं बचाया जा सका ,और नरेश फिर चुप हो गया।

"उसी समय मैंने तुम्हे पहला कॉल किया था " नरेश धीरे से बोला।

देवयानी तब तक संयत हो गई थी, आज, अभी से, उसे सब कुछ अपने हाथ में लेना है।

उसने नरेश से कहा " अब क्या क्या कार्यक्रम बचा है और कैसे होना है? "

" देवयानी, कल तेरहवीं है, जो प्रमुख कार्यक्रम है। अभी तक अस्पताल में भर्ती से लेकर कल ग्यारहवीं तक का सारा कार्यक्रम श्रद्धा और शास्त्र सम्मत विधि से पूर्ण हो चुका है, आज तक के कार्यक्रम में मेरे केवल तीन सौ रुपये खर्च हुए हैं , शेष सभी तरह का खर्चा पूरी क्षमता से सुक्कू गड़ेरिया ने किया है। सुक्कू गड़ेरिया ने तो मुझे कुछ नहीं बताया, परन्तु यादव जी उनकी सात भेड़ें अपने पास रखकर, उसे अट्ठारह हज़ार रुपये दिए हैं " नरेश ने विवरण दे दिया।

कुछ देर बाद नरेश ने सूचित किया "देवयानी, तुम्हारी माँ की अस्थियां भी सुक्कू गड़ेरिया ने ही चुनी थी, और वाराणसी जाकर गंगा में विसर्जित भी कर आया, परन्तु प्रयागराज संगम पर जाकर आत्मा की शांति के लिये पूजा तो कराना ही होगा "

देवयानी ने निर्णय लिया कि पहले घर के आगामी कार्यक्रम को अंतिम रूप दिया जाये, उसने नरेश से कहा " भैया, अब आप घर में ही रहना, मैं आगे की व्यवस्था देखती हूँ " और वह बाहर निकल गई।

वह सीधे शशि के घर गई, बाहर दालान में शशि के सास और ससुर बैठे थे। उसने जाकर दोनों के पैर छुये, शशि की सास ने माँ की मृत्यु पर संवेदना व्यक्त किया, ससुर चुपचाप बैठे रहे पर वे बेहद दुखी थे।

" चाचा जी, मैं बहुत देरी से आई, अब कल के तेरहवीं को संपन्न करना है , अतः मैं आपसे कुछ प्रार्थना करने आई हूँ " देवयानी ने उदास भरे स्वर में कहा।

' कहो, क्या करना है ?" उन्होंने पूछा।

देवयानी बोली "चाचाजी जौनपुर के किसी टेंटहाउस वाले से बात करना है , जो यहाँ आकर बढ़िया व्यवस्था कर दे "

उन्होंने किसी को मोबाइल पर कॉल किया।

कुछ देर सुनने के बाद उन्होंने देवयानी को मोबाइल पकड़ा दिया और बोले " लो बात करो "

देवयानी ने कहा " यहाँ गांव पर कल मेरी माँ की तेरहवीं है, मेरी इच्छा है कि इस पूरे क्षेत्र आपने आजतक जो भी आयोजन किया हो, हमारा कार्यक्रम उससे बेहतर हो "

दस मिनट बात करने के बाद उसने कहा " ठीक है, आपके बजट से मैं सहमत हूँ, आपका सारा भुगतान कार्य समाप्त होते ही तत्काल हो जायेगा, जिन्होंने आपको फ़ोन किया था, वे इसकी गारंटी हैं "

और देवयानी ने फ़ोन बंद करके चाचाजी को वापस क़र दिया और पूछा " जो पुरोहित जी गांव में आते हैं, बाकी कार्य के लिये उनको कह दूँ? "

" हाँ , जितने ब्राह्मण की आवश्यकता होगी, वे खुद व्यवस्था कर लेंगे" चाचा जी ने कहा।

दोपहर समाप्त होने जा रही थी, परन्तु देवयानी को, भूख-प्यास किसी की आवश्यकता महसूस नहीं हो रही थी।

देवयानी ने कहा " चाचाजी, मैं आपके पास एक विशेष काम से आई हूँ, मेरे से कुछ छिपाइयेगा मत "

" बोलो बिटिया" यादव ने कहा।

" सुक्कू चाचा ने आपसे कितने पैसे लिए हैं, क्योंकि वे सारे पैसे मेरी माँ के अंतिम कार्यक्रम के लिये लिया गया है" देवयानी ने कहा।

"सुक्कू गड़ेरिया को सात भेड़ों के बदले मैंने अट्ठारह हज़ार रुपये दिए हैं " यादव जी ने कहा।

" मैं आपको अट्ठारह हज़ार रुपये दे रही हूँ , आपसे प्रार्थना है कि उनकी भेड़ें अभी भिजवा दीजिये, क्योंकि यहाँ से सीधे मैं सुक्कू चाचा के पास ही जा रही हूँ " देवयानी ने कहा।

देवयानी यादव जी के यहाँ से सीधे पुरोहित जी के यहाँ पहुंची, वे घर के बाहर एक तख़्त पर बैठे थे, चरण स्पर्श करने पर उन्होंने उसके सर पर हाथ रखा और सामने की प्लास्टिक कुर्सी पर बैठने के लिए कहा, और उसकी माँ की मृत्यु पर दुःख प्रकट किया।

देवयानी बोली "चाचाजी, कल तेरहवीं है, ब्राह्मण वर्ग का सारा कार्यक्रम आपको करना है, आपसे प्रार्थना है कि अब विधिसम्मत तरीके से सम्पूर्ण कार्य करना है, चाहे कितनी भी राशि खर्च हो, परन्तु उसकी आत्मा को परम शांति मिलना चाहिये "

" ठीक है बिटिया, मैं इक्कीस ब्राह्मणो के साथ रहूँगा, सभी को इक्कीस- इक्कीस सौ रुपये और वस्त्र देना है, विधिवत मन्त्र पाठ होगा, भोजन तुम अपने हाथों से परोसना " पुरोहित ने कहा।

" चाचाजी, सभी के लिये अनुकूल वस्त्र और पूजन सामग्री की व्यवस्था आपको करनी है , भोजन और नगद देने को छड़कर, शेष के लिये आप मुझसे अभी राशि ले लें '' देवयानी ने कहा और पुरोहित जी के मांग अनुसार उन्हें पैसा भी दे दिया।

देवयानी फिर बोली " चाचाजी एक जरूरी बात और करनी है, अपने गांव से जुड़े पांच गांव है, मेरा अनुरोध है कि पांचों गांव के सभी को आपकी तरफ से तेरहवीं भोज के लिए आमंत्रित किया जाये "

" बेटा, दो हज़ार से ज्यादा लोग हो जायेंगे, कैसे संभालेंगे " पुरोहित जी ने आशंका प्रकट किया।

" आप बुला लीजिये, बाकि मेरी माँ देख लेगी " शिवानी ने कहा और वहीँ से उसने जौनपुर के टेंट हाउस को सूचित किया कि खाने के लिये ढाई हज़ार लोग हो सकते हैं , कोई अव्यवस्था न हो।

टेंट हाउस की तरफ से सूचित किया गया कि कार्यक्रम बहुत अच्छे ढंग से किया जायेगा, संख्या से कोई फर्क नहीं पड़ेगा।

वहां से उठकर सीधे सुक्कू गड़ेरिया के घर पहुंची, वे अपनी झोपड़ी से बाहर निकल रहे थे, देवयानी ने झुककर उनके चरण स्पर्श किये उन्होंने उसके सर पर हाथ रखा और वहीं जमीन पर बैठकर रोने लगे, देवयानी उन्ही के साथ बैठकर फफक फफक कर रोने लगी।

सुक्कू ने कहा " बिटिया तेरी माँ गई है, तेरा चाचा अभी जिन्दा है, अपने को अनाथ मत समझना"

" चाचाजी, मैं तो बचपन से आपमें अपने पिता को मह्सूस करती हूँ, जिन्हे मैंने कभी देखा ही नहीं। घोर अभाव भरी जिंदगी में, यहाँ एकमात्र आप थे, जिनसे मैंने निश्छल और अगाध प्रेम पाया" सुबकती हुई देवयानी बोली, कुछ देर चुप रही और फिर बोली " मैं माँ की मृत्यु के दस दिन बाद पहुंची थी, यहाँ आप और केवल आप ही थे, जिन्होंने सब कुछ सम्हाल लिया, यहाँ तक कि अपने जीवन के आधार भेड़ों को भी गिरवी रख दिया, मैं क्या कहूं, यहाँ तक कि माँ की अस्थियां चुनकर भी आप गंगा में प्रवाहित कर आये "

सुक्कू उसके सर पर प्यार से हाथ फेरते रहे, बोले कुछ नहीं।

तभी भेंड़ो के झुण्ड को हांकते हुए एक लड़का आया और बोला "आपकी भेंड़ो को पिताजी ने वापस कर दिया है, अपने बाड़े में कर लीजिये" और दौड़ता हुआ वापस चला गया।

सुक्कू ने उठ कर अपनी भेड़ों को बाड़े में बंद किया, फिर देवयानी से पूछा " क्या तुम्हारी वजह से भेड़ें वापस आईं ? "

देवयानी ने सर हिलाकर हाँ कहा।

सुक्कू बोला कुछ नहीं, बस बहुत दूर अंतरिक्ष में एकटक देखता रहा।

" चाचा, कल आपको आना है और काम करना है " देवयानी बोली।

वापस घर आकर देवयानी ने नरेश से कहा " भैया, खाना बनाने वाली आई थी ? "

" हाँ और खाना बनाकर रख गई है , कल सबेरे जल्दी आ जाएगी " नरेश ने कहा।

" भैया, पहले तो आप यह पांच सौ रुपये रखो, जो आपने खर्च किये थे, क्योंकि मैं अपनी और अपने ननिहाल दोनों की दशा ठीक से जानती हूँ, दूसरा यह है कि अभी कल के लिए मुझे और काम करना है " कहकर देवयानी बाहर निकल गई , उसे पता था कि कहाँ जाना है।

शासन की जिस एजेंसी ने पक्का घर बनाया था, उसने पुराने कच्चे घर को तोड़ने में अपनी ऊर्जा नष्ट नहीं किया, और कच्चे घर से सटाकर सामने मार्ग की तरफ नया मकान बना दिया, पीछे सटा कच्चा घर समय के साथ स्वतः नष्ट हो रहा था, देवयानी इसी कच्चे घर में जा रही थी। पुराने क्षतिग्रस्त हो रहे इस मकान के एक कमरे में पहुंचकर, उसने मोबाइल से टॉर्च जलाकर चारो तरफ देखा, कच्ची दीवाल में धंसे दर्पण पर उसकी नज़र टिक गई , उसे लगा कि उसके पीछे खड़ी उसकी माँ, उसके बालों में कंघी कर रही है, उसके जीवन का बड़ा भाग इसी दर्पण के साथ गुजरा था।

अब तक रुके आवेग को वह नहीं रोक पाई, और निशब्द रोने लगी, रोते रोते वह बेहाल होकर अस्फुट स्वर में कठिनाई से बोल पाई " माँ, अब मैं सही में अनाथ हो गई " और अर्ध मूर्छित अवस्था में वहीं कच्ची जमीन पर गिर गई। होश आने पर उसे अपनी माँ के सामीप्य का एहसास हुआ, और लगा माँ बालों को सहला रही थी। कुछ देर तक तो उसकी समझ में कुछ नहीं आया, पर अचानक वर्तमान स्थिति का बोध हुआ, मोबाइल हाथ में ही दबा था, वह बैठ गई और मोबाइल देखा, सुबह के चार बजे थे। इसका अर्थ यह हुआ कि उसने यू. एस. ए. से चलकर अभी तक पानी की एक बून्द भी नहीं लिया है , वह उठकर पक्के घर में आई और अपने कपडे लेकर बाथ रूम में चली गई। सुबह पांच बजे तक वह पूरी तरह तैयार हो गई, आश्चर्य कि उसे किसी तरह की थकावट का अनुभव नहीं हो रहा था।

देवयानी के माँ की तेरहवीं जिस स्तर पर आयोजित की गई, वह लोगों को स्तंभित करने वाला था। इस पैमाने पर तो इस क्षेत्र की शादियां भी नहीं होती हैं। इक्कीस ब्राह्मण सतत मंत्रोच्चारण कर रहे थे, जौनपुर के सर्वाधिक महंगे टेंट हाउस ने वृहद् हाउस तैयार किया था, उच्चस्तरीय कैटरिंग व्यवस्था की गई थी, और भोजन के कई तरह के स्टाल लगे थे, इस क्षेत्र से जुड़े पांच गाँवो के दो हज़ार से अधिक लोग आये। लोगों का कहना था कि दरिद्रता में जीने वाली पंडिताइन का उसकी बेटी ने उद्धार कर दिया, और पंडिताइन की आत्मा अवश्य संतुष्ट होगी।

शाम को सात बजे तक कार्यक्रम पूरी तरह से समाप्त हो गया, और अंत में श्रद्धांजलि अर्पित करके देवयानी और उसके ननिहाल पक्ष के लोगों ने भोजन किया, बहुत समय के बाद देवयानी को लगा कि उसकी माँ उसे बैठाकर भोजन करा रही हैं, और देवयानी ने ठीक से भोजन किया। वापस अपने कमरे तक पहुँचने पर वह इतनी थक चुकी थी कि बिस्तर पर पड़ते ही उसे गहरी नींद आ गई, और जब उसकी नींद खुली तो सबेरे के सात बज रहे थे।

देवयानी ने नरेश से कहा " मैं परसों स्वतः प्रयागराज जाकर संगम पर आत्मा शांति के लिये बिधिवत पूजा करूँगी, आप साथ में रहियेगा,

आज आप सुक्कू चाचा को साथ में लेकर तहसील ऑफिस चलें, कुछ जरूरी लिखा पढ़ी करना है, मुझे यहाँ का घर और जमीन अपने नाम करवानी होगी, आप दोनों गवाह रहेंगे " देवयानी बोली।

तहसील में वकील साहब बोले "कल पूरे दिन आपका ही काम चल रहा था, आपके द्वारा बताये अनुसार दोनों रजिस्ट्री दिन के बारह बजे हो जाएगी, आपको केवल हस्ताक्षर के लिए चलना पड़ेगा, आपने सारा भुगतान यादव जी से कल ही भिजवा दिया था, अतः कोई पेमेंट नहीं करना है, आपके लिए चाय बुलवाता हूँ , आप आराम से यहाँ बैठें "

दोपहर के बारह बजने वाले थे, उसके बाद वकील देवयानी और बाकि दोनों को लेकर रजिस्ट्रार के पास चले गये, रजिस्ट्रार ने भुगतान के बारे में पूछा, और रजिस्ट्री पेपर पर सभी के क्रम से हस्ताक्षर और अंगूठा निशान लिया।

वकील साहब ने कहा " सभी कार्य पूर्ण हो चुका है, आप कल दोपहर बाद आकर सभी कागज़ ले जाना "

नरेश खुश हो गया और बोला " जी, मैं आ जाऊंगा "

फिर सभी जिस वाहन से तहसील ऑफिस गये थे , उसी से वापस गांव आ गये, गांव पहुँचने से पहले ही सुक्कू गड़ेरिया की झोपडी पर सभी उतर गये।

देवयानी ने कहा " चाचाजी, आप चाय पिलाइये, आपके हाथ की चाय सबसे बढ़िया है ''

और वहीं जमीन पर बैठ गई .

चाय पीते समय देवयानी ने कहा " आप दोनों से मुझे कुछ कहना है, शांत होकर बहुत ध्यान से सुने"

और वह चाय पीने लगी, कप रखने के बाद उसने दोनों को देखा और बोली " चाचाजी और नरेश भैया, मेरी माँ का देहांत हो गया है, उसकी तेरहवीं भी पूर्ण हो गई, यहाँ मेरी पूरी दुनिया मेरी माँ के ही इर्द गिर्द थी,

न कम न ज्यादा। मैं जो कुछ कहने जा रही हूँ, उसे आप दोनों परसों तक किसी को नहीं बताइयेगा ,अन्यथा आप दोनों को नुकसान हो सकता है "

वह कुछ देर सोचती रही और बोली "परसों नाश्ता करने के बाद, मैं ईलाहाबाद जाऊंगी और प्रयागराज संगम पर माँ की आत्मा शांति के लिये पूजा करुँगी, नरेश भैया मेरे साथ जायेंगे। मुझे आप दोनों को यह बताना है कि यहाँ हमारी कुल सम्पति छह बिस्वा जमीन और एक घर है, पांच बिस्वा जमीन का टुकड़ा एक साथ है, और एक बिस्वा जमीन सुक्कू चाचा के घर के पीछे है। पांच बिस्वा जमीन और गांव का घर, आज मैंने तहसील में नरेश भैया के नाम कर दिया, तथा जहाँ बैठे हैं, उस एक बिस्वा जमीन को सुक्कू चाचा के नाम कर दिया है। सभी पेपर कल नरेश भैया को मिल जायेंगे "

सुक्कू रोने लगा और बोला " तू तो मेरे को क़र्ज़ में लाद रही है बिटिया ''

" मैं आपकी सही की बिटिया हूं चाचा, अब इस विषय में न एक शब्द आप बोलेंगे और न रोयेंगें " देवयानी ने कहा।

" नरेश भैया, वह मोबाइल आपके ही पास रहेगा, गांव में कोई खास बात हो तो मुझे मिस कॉल कर देना, मैं बात कर लूंगी, चलिए अब घर चलें, कुछ खाया जाये " देवयानी बोली और उठ गई।

शाम को उसने शिवानी को फ़ोन लगाया और पूछ " कहाँ हो ?"

शिवानी ने कहा " मैं बस अभी पटना पहुँच ही रही हूँ, शिवम् दिल्ली से सीधा पूना चला गया, कल तुझे पूरा प्रोग्राम भेजती हूँ , ऐसा लग रहा है कि तू भी गांव पहुँच रही है "

देवयानी बोली " शिवानी मैं दो दिन पहले ही अवकाश पर प्रस्थान कर गई थी, और दो दिन पहले ही गांव आ गई हूँ "

शिवानी ने महसूस किया कि देवयानी अत्यधिक व्यथित स्वर में बोल रही है, अतः उसने सशंकित होकर पूछा " क्या बात है देवयानी, कोई समस्या आ गई है ? "

अब देवयानी का गला भर्रा गया " शिवा मेरी माँ नहीं रही, मोबाइल बंद होने के कारण मुझे खुद दस दिन बाद पता लगा " और वह रोने लगी।

" हाय रे मेरी बच्ची, मेरे को बताया क्यों नहीं रे, मैं सीधे वहीं आती, मैं अभी कार से रवाना हो रही हूँ, रात तक पहुंचूंगी " शिवानी ने रोते हुये कहा।

" नहीं शिवा, माँ के तेरहवीं का कार्यक्रम भी कल संपन्न हो चुका है, तुम्हारा विवाह है, अतः ऐसे अवसर पर पहली बार तुम्हारा यहाँ आना हमारे परंपरा अनुसार मना है । परसों मैं प्रयागराज संगम पर आत्मा शांति के लिये पूजा करुँगी, और परसों ही अपना गांव अंतिम रूप से छोड़ रही हूँ , इसलिए तू अब मत आ। मैंने केवल यह कहने के लिये फ़ोन किया था कि मैं तेरी शादी में नहीं रहूंगी, पर ईश्वर की यही मर्ज़ी है, तो यही सही " देवयानी पश्चाताप भरे स्वर में बोली, और फ़ोन काट दिया।

दूसरे दिन, पूरे दिवस देवयानी लोगों से मिलती रही, उसकी सहेलियां, रिश्तेदार, परिचित, वह जिस किसी को भी गांव में जानती थी, जरूर मिली । सभी ने माँ की मृत्यु पर दुःख प्रकट किया, और तेरहवीं के कार्यक्रम के भव्यता की प्रशंसा किया।

अंत में वह शशि से मिली, जिसमें उन्ही बातों को दुहराया जो बाकि लोगों से कहा था।

देवयानी बोली " भाभी, मेरी माँ नहीं रही, अतः गांव में मेरे लिए कुछ खास बचा भी नहीं। कल मैं प्रयागराज जाकर संगम पर माँ की आत्मा शांति के लिये पूजा करुँगी, अतः मैं अभी आपसे मिलने चली आई, और जो भी मुझसे भूल चूक हुई हो, उसके लिये मैं आपके चरणस्पर्श करके क्षमा याचना करती हूँ " और देवयानी शशि के पैरों में झुक गई।

वापस घर जाने पर पता चला कि नरेश तहसील से रजिस्ट्री के पेपर ले आया है, देवयानी ने सारे कागज़ों का अवलोकन किया और पाया कि सभी कागज़ ठीक से बनाये गये हैं।

देवयानी ने नरेश से पूछा " सुक्कू का पेपर मुझे दो "

सुक्कू के यहाँ पहुँचकर देवयानी ने रजिस्ट्री पेपर्स सुक्कू के चरणों पर रख दिये और बोली " चाचा, मुझसे जाने अनजाने जो भी गलतियां हुईं हो, क्षमा क़र देना " और उसका पैर छूकर तेजी से निकल आई, सुक्कू उदास गुमसुम बैठा रहा, उसमे खड़े होने की भी शक्ति शेष नहीं बची थी।

सूरज कि आखिरी किरणें दूर क्षितिज में सिमट रही थीं , गोधूलि भी समाप्त हो रही थी, और हलकी ठंढक वाली सिहराती हवा देवयानी के गालों से टकरा रहीं थीं, जीवन के अल्हड़पन की न जाने कितनी शामें, इसी तरह से, इसी गांव में बीत गईं, पर अब नहीं , अब उसे खुद के लिए खुद ही निर्णय लेना है।

आखिर में गांव छोड़ने का समय आ गया, ईलाहाबाद के लिए गांव की ही एक कार को तय किया गया था, जिसे आवश्यकता अनुसार लखनऊ तक ले जाया जा सकेगा, और इसी कार से नरेश वापस भी आने वाला था। ईलाहाबाद जाने और वहां से आने के किराये का अग्रिम भुगतान क़र दिया गया था।

प्रयागराज के संगम पर यमुना और न दिखने वाली सरस्वती का गंगा में विलय अभूतपूर्व है, देवयानी बड़ी देर तक यमुना के श्याम जल को अंतर्धान होते हुए देखती रही ,संगम के किनारे, हवा के साथ लहरों का जो नृत्य हो रहा था, उसमे बार बार परिवर्तन हो रहा था, हिलोर लेती लहरें संगीत पैदा करती थीं, जो उनके किनारे टकराते ही विलीन हो रही थीं, और इसी के साथ लहरों में दिख रही छाया भी।

दोपहर के बाद का सूरज चमकने लगा था कि नरेश ने उसकी तन्द्रा भंग किया " देवयानी, पंडा जी आ गये हैं, कार्यक्रम शुरू करें "

देवयानी अचनाक चैतन्य हो गई और उसने सर हिलाकर "हाँ " कहा।

पंडा जी ने देवयानी तथा नरेश को संगम के किनारे बैठाकर आत्मा शांति के लिये विधि विधान से पूजा संपन्न करवाया, इसमें पूरे दो घंटे लग गये।

उसके बाद किनारे पर ही स्नान क़रके पुनः आने के लिए कहा।

देवयानी ने घडी और मोबाइल तथा पर्स नरेश को पकड़ा दिया और कपडे पहने ही नदी में उतर गई, जहाँ किनारे पर भी तेज धारा बह रही थी, वह संभल क़र पानी में उतरी तथा एक महिला का हाथ पकड़कर दो तीन डुबकी लगाया और बाहर निकल आई और पास में बने टिन के घेरे में चली गई, बाहर से नरेश ने उसे एक बैग पकड़ा दिया।

माँ के आत्मा की शांति हेतु पूजन संपन्न होने और संगम पर स्नान कर लेने के बाद, उसे अभूतपूर्व ताज़गी का एहसास हुआ, उसने माँ से सम्बंधित अपने समस्त कर्तब्यों का निर्वहन पूर्ण कर लिया था , और इस पूरे विश्व में, देवयानी अब अपने से सम्बंधित समस्त फैसले लेने के किसी के प्रति उत्तरदायी नहीं है, वह पूर्ण स्वतंत्र है।

तैयार होकर वह फिर पण्डाजी के पास गई, जिन्होंने केवल देव पूजा कराया और बोले " आपका कार्य संपन्न हुआ, इस कार्य के ग्यारह हज़ार रुपये होते हैं, परन्तु एक लड़की कार्य संपन्न करा रही है और जो अभी अविवाहित है, अतः मुझे इक्कीस सौ रुपये दे दीजिये "

बिना कुछ बोले देवयानी ने उन्हें याचित राशि दे दिए और प्रणाम करके उठ गई। कुछ आगे जाने पर उसने नरेश से कहा " यहाँ से जो नया फ्लाई ओवर बना दिख रहा है , उसी के नीचे अपनी गाड़ी खड़ी है, आप बैग लेकर चलिये, मैं कुछ देर गंगा किनारे बैठूंगी, फिर आ जाऊंगी, जरूरत पड़ी तो मोबाइल पर कॉल करूँगी "

संगम के कुछ आगे जहाँ सब कुछ गंगा में विलीन हो गया था, और अब केवल गंगा बह रही थी, देवयानी किनारे पर बैठकर एक टक बहती हुई गंगा की धारा को देखती रही, सूर्य की हलकी होती हुई रौशनी में

अनवरत बहती हुई गंगा, जिसकी मचलती हुई लहरें कुछ कह रही थीं। देवयानी की स्मृतियाँ भ्रमित होकर एक दूसरे से टकरा रहीं थीं, अब देवयानी को क्या करना चाहिये, लखनऊ पहुँच कर वह अपनी कंपनी को फ़ोन करके टिकट बुलवा लेगी।

अंतिम निर्णय करके वह उठी, और वापस जाने के लिये जैसे ही मुड़ी वह चौंक पड़ी, ठीक सामने नमन खड़ा था।

" सर आप " वह नमन को वहां देखकर अचंभित थी।

" अभी सूरज डूबने में समय है, कैसे उठ गई ?" नमन ने पूछा "आओ फिर से वहीं बैठें"

वह यंत्रचालित रोबॉट की तरह उसके पीछे चलकर वहीं आ गई जहाँ पहले बैठी थी, नमन नदी के किनारे बैठ चुका था, अतः उसी के बगल में जाकर बैठ गई , उसका दिल अनियंत्रित धड़क रहा था। उसकी समझ में कुछ नहीं आ रहा था कि नमन अचानक यहाँ कैसे प्रकट हो गया।

नमन ने कहा " तुमसे कुछ बात करनी है, स्थिति मुझे पता है, अतः बताओ कि क्या बातचीत करने के लिए यह सही समय है ?"

" सर, माँ की आत्मा शांति की पूजा पूर्ण हो चुकी है, संगम में स्नान करने और देव पूजा करने के बाद मैं माँ के सम्पूर्ण उत्तरदायित्व से मुक्त होकर, अत्यंत फ्रेश महसूस क़र रही हूँ, अतः यह समय किसी भी बातचीत के लिए पूर्ण उपयुक्त है " देवयानी ने कहा।

"देवयानी, मुझे तुम्हारी माँ के बारे में तब पता चला जब जीजाजी तेरहवीं से वापस जाते हुये मुझसे मिले थे, मैं तुम्हारी माँ के आत्मा की शांति के लिये ईश्वर से प्रार्थना करता हूँ " फिर वह चुप हो गया।

देवयानी चुपचाप सामने बहती गंगा की लहरों को देखती रही।

" यद्यपि कि यह समय इस प्रकार की चर्चा के लिये उपयुक्त नहीं है, फिर भी तुम्हारी माँ की इच्छाओं के अनुरूप अगर तुम अपनी शादी के

विषय में अपनी सोच बता सको तो उचित होगा, क्योंकि तुम्हारी माँ बारम्बार मुझसे इस विषय में कहती रही थी " नमन ने कहा।

देवयानी के विषाद के मध्य उसके होठों पर क्षणिक मुस्कान परिलक्षित हुई, बोली " मेरी शादी मेरी माँ तय कर रही थी , वह तो रही नहीं, तो अभी मैं क्या बताऊँ सर "

" देवयानी, तुम पूरी तरह आत्मनिर्भर हो और अब तो विश्व भ्रमण कर रही हो, अतः किसी के साथ तुमने जीवन बिताने का निर्णय लिया हो तो बताओ, जिससे तुम्हारी माँ की इच्छा पूरी की जा सके" नमन ने कहा।

तभी घाट पर घूमकर चाय बेचनेवाला उनके पास आया और चाय के लिये पूछा, नमन के हाँ कहने पर उसने दोनों को चाय दिया और वे चुपचाप चाय पीने लगे , चाय पीने तक कोई कुछ नहीं बोला।

"सर, जैसा मैंने बताया मेरी शादी मेरी माँ तय कर रही थी, माँ नहीं रही, आप भी मेरे मार्गदर्शक है, आप ही तय कर दें, जहाँ कहेंगे मैं कर लूंगी " देवयानी मासूमियत भाव में बोली।

" अब सूरज डूबने वाला है, चलो चलें " नमन खड़ा हो गया और देवयानी भी उठ गई।

"अब तुम्हारा क्या प्रोग्राम है?" नमन ने पूछा।

" यहाँ से लखनऊ , फिर फ्लाइट से दिल्ली, वहां से यू. एस. ए. " देवयानी चलते चलते बोली।

जब वे देवयानी के गाड़ी के पास पहुँचने वाले थे, नमन ने कहा "देवयानी मुझे तुमसे कुछ कहना है "

देवयानी खामोश रही और वहीं खड़ी हो गई।

" मुझे मालूम है कि तुम छुट्टी लेकर आई हो, और अभी काफी छुट्टी शेष है , मेरी माँ का प्रस्ताव है कि क्यों न कुछ दिन तुम उनके पास रहो, वह भी बहुत अकेली है " नमन ने कहा।

"आप जैसा आदेशित करें " देवयानी बोली।

" अब तुम मेरा मज़ाक उड़ा रही हो " नमन ने कहा।

" यह असंभव है, मेरी हैसियत अभी वहां तक नहीं पहुंची है कि आपका मज़ाक उड़ा सकूँ " देवयानी ने कहा।

देवयानी ने अपना सामान गांव से आई गाड़ी से नमन के कार में ट्रांसफर किया, और नरेश को विदा कर दिया।

उसने नमन से कहा " सर , चलें "

नमन के घर पहुँचने तक देवयानी के माँ की ही चर्चा होती रही, वाराणसी में पंद्रह मिनट रुकने और चाय पीने के बाद उनकी कार वाराणसी से एक घंटे में नमन के घर पहुँच गई, जहाँ नमन की माताजी घर के बाहर खड़ी उसकी प्रतीक्षा कर रही थीं।

उन्होंने देवयानी को गले से लगा लिया और उसे सांत्वना देती रहीं, फिर घर के अंदर लेकर गई और सभी ने खाना खाया, कुछ देर बाद नमन की माँ बोली " तुम थक गई होगी, चलो मेरे साथ आराम करो "

नमन दूसरे कमरे में चला गया।

दूसरे दिन चाय पीने का बाद नमन की माँ ने कहा "बिना समय गवांये मैं अपने मूल मुद्दे पर आती हूँ "

उन्होंने देवयानी के सामने, नमन से कहा " मैं देवयानी को अपना बहू बनाना चाहती हूँ, तुम्हे किसी तरह की कोई आपत्ति हो तो स्पष्ट बताओ "

" मैं आपके आदेश का पालन करूँगा" नमन ने कहा।

" देवयानी यही प्रश्न तुमसे भी है, मेरी बहू बनने में तुम्हे किसी तरह की कोई आपत्ति हो तो स्पष्ट बताओ " नमन की माँ ने कहा।

देवयानी शांत खड़ी रही फिर नमन से बोली "सर, अब आपसे अनुरोध है कि माँ को कुछ क्षणों के लिए हम दोनों के बीच से हटाकर, स्पष्ट कहें कि क्या आप मुझे जीवन-संगिनी बनाने के लिए प्रस्तावित क़र रहे हैं ?"

नमन वहीं जमीन पर घुटनो के बल बैठ गया और बोला " हाँ देवयानी हाँ, मैं स्पष्ट रूप से तुम्हे अपना जीवन साथी बनाना चाहता हूँ , चूँकि तुम हर क्षेत्र में मुझसे आगे हो, इसलिए निर्णय तुम्हे लेना है "

अचानक देवयानी ने पहली बार महसूस किया कि हर तरफ बसंत ऋतु का साम्राज्य दिखने लगा था, हवा और मादक हो गई थी।

देवयानी मुस्कराई "सर, सामने खड़ी माँ को साक्षी मानकर, मैं देवयानी, आपकी जीवन साथी बनना ह्रदय से स्वीकार करती हूँ "

नमन खड़ा हो गया और दोनों ने एक दूसरे की आँखों में कुछ देर देखने के बाद, झुककर माँ के चरण स्पर्श किये।

माँ ने दोनों को गले से लगा लिया और बोली " तुम दोनों का यह निर्णय, देवयानी की माँ और नमन के पिताजी के लिए सच्ची श्रद्धांजलि है, ईश्वर तुम दोनों को सदैव प्रसन्न और धन धान्य से पूर्ण रखे "

घर के बाहर पारिजात के नीचे उसके बहुत सारे फूल फैले हुए थे।

शाम को नमन ने अपनी माँ और देवयानी से चर्चा करने के उपरांत, अपनी दीदी और जीजाजी को माँ के निर्णय से अवगत कराया कि उसकी शादी देवयानी से तय हो गई है, और यह शादी एक वर्ष बाद देवयानी को छुट्टी मिलने पर, वाराणसी में संपन्न होगी।

12

दूसरे दिन प्रातः सभी आंगन में बैठकर चाय पी रहे थे कि नमन ने देवयानी से पूछा " क्या तुमने नियाग्रा फाल्स देखा है "

" जी, क्यों " देवयानी ने पूछा।

" मैं एक बार तीन महीने के लिये स्वीडन गया था, प्रशिक्षण के लिये, वहां इस की बहुत चर्चा हुई थी, अतः एक बार देखूंगा जरूर" नमन बोला।

देवयानी, माँ की तरफ देखकर मुस्कराई " माँ अगर आदेशित करें, तो आप दोनों को अभी दिखा दूँ "

माँ हंसी और बोली " मेरी बात छोड़, तुम इसको दिखा दो "

" माँ, मैं ने यह बात गंभीरता से कही है, अभी मुझे जाने के लिये तेरह दिन बचे हैं, मैं आप दोनों का वीसा बनवा दूंगीं, और आप दोनों मेरे साथ चलेंगे " देवयानी बोली।

माँ बोली " मेरा तो पासपोर्ट ही नहीं है, न कभी जरूरत पड़ी है, और न पड़ेगी। नमन ने अपने लिये, इस प्रकार की इच्छा, पहली बार मेरे सामने प्रगट किया है, अतः यदि संभव हो, तो इसको जरूर दिखा दे "

" सर, क्या आप माँ के आदेश पालन करना चाहेंगे ?" देवयानी बोली।

" चाहूंगा तो जरूर, परन्तु कई समस्याएं उत्पन्न होंगी, जैसे मेरे रहने की समस्या, तुम जॉब करती हो तो तुम्हारे साथ टूर की समस्या तथा और कई भी समस्या, इसलिए हिचक हो रही है " नमन बोला।

देवयानी माँ की तरफ मुड़कर बोली " माँ, अब से आप ही मेरी माँ हैं, आपके पुत्र को कुछ बिंदुओं पर आपत्ति है, इस पर आप ही निर्णय लें "

" यह बचपन से ही ऐसा है, तुम जो कहोगी वही मान्य होगा " माँ हँसते हुए बोली। नमन समझ गया कि माँ आज बहुत ज्यादा खुश है, पर बोला कुछ नहीं।

देवयानी ने कहा "माँ ,मैं जो कह रही हूँ ,उसे ध्यान से सुने, फिर अपने निर्णय से अवगत करायें। मुझे सर को अपना मंगेतर घोषित करना होगा, फिर मुझे निर्धारित प्रपत्र में घोषणा करके अपनी कंपनी को भेजना होगा, फिर सर के पासपोर्ट की स्कैनिंग करके, पूर्ण भरे वीसा फॉर्म के साथ कंपनी को भेजना होगा, उसके बाद उनसे निर्देश की प्रतीक्षा करेंगे "

"लेकिन बिटिया, सगाई तो हुई नहीं " माँ ने आशंका प्रगट किया।

" माँ, आप के सामने और आपको साक्षी मानकर सर मुझे अंगूठी पहना देंगें, और मैं स्वीकार कर पहन लूँगी, विस्तृत कार्यक्रम अगले वर्ष होता रहेगा " देवयानी ने सुझाव दिया।

माँ बहुत खुलकर हंसी और बोली "यह प्रस्ताव मेरे बेटे को देना चाहिए था , परन्तु वह बैठा समस्यायें गिना रहा है, चल बिटिया तू जो सोच रही है, उसे पूरा कर "

देवयानी ने माँ से कहा " माँ मेरे पास कोई अंगूठी नहीं है, आप के पास है ?"

माँ कुछ देर तक बड़ी स्नेहभरी नज़रों से देवयानी को देखती रही, और बोली " लड़की, न केवल तुम बहुत प्यारी लगती हो, वरन उतनी ही बुद्धिमान भी हो, अब मैं समझ गई कि इतनी बड़ी कंपनी ने क्यों तुम्हे अपने काम पर रखा, हाँ मैं अंगूठी ला रही हूँ "

माँ सोने की दो अंगूठी लेकर आई, और देवयानी को बोली " यह अंगूठी तेरी ऊँगली में बिलकुल फिट आएगी "

देवयानी ने नापकर देखा, बिलकुल फिट थी, उसने माँ को कुर्सी पर बैठा दिया और नमन से बोली " सर, आइये रिंग सेरेमनी करें "

दोनों ने माँ के सामने खड़े होकर और माँ को साक्ष्य मानकर एक दूसरे को अंगूठी पहनाई, और चाचा के लड़के ने रिकॉर्ड किया।

फिर देवयानी माँ का पैर पकड़ कर नीचे ही बैठ गई।

माँ बोली " अब क्या है ?"

देवयानी बोली " माँ, आपसे हाथ जोड़कर प्रार्थना है कि अपने को पूर्ण स्वस्थ रखना, जो भी आपने अपने बेटे की शादी के बारे में सोचा होगा, एक साल बाद सभी पूर्ण होने वाला है "

माँ हंसने लगी, बोली " अरे बिटिया, इसकी शादी की मैं कबसे प्रतीक्षा कर रही हूँ, इसलिए तू निश्चिंत रह, मैं पूर्ण स्वस्थ हूँ, और रहूंगी "

देवयानी ने अपने कंप्यूटर पर उसने सगाई होने का डिक्लेरेशन भरा और कंपनी को भेज दिया, साथ ही नमन से अपने सामने भरवाये गये वीसा फॉर्म, सगाई के फोटो, और उसके बॉयोमीट्रिक्स भी कंप्यूटर से ही कंपनी को भेज दिया।

धीरे धीरे समय निकल गया, और देवयानी के वहां से जाने के दिन आ गये, माँ उससे लिपट कर रोने लगी और बोली " तुम्हारी प्रतीक्षा करुँगी "

रुंधे गले से देवयानी बोली " आप अब मेरी माँ हैं, मै हमेशा आपके विश्वास पर खरी उतरूंगी "

नमन के पंद्रह दिवस का अवकाश स्वीकृत हो गया था, और वापस आने पर उसे अपर कलेक्टर का चार्ज लेना था, अतः वह बहुत प्रसन्न था।

न्यूयार्क में टैक्सी से दोनों देवयानी के अपार्टमेंट पहुंचे, जहाँ उसकी साथ में रहने वाली मित्र ने दोनों का स्वागत किया, और बिस्किट्स तथा चाय से सत्कार किया, फिर देवयानी से बोली " लैंडलॉर्ड के यहाँ अपने मंगेतर के पासपोर्ट की एंट्री करा देना, वैसे मैंने उन्हें सूचित कर दिया हैं "

देवयानी नमन का पासपोर्ट लेकर नीचे चली गई और शीघ्र ही वापस आ गई।

फिर नमन को देखते हुए बोली " इतनी लम्बी यात्रा के बाद थकावट सामान्य है, आपसे अनुरोध है कि आप पहले फ्रेश होकर नहा लें, कमरे में गर्म पानी है, और फिर भोजन करते हैं, उसके बाद विश्राम "

" ठीक कह रही हो " नमन ने अपना सामान अनपैक करके कपडे निकाले, और नहाने के लिये चला गया।

बाहर निकलने पर उसने पाया कि देवयानी स्नान करके कपड़े बदल चुकी थी, और नमन के कपड़े पूरी तरह अनपैक करके, वार्डरॉब में जमा रही थी।

"अरे बाथरूम में तो मै था, तुमने कहाँ से नहा लिया?" नमन ने कपड़े पहनते हुए पूछा।

" सर, सहेली के कमरे की चावी ले लिया है , वास्तव में यह दो रूम का फ्लैट है, और हम दोनों ने एक-एक कमरे ले रखे हैं , अतः ऐसा होता ही रहता है , वह भी मेरी कंपनी में ही है " देवयानी ने बताया।

" क्या इस देश में मंगेतर को और होने वाली पत्नी को एक ही कमरे में रहने देते है ? " नमन ने आश्चर्य से पूछा।

देवयानी खिलखिलाकर हंसी और बोली " सर, आपके साथ एक कमरे में रहने से किसी को कोई मतलब नहीं है, अतः मेरी आपसे प्रार्थना है कि इस विषय में कुछ भी सोचने की आवश्यकता नहीं है, जब तक आप यहाँ हैं,अपनी मंगेतर के साथ आनंद से रहें , माँ की भी यही इच्छा है "

देवयानी बोली " आइये भोजन कर लिया जाये " और उसे बैडरूम के बाहर किचन से लगे डाइनिंग हॉल में ले गई और खाना ज़माने लगी, और बात करती रही " यह किचन और डाइनिंग हम दोनों का संयुक्त रूप से है, खाना इंडियन रेस्टोरेंट से आता है और कभी कभार हम लोग बनाते भी हैं "

"ब्रेकफास्ट और लंच में क्या बनाती हो ?" नमन ने पूछा।

" सर, कुछ नहीं " देवयानी बोली " संडे को छोड़कर शेष दिनों में लंच और ब्रेकफास्ट कंपनी प्रोवाइड करती है, संडे को हम दोनों रूममेट आउटिंग करते हैं, हम केवल कभी कभी डिनर बनाते हैं "

नमन खुल कर हंसा और बड़ी देर तक हँसता रहा।

" लगता है कि मैंने फिर कोई बेवकूफी कर दिया, आप हंस क्यों रहे हैं सर ? " देवयानी बोली।

" देवयानी, तुम सामान्य से बहुत ऊपर हो, तुम भूल कर भी बेवकूफी नहीं कर सकती, वस्तुतः बेवकूफी मैं कर रहा हूँ , अब तुमसे स्पष्ट आग्रह है कि मुझे 'सर' कहना बंद कर दो, और अब जैसा तुम कहोगी, मैं करता जाऊंगा , अब मुझे कोई भ्रम नहीं है " नमन ने कहा।

" 'सर' कहना यह मेरा अधिकार है, इसे मत छीने, यह मेरे रोम रोम में है, आप पूरे जीवन मेरे 'सर' और 'आराध्य' रहेंगे " देवयानी बोली।

खाना खाना के बाद नमन ने कहा "ठीक है, अब मैं पूरी तरह सामान्य हो गया हूँ, और अब मुझे जोर से नींद आ रही है, मुझे केवल यह बताओ कि तुम्हारे पास केवल एक ही बेड है, रात को सोयेंगे कैसे ? "

" सर, यहाँ किसी भी व्यवस्था के लिए परेशान नहीं होना पड़ता है, बस दस मिनट प्रतीक्षा करें " और उसने किसी से फ़ोन पर बात किया।

दस मिनट के अंदर ही एक बढ़िया चारपाई सम्पूर्ण व्यवस्था के साथ कमरे में लग गई, कवर सहित साफ सुथरा गद्दा, चद्दर और पिलो के साथ, ओढ़ने के लिए कम्बल सहित।

" और कुछ मैम " आने वाले ने कहा।

" धन्यवाद , बस इतना ही " और वे सभी चले गये।

" सर, रात होने पर रात की व्यवस्था होगी , अभी दोपहरी जा रही है और विश्राम जरूरी है " देवयानी ने कहा "अब आप डबल बेड पर आराम करें "

नमन बहुत थक चुका था, उसे सोते ही नींद आ गई।

देवयानी दूसरे बेड पर लेट गई, परन्तु वह बहुत देर तक नमन को देखती रही और फिर सो गई।

देवयानी की आँख खुली तो सायंकाल के डूबते सूरज की आभा समाप्त हो रही थी, और अँधेरा दस्तक दे रहा था। उसने देखा की नमन अभी भी सो रहा है, अतः उसने आवाज़ दिया पर वह गहरी नींद में था, अतः जोर से बोली "नमन सर " तो वह उठ कर बैठ गया।

कुछ देर इधर उधर देख कर बोला " मैं बहुत देर सो गया "

" सर, रात में जागने से ऐसा ही होता है, मैं चाय बना रही हूँ ,आप वाशबेसिन में चेहरे पर पानी का छींटा मार लें, फ्रेश लगेगा " देवयानी ने कहा।

दोनों ने डाइनिंग टेबल पर बैठकर चाय पिया।

चाय पीने के बाद नमन बोला "कल सबेरे से तो तुम ड्यूटी पर जाओगी, तो मैं यहाँ बैठकर क्या करूँगा?"

देवयानी बोली "रात के भोजन के बाद मैं आपको विस्तार से कार्यक्रम बता दूंगी। परसों शुक्रवार है, ड्यूटी के बाद हमदोनो रात में न्यूयार्क से बफ़ेलो, फ्लाइट से जायेंगें, और दो रात वहीँ रुकेंगें, उसके बाद संडे दोपहर को वापस आ जायेंगे "देवयानी ने कहा।

" वहां क्या कंपनी का कार्यक्रम है?" नमन ने पूछा।

देवयानी बोली " हाँ सर, कंपनी ने मुझे आदेशित किया है, कि तुम मंगेतर के साथ 'नियाग्रा फाल्स' जाओ, और भ्रमण करके कंपनी को रिपोर्ट करो "

" तुम ने इतनी जल्दी प्लान कर लिया, गज़ब की एनर्जी तुम्हारे अंदर है भाई " नमन मुस्कराया।

देवयानी मुस्करा कर बोली " सर, गांव में जैसे ही आपने इच्छा प्रगट किया था, प्लान तभी बन गया था, उसका कार्यान्वयन अब हो रहा है"

दूसरे दिन सबेरे देवयानी और नमन दोनों तैयार हो गए, कार्यक्रम देवयानी ने रात को ही बता दिया था।

देवयानी ने कहा "सर, मेरी फ्रेंड सीमा राजस्थान से है, उसके कनाडा से दो रिश्तेदार आने वाले थे, अतः उसने दो दिन का ऑफ ले रखा था, परन्तु वे लोग नहीं आ सके, अतः यह आज और कल दो दिन आपको पूरे न्यूयार्क का भ्रमण करा देगी, यह एक अच्छी गाइड है, अतः आपको बहुत बढ़िया लगेगा "

सीमा उसको लेकर रवाना हो गई और दिन भर घुमाती रही, शाम को वापस आने पर उसने देवयानी से उसकी सहेली की तारीफ किया, और बोला "रास्ते में आने जाने में, प्रमुख जगह देखने में, और खाने पीने में उसने खुल क़र खर्च किया, परन्तु मुझे भुगतान नहीं करने दिया "

" आपको अच्छा लगा न " देवयानी ने पूछा।

" बिलकुल, न्यूयार्क को मैं ठीक से समझ गया हूँ, परन्तु कल का सारा व्यय मैं करूँगा, यह अपनी सहेली को बता देना " नमन बोला।

" सर, आप व्यय मेरी सहेली को ही करने दें , आपके हिस्से की राशि मैं उसे दे दूंगी, आप केवल घूमने का आनंद लें " देवयानी ने मुस्कराते हुए कहा।

" यहाँ तुम्हारा गज़ब का कमांड है देवयानी " नमन ने हँसते हुए कहा।

" सब आपका आशीर्वाद है" देवयानी बोली।

उस दिन शाम को सात बजे नमन और देवयानी चाय पीने बैठे तो नमन ने उसके सहेली की प्रशंसा किया और बोला "देवयानी, मुझे नहीं लगता कि न्यूयार्क के बारे में जानने के लिए कुछ भी बचा हो, प्रायः सभी महत्वपूर्ण पर्यटन स्थल तो मैंने देख लिया। तुम्हारे आदेश के अनुसार मैंने कोई भुगतान नहीं किया "

" सर, आपने मेरे आदेश का उल्लेख किया है, मेरा अनुरोध है कि मैं पूरे जीवन भर इस योग्य नहीं बन पाऊँगी कि आपको आदेश दे सकूँ " देवयानी बोली " अब आपको बताती हूँ , मेरी सहेली ने जो आपके ऊपर व्यय किया है वह क्रेडिट कार्ड के माध्यम से है, और जो कार्ड उपयोग में लाया गया है, वह मेरा कार्ड है, अतः मेरी सहेली ने आपके ऊपर अपना खर्च नहीं किया है, बल्कि उसके अपने ऊपर का खर्च भी मेरे ही कार्ड से हुआ है, अगर उसकी जगह मैं होती तो, मैं भी ऐसा ही करती"

अब नमन खुलकर हंसा और बोला " हे भगवान, तुम लोग सही में अमेरिकन हो गई हो "

"अब आज के कार्यक्रम पर ध्यान देना है, खाना खाने के बाद एयरपोर्ट चलना है, अब हम लोग 'नियाग्रा फाल्स' चलेंगे, हमें दो दिन के लिए सामान रखना है, आप निर्देशित करेंगे और पैकिंग मैं करूँगी " देवयानी बोली।

नमन प्रसन्न हो गया, 'नियाग्रा फाल्स' देखना उसके सपनो में था, मुस्कराते हुए बोला " तुम तो जादूगर हो देवयानी, इतनी जल्दी मेरे सपनो को साकार कर रही हो कि मैं कुछ समझ ही नहीं पा रहा हूँ "

" और कोई सपना हो तो कृपया बतायें, प्रयास करूँगी " देवयानी बोली।

नमन कुछ नहीं बोला और चुपचाप देवयानी को देखता रहा।

बफ़ेलो एयरपोर्ट से होटल जाने में तीस मिनट लगे, आधी रात हो चुकी थी, और हवा में ठंढक थी, दोनों गरम कपडे न्यूयार्क से ही पहन कर चले थे।

" सर, यहाँ एक्स्ट्रा बेड बुलाने के लिये अतिरिक्त यात्री का विवरण देना पड़ेगा, आलमारी में एक्स्ट्रा गद्दा और कम्बल है, वह मैं नीचे बिछाकर सो जाऊंगी, फिर सुबह फिर उसी मे डाल दूंगी, केवल दो रात तो रुकना है " देवयानी ने सामान्य रूप से कहा।

" अमेरिका में सब कुछ तुम्हारे कण्ट्रोल में है, अतः मैं कुछ नहीं कहूंगा, मुझे केवल तुम्हारे नीचे सोने पर असमंजस है " नमन ने कहा।

सबेरे दोनों ब्रेकफास्ट के बाद 'नियाग्रा फाल्स' के लिये चल दिये, जहाँ पहुँचने के पूर्व ही जल प्रपात की तेज आवाज़ सुनाई देने लगी , पहुँचने पर गिरते हुए जल प्रपात का विहंगम दृश्य दिखाई दिया, विशाल और मनोहारी, दोनों किनारों से भरी हुई नियाग्रा नदी जब अर्धचन्द्राकार चट्टानों से नीचे गिरती है, तो उड़ती हुई पानी की बूंदे हलके कोहरे का आभास देने लगती हैं।

देवयानी ने बताया " नदी के उस पार कनाडा राष्ट्र है , वहां सायंकाल से ही शानदार रोशनी की जाती है। अभी तो हमें नीचे उतरना पड़ेगा, और उसके लिये जूते यहीं छोड़ने पड़ेंगे, और यहाँ हम उपलब्ध स्लीपर पहनेंगे, साथ ही बरसाती पूरे शरीर और सर पर ओढ़नी पड़ेगी, नहीं तो नीचे पहुँचते पहुँचते ठीक से स्नान हो जायेगा "

नीचे उतरकर दोनों ने एक फेरी से, जो सैलानियाँ से भरी हुई थी, और जल प्रपात के नीचे जाने का प्रयास कर रही थी, खड़े खड़े यात्रा करना पड़ा, फेरी से यात्रा के बाद दोनों बाहर निकले, और ऊपर जाने के लिए लिफ्ट कक्ष में पहुंचे, ऊपर पहुँचने पर दोनों ने स्लीपर और बरसाती वहीँ रखे डब्बे में डाल दिया, और अपने जूते पहन लिये, तमाम सतर्कता के वावजूद भी कपडे गीले हो गये थे। लिफ्ट से उतरने और जूते पहनने के बाद भी काफी सीढियाँ चढ़नी पड़ी, जिससे वे मार्ग तक पहुँच सके। देवयानी ने अपनी नियत टैक्सी को वहां बुला लिया, जहाँ वे लोग खड़े थे।

होटल में पहुँच कर दोनों ने अपने कपडे चेंज किये, और देवयानी ने कहा " चलिये लंच कर लेते हैं "

रेस्टुरेंट एरिया में पहुंचकर दोनों ने लंच खाया और वापस कमरे में आ गये।

देवयानी ने कहा " सर ,हमें आज की रात यहीं रुकना है , रात को इंडियन डिश मिल जाएगी , कल दोपहर के समय वापस चलेंगें, अब आप बताइये कि कुछ और देखना है या विश्राम किया जाये "

नमन बिस्तर के सिरहाने से टिककर बिस्तर पर आराम से बैठ गया।

" देवयानी , क्या हम शाम को नियाग्रा फाल्स पर पुनः जा सकते हैं ? मुझे नियाग्रा फाल्स को रात में देखने की इच्छा है, अगर यह संभव हो तभी " नमन ने कहा।

" सर, आपकी हर इच्छा को संभव करना मेरा कर्तव्य है, अतः जो भी इच्छा होगी, वह निश्चित पूर्ण की जाएगी'' देवयानी ने तिरछी आँखों से उसे देखते हुए कहा।

नमन मुस्कराया और बोला " देवयानी यहाँ आकर मेरे पास बैठो " देवयानी उठी और बिस्तर पर उसके बगल में जाकर बैठ गई और नमन को देखने लगी, उसे अचानक बहुत कुछ याद आने लगा।

" देवयानी आज तो तुम पहले की तुलना में कई गुना अधिक निखर गई हो, और लगता है कि सफलता की उन सीढ़ियों से बहुत आगे निकल जाओगी, जो लोगों के लिए स्वप्न है" नमन ने रुक रुक कर कहा।

"सर, मैं आपको बचन देती हूँ कि आपकी सारी इच्छायें मेरे लिए सर्वोच्च प्राथमिकता पर होंगी " देवयानी भावुक होकर बोली " आप जो भी आदेश देंगे, शिरोधार्य होंगे "

" इस मादक वातावरण में मैं कोई गलत आदेश दूँ तो " नमन ने उसकी आँखों में देखते हुए कहा।

" आप गलत आदेश दे ही नहीं सकते '' देवयानी ने भी नमन की आँखों में देखते हुए कहा " और जो भी आदेश देंगे, मुझे हर दशा में स्वीकार है, चाहे उसका परिणाम कुछ भी हो "

" ठीक है तो मैं ओरिजिनल देवयानी देखना चाहता हूँ, दिखा सकती हो " नमन बहुत धीरे से बोला।

" सर, बिलकुल दिखा सकती हूँ , परन्तु आपको शाम को 'नियाग्रा फाल्स' देखना है " देवयानी हँसते हुए बोली।

" अरे मैं भूल गया था, असल में तुमको देखकर ही अंतर्मन डावांडोल हो रहा है , चलो तैयार होते हैं " नमन बेड से उतरकर कपड़े चेंज करने लगा।

'नियाग्रा फाल्स' पर सूर्य डूबने वाला था, और उसकी रोशनी नियाग्रा की उछलती बूंदों के मध्य इंद्र धनुष का स्वप्न रच रही थीं। वहां काफी भीड़ थी और तभी कनाडा की तरफ से व्यापक रंगबिरगी रोशनी का प्रदर्शन प्रारम्भ हुआ, अमेरिका की तरफ से भी वैसा ही प्रदर्शन प्रारम्भ हुआ, और हल्के कोहरे के वातावरण में, रोशनी ने चमत्कारिक मोहक मायाजाल बुनना प्रारम्भ कर दिया। दूर तक मायावी किरणों का इंद्रजाल, सभी को स्वप्निल लोक में भ्रमण करा रहा था।

नमन ने देवयानी से कहा " ऐसे मोहक वातावरण में हमारे साथ एक-दो फोटो तो लो, सबेरे तो उछलती बूंदों के कारण मोबाइल निकालना कठिन था, परन्तु अभी तो फोटोग्राफी हो सकती है "

" सर, हम दोनों के फोटो सबेरे भी लिए गये थे,और अभी भी लिये जा रहें हैं, कुछ नमूना देखिये " उसने अपना आई फ़ोन खोलकर नमन को दिखाया, पचासों फोटो थे, सभी अवसरों के शानदार फोटोज।

" तुमको जादू आता है क्या देवयानी , यह सब कब लिया, तुम तो हमेशा मेरे साथ थी " नमन चमत्कृत होकर बोला " अभी की हम दोनों की फोटो अद्वितीय है, वाह वाह"

" सब आपकी कृपा है सर, फोटो के लिये होटल का एक आदमी सबेरे से ही लगा है ।अब आप साइड वाले स्टेप्स पर बैठें, भारतीय चाय तो नहीं मिलेगी, मैं काफी की व्यवस्था करती हूँ " और वह ऊपर की तरफ चली गई।

ऊपरी स्टेप से बाहर कॉफ़ी का स्टाल लगा था, देवयानी ने कैपेचीनो कॉफ़ी के दो ढक्कन बन्दकप के आदेश दिये, और प्रतीक्षा करने लगी, तभी अचानक वहां रुक्मिणी दिखाई दी, जो बेटी के साथ रोशनी देख रही थी।

" रुक्मिणी दीदी, मैं देवयानी " उसने चिल्लाकर कहा।

रुक्मिणी ने उसकी तरफ देखा, और पास आ गई "अरे देवयानी, गजब, तुमसे जल्दी दुबारा मुलाकात हो गई, मुझे अच्छा लगा"

" दीदी पहले आप बताओ कि क्या आपके लिये कैपेचीनो लें, फिर बात करते हैं " देवयानी ने कहा।

" हाँ बिलकुल " रुक्मिणी बोली।

देवयानी ने एक कप का आदेश बढ़ा दिया और उसका टर्न आ भी गया था, अतः तीन कप कैपेचीनो लेकर रुक्मिणी से बोली "मेरे एक मित्र वहीं सामने बैठे हैं , आइये साथ में कॉफ़ी पीते हैं"

"अचानक मिलने पर कितना अच्छा लगता है दीदी, सर नहीं आये हैं क्या ?" देवयानी ने पूछा।

" ऐसा है देवयानी, परसों हम लोगों को किसी जरूरी बैठक में भाग लेने के राजदूत के साथ, वाशिंगटन आना पड़ा, बैठक तो उसी दिन ख़तम हो गई, अतः कल दोपहर को हमलोग यहाँ आ गये, आज रात को वापसी थी, परन्तु अग्रहरि साहब को आज सबेरे फिर अति आवश्यक कह कर तत्काल बुला लिया गया, उन्होंने माँ बेटी को छोड़ दिया कि हम अपने पूर्व नियत फ्लाइट से वापस जायें, अतः मैं यहाँ चली आई " रुक्मिणी बोली।

"आइये दीदी, दाहिने तरफ हमारे मित्र बैठे हैं, वहीं कॉफ़ी पिया जाये" देवयानी ने कहा।

सामने नमन को देखकर रुक्मिणी चौंक गई , फिर बोली " कैसे हो नमन ?"

नमन अचानक रुक्मिणी को देखकर भ्रमित हो गया " तुम यहाँ "

रुक्मिणी ने देवयानी को कहा " तुम मेरी बेटी को पकड़ो, पहले मुझे बैठने दो "

और वह नमन के बगल में सटकर बैठ गई और बोली " अब मेरी बेटी दो, और कॉफ़ी भी "

देवयानी ने उसे बेटी को पकड़ा दिया, और उसे तथा नमन को कॉफ़ी दिया, और अपनी कॉफ़ी खड़े खड़े पीने लगी।

रुक्मिणी ने नमन से कहा " तुम्हारी आदत गई नहीं, जहाँ मुझे देखते हो, एक ही प्रश्न है " यहाँ कैसे "

रुक्मिणी ने फिर कहा "पहले परिचय हो जाये, मेरी गोद में मेरी बेटी है, सामने देवयानी खड़ी है, और हम तुम तो कुछ ज्यादा ही परिचित हैं, अब आप मुझे यह बताइये कि देवयानी के साथ यहाँ 'नियाग्रा फाल्स' पर क्या कर रहे हैं ? "

नमन मुस्कराया और बोला " मैं तुम्हारी यहाँ प्रतीक्षा कर रहा हूँ कि कब अपनी बेटी के साथ आकर दर्शन दोगी, तुम्हारी बेटी है बहुत सुंदर , मेरा आशीर्वाद , देवयानी को मैं नहीं जानता, उसे तो तुम लेकर आई हो "

" अरे वाह , मज़ा आ गया , कब से प्रतीक्षा कर रहे हैं श्रीमान ? " रुक्मिणी खुश होकर बोली " चूँकि देवयानी को आप नहीं जानते, तो मैं परिचय करा दूँ , वह मेरी छोटी बहन है "

देवयानी बोली " दीदी ,कप दे दीजिये ,डस्टबीन में डाल दूँ "

रुक्मिणी ने अपना और नमन का कप पकड़ा दिया, देवयानी तीनो कप लेकर चली गई।

रुक्मिणी बोली " नमन, जीवन जैसा मोड़ लेता है, हम वैसे ही चलते रहते हैं, मेरी हार्दिक इच्छा थी कि तुम्हारा जीवन साथी तुम्हारे उपयुक्त हो, और आज देवयानी को देखकर मुझे तुमसे ईर्ष्या हो रही है, ऐसी लाइफ पार्टनर भाग्यशाली लोगों को ही मिलती है, बधाई "

नमन हंसा और बोला "रुक्मिणी, तुम्हे बगल में महसूस कर बहुत अच्छा लगा, और अब लग रहा है कि तुम्हारा निर्णय बहुत सही था, क्योंकि तुम हर प्रकार से संतुष्ट दिख रही हो, और तुम्हे देखकर मैं भी संतुष्ट हुआ "

फिर कुछ सोचकर बोला " देवयानी के बारे में मैंने इस रूप में अपने साथ कभी सोचा नहीं था, परन्तु माँ के दबाव के बाद उसको स्वीकार करते ही, मुझे महसूस हुआ यह लड़की तो ईश्वर प्रदत्त है, तुम्हारे अलावा शायद ही इससे बेहतर कोई और विकल्प होता "

तभी देवयानी आ गई और बोली " अब चलें "

रुक्मिणी और नमन खड़े हो गये, रुक्मिणी बोली " चलो सड़क तक तो मुझे भी चलना ही पड़ेगा " कुछ देर रूककर फिर बोली " देवयानी, अपनी शादी में मुझे बुलाना मत भूलना, मैं तुम्हे सजाऊंगीं "

" जी दीदी, जरूर , बस एक ही प्रार्थना है कि शादी में, गलती से मेरी जगह, आप मत बैठ जाना " देवयानी हंसकर बोली।

" देवयानी, यह मत भूलो कि मेरे कारण ही नमन तुम्हे उपलब्ध हो रहा है " रुक्मिणी हँसते हुए बोली।

" नहीं दीदी, कभी नहीं भूलूंगी " देवयानी बोली।

देवयानी बोली " बेटी को मुझे दो " और रुक्मिणी से ले लिया और ऊपर जाने लगी।

मार्ग पर पहुंचकर, देवयानी खड़ी हो गई और रुक्मिणी के आने पर उसकी बेटी को पकड़ा दिया, और बोली "दीदी, आपको देखकर बहुत अच्छा लगा, यहाँ से कल दोपहर को हम लोग वापस जायेंगे "

रुक्मिणी ने देवयानी से नमन के सामने पूछा " देवयानी अभी तक तुमने बताया नहीं कि नमन को कैसे यहाँ ले आई "

" फ्लाइट से दीदी " देवयानी की मुस्कराहट में शरारत स्पष्ट झलक रही थी।

" लेकिन तुम्हारे साथ क्यों ?" रुक्मिणी ने पूछा।

" आपसे मिलाने के लिए दीदी " उसी शरारत के साथ उसने उत्तर दिया।

" "तुमको मैं यहीं मारना शुरू कर दूंगी, नहीं तो सही सही जबाब दो" रुक्मिणी बोली।

" दीदी, नमन सर की इच्छा 'नियाग्रा फाल्स' देखने की थी, मैं छुट्टी में गांव गई थी, अतः आते समय साथ में आ गये , बस " देवयानी बोली।

"सो सिंपल रिप्लाई , अब तुमसे पूछना ही बेकार है " रुक्मिणी बोली।

" दीदी , जिसके बारे में पूछ रही हो, उसीसे क्यों नहीं पूछ लेती हो " देवयानी बोली।

" पहले तुम आओ, और मेरे गले मिलो " और उसे खींच कर अपने से चिपका लिया " तू बहुत अच्छी है देवयानी, नमन बहुत भाग्यशाली है "

" अब मैं तुम्हारे नमन सर से मिल लूँ " रुक्मिणी बोली।

"जरूर पर बेटी को मुझे दो " देवयानी बोली और सूचित किया " मेरी टैक्सी आ गई है "

रुक्मिणी ने बेटी देवयानी को दे दिया और नमन के गले में हाथ डालकर उससे चिपक गई, फिर उसने नमन का चुम्बन लिया, और हटकर " बाई बाई " बोली, तथा अपनी बेटी को लेकर अपनी टैक्सी के पास चली गई।

देवयानी भी हाथ हिलाती रही और अपनी टैक्सी के पास पहुँच गई , तब तक रुक्मिणी की टैक्सी जा चुकी थी।

रात को भारतीय भोजन मिलने पर नमन बहुत प्रसन्न था, कमरे में वापस पहुँचने पर दोनो ने कपडे चेंज किये, और बिस्तर पर बैठने के बाद नमन बोला " देवयानी, जैसे किसी को मनचाही बस्तु मिलने पर खुशी होती है, वैसे ही तुम्हारे साथ, नियाग्रा फाल्स के पूरे दिवस के भ्रमण ने मुझे प्रसन्न किया, तुमको कोटिशः धन्यवाद "

"आपकी प्रसन्नता ने मुझे धन्य धन्य कर दिया सर " देवयानी ने उत्तर दिया।

"यहाँ आओ ,मेरे पास बैठो " नमन बोला।

देवयानी ने गाउन पहन लिया था, नमन के बगल में आकर बैठ गई .

नमन ने कहा " देवयानी, मैं यह समझ नहीं पाया, कि तुमने शादी की तारीख एक वर्ष बाद क्यों फिक्स किया, तीन महीने या छह महीने क्यों नहीं ? "

देवयानी गंभीर हो गई " सर ,मेरा ह्रदय यह स्वीकार नहीं कर पा रहा था कि माँ के स्वर्गवासी होने के एक वर्ष तक, मैं कोई भी शुभ कार्य करूँ, और यहां तो मेरी शादी की बात है, माँ जिसके लिए दिन रात प्रयास करती रही, अब उसके जाने के तुरंत बाद करना मुझे उचित नहीं लगा, इसीलिए एक वर्ष के बाद की तारीख मैंने सुझाया, अगर आप चाहेंगे तो इसमें परिवर्तन हो जायेगा "

नमन ने कहा " मेरे पास आओ " और उसे अपने ऊपर झुका कर एक गहरा चुम्बन लिया।

कुछ देर बाद बोला "मैं तुम्हारे निर्णय और सेंटीमेंट का सम्मान करता हूँ, इसमें किसी परिवर्तन की आवश्यकता नहीं है "

देवयानी बोली " सर , मुझे आपसे कुछ पूछना है, ऐसा है कि अगले पांच दिन मैं कहीं नहीं जा पाऊंगी, और उसके बाद आप चले जायेंगे , तो क्या अगले तीन चार दिन कहीं और घूमना पसंद करेंगे ?"

" तुम साथ रहती हो तो माहौल दूसरा हो जाता है, तुम्हारे बिना कहाँ जाएँ ?" नमन ने कहा।

" ऐसा है सर, आप पहली बार इस देश में आये हैं, यदि और इच्छा हो तो बतायें, मुझे अब अवकाश नहीं मिल पायेगा " देवयानी ने कहा।

" मैं ग्रैंड कैन्यन और एक फिल्म का बड़ा स्टूडियो देखने का इच्छुक हूँ, परन्तु अब तुम्हारे खर्चे पर नहीं " नमन बोला।

" सर, बुरा न माने, आप कंफ्यूज हो रहे हैं, अब आपके पास जो कुछ है, वह भी मेरा ही है , इसलिए मेरा तेरा न करें, मैं अभी चार दिन के लिए लॉस एंजेल्स और लॉस वेगास का टूर बना देती हूँ, आप मंगलवार को रवाना होंगे, और शुक्रवार की शाम को वापस आ जायेंगे, यह टूरिंग एजेंसी के माध्यम से होगा " देवयानी बोली।

नमन देवयानी को एक टक देखता रहा , कुछ नहीं बोला।

देवयानी पंद्रह मिनट तक कंप्यूटर पर बैठी रही और बोली " हो गया सर, यह एक ग्रुप टूर है, एक अच्छी महिला ऑपरेटर साथ में रहेगी, आपका मनोरंजन होता रहेगा "

"देवयानी, तुम मेरा कुछ ज्यादा मज़ाक नहीं उड़ा रही हो " नमन बोला।

" सर, यह अधिकार भी अब मुझे प्राप्त है, कोई अतः टीप नहीं " देवयानी शरारत भरे लहज़े में बोली।

"ओ. के." नमन बोला " तुम भी मेरे साथ ही सो जाओ, मैं परेशान नहीं करूँगा, नीचे सोना अच्छा नहीं लगता "

"नहीं सर, आपकी आंखें कुछ और कह रही हैं , अतः मैं यहां नीचे ही ठीक हूं " देवयानी ने कहा।

"तुम आंखों की भाषा भी पढ़ लेती हो ?" नमन ने कहा।

"बारह वर्ष से अधिक उम्र की हर लड़की पुरुष की आंखें पहचान लेती हैं " देवयानी बोली।

" हे भगवान, अच्छा शुभ रात्रि " नमन बोला।

न्यूयार्क वापस आते ही देवयानी कंपनी कार्य में व्यस्त हो गई, और उसने नमन से कहा " सर, आप आज और कल विश्राम कर लें , साथ ही आपके सामान की पैकिंग भी करनी है, क्योंकि परसों सुबह चार बजे ही आपको एयरपोर्ट जाना होगा, मैं आज शाम तक आपको सारे पेपर्स आपको दे दूंगी "

दूसरे दिन शाम को कंपनी से वापस आने पर, देवयानी ने टूर के लिए टिकट्स, कार्यक्रम और होटल एवं टूर मैनेजर का विवरण, नमन को दे दिया, और बोली "सर, लॉस एंजेल्स एयरपोर्ट पहुँचने पर बाहर निकलते ही टूर मैनेजर आपको मिल जायेगा, और वापसी में एयरपोर्ट छोड़ने तक साथ में रहेगा"

फिर शरारत भरे स्वर कहा " लॉस वेगास में अपनी रातें गुलज़ार कीजिये"

" देवयानी, मैं तुमको देख रहा हूं, तुम दिन प्रतिदिन शरारती होती जा रही हो, टूर से लौट कर आने पर इस सबका हिंसाब करूँगा " नमन बोला।

नमन के टूर पर जाने के बाद, शाम को ऑफिस से निकलने के बाद, देवयानी ने शिवानी को फ़ोन किया " शिवा, नमन मेरे साथ यहीं आये हैं, अभी उनको टूर पर भेजी हूँ ,तुमसे बहुत सी बातें करनी है ,लेकिन फ़ोन पर नहीं "

शिवानी हंसी " क्या रे देवा, तुमने इधर कुछ हालचाल ही नहीं दिया, एक काम कर, कल शाम को सीधा मेरे पास आ जा, साथ में खाना खायेंगे और देर तक बात करेंगें, कुछ देर के लिए शिवम् को कहीं नमन की तरह टूर पर भेज देंगें, फिर हम तुम मन की बात करेंगे, तुम खाना खाकर चले जाना "

देवयानी खिलखिलाकर हंसी और बोली " पक्का आऊंगी "

शिवानी के यहां पहुंचते पहुंचते अँधेरा हो गया था, शिवानी बाहर ही थी, उसने देवयानी को खींच कर गले से लगा लिया और बोली " मेरी सखी, कैसे तुमने सब कुछ सह लिया रे, तुमने जैसे ही माँ के जाने की सूचना दिया, मैं रोते रोते बेहाल हो गई, मुझे केवल तुम्हारा चेहरा याद आ रहा था, घर में शादी का उत्साहपूर्ण वातावरण था, मैं चुपचाप अपने कमरे में पड़ी रही "

देवयानी कुछ नहीं बोली और शिवानी के साथ उसके फ्लैट में पहुँच गई।

" शिवम् कहाँ है ?" देवयानी ने पूछा।

" कोई विशेष ऑडिट हो रही है , उसे काफी देर लगेगी " शिवानी ने कहा।

" मैं सोच रही थी कि तुमने उसको टूर पर भेज दिया " देवयानी बोली और दोनों हंसने लगी।

उसके बाद चाय पीते पीते उसने नमन के प्रयागराज में मिलने से लेकर अभी उसके टूर जाने तक, प्रत्येक विवरण विस्तार से सुनाया।

" देवा, पहले बता क्या खायेगी ? " शिवानी ने पूछा।

" जो बनेगा वही खाऊंगी, पहले पूरी बात को समझ " देवयानी बोली।

" चल यहीं खाना बनाते बनाते बात करते हैं, ऐसा है देवा, पहले तू मेरी बात सुन " शिवानी बोली।

शिवानी ठहरकर बोली " यहां तुम्हारे साथ नमन पंद्रह दिन के लिए है, और तू उससे अलग सो रही है। जिसके लिये तुम पिछले सात सालों से आंखे बिछाये प्रतीक्षित थी, यह एक तरह से निश्चित था कि वह तुम्हे नहीं मिलेगा, फिर भी तुम उसी के सपने देखती रही। तुम्हारे भाग्य ने साथ दिया, और उसी ने तुझको प्रोपोज़ किया, और केवल तुम्हारी वजह से शादी के लिये एक वर्ष तक रुकने को तैयार है, उसके साथ यह क्या ट्रीटमेंट है देवा?"

देवयानी स्तब्ध होकर शिवानी को देखने लगी।

शिवानी फिर बोली " अरे डफर, 'नियाग्रा फाल्स' की यात्रा में, बफैलो के होटल में, उसने सीधे अपनी इच्छा से अवगत करा दिया, 'नियाग्रा फाल्स' पर उसने अपनी पूर्व प्रेयसी रुक्मिणी को भी तुम्हारे लिये 'ओवरलुक' कर दिया, और तुम उसको क्या समझ रही हो, और उसकी उपेक्षा क्यों कर रही हो ? "

" नहीं शिवा, मैंने सोचा कि अभी शादी नहीं हुई है, तो उन्हें समर्पित करना सही नहीं है " देवयानी बोली।

" जी कर रहा है तुमको यहीं पटक पटक कर मारूं,अरे मूर्ख, क्या तू अभी भी गांव के बारहवीं में ही पढ़ रही है, न्यूयार्क के सबसे बड़ी फाइनेंसियल कंपनी में कार्यरत हो, तुम्हारी सोच वहीं कैसे टिकी रह गई?" शिवानी गुस्से में बोली।

" खाली एक बात और बता शिवा, क्या तुमने शादी के पहले शिवम् को, अपने को सौंप दिया था " देवयानी बोली।

अब शिवानी हंसी " शिवम् तुम्हारे ही विचार का था कि शादी के बाद ही सम्बन्ध होने चाहिए , परन्तु हम साथ ही रहते थे, उसकी आंखें हमेशा मुझे टटोलती रहती थीं, और आखिर एक दिन सब्र का बांध टूट ही गया "

देवयानी बोली " तुमसे बात करने के बाद मुझे अपराध बोध होने लगा है"

" देख देवयानी, यहाँ बात उस व्यक्ति की हो रही है, जिससे तुम्हारी सगाई हो चुकी है, और जो कल ही तुमसे शादी करना चाहता है, और जो केवल तुम्हारे कहने से विलम्बित हो रही है, एक तरह से आज भी वह तुम्हारा पति है। हम किसी सामान्य फ्रेंड की बात नहीं कर रहे हैं " शिवानी बोली।

देवयानी उसके पैरों के पास बैठ गई " शिवानी अब तो मुझे भी लग रहा है कि मैंने बहुत बड़ी गलती कर दी, मुझे नमन सर के साथ ऐसा बिलकुल नहीं करना चाहिये था, मुझे रास्ता दिखा बहन "

" सुन देवा, नमन के टूर से वापस आने के बाद, उसके साथ जो भी समय मिल रहा है, उसे सेलिब्रेट कर। मुझे पता है कि तुम कभी कभी अपनी पार्टनर सीमा के साथ ड्रिंक करती हो, बिना हिचक नमन को बढ़िया स्कॉच पिला, भले ही वह ना नुकुर करे। उसके साथ खुलकर बैठ, उसे एहसास करा कि तुम उसकी पत्नी हो, उसे अपने हाथों से खाना खिलाओ, और अपने को समर्पित कर दो, अब किसके लिये प्रतीक्षा करना है " शिवानी बोली।

देवयानी खड़ी होकर शिवानी को खींचकर चूमने लगी " मेरी सखी, तुमने मुझे रास्ता ही नहीं दिखाया, हिम्मत भी दिया "

" पता है ना कि स्कॉच कहाँ मिलता है कि वह भी लेकर आना पड़ेगा" शिवानी बोली।

देवयानी हंसने लगी " मेरे अपार्टमेंट के बगल में ही उपलब्ध है "

जिस दिन नमन आने वाला था, उसी दिन देवयानी पूर्ण भारतीय वेश भूषा में टैक्सी से एयरपोर्ट पहुंची, एराइवल पर पता किया तो उसकी फ्लाइट आ चुकी थी, मुश्किल से पंद्रह मिनट में नमन अपना सूटकेस लेकर बाहर निकला, और सामने देवयानी को देखकर खिल उठा।

" आइये सर, टैक्सी आगे है " वह नमन के साथ चलने लगी।

' गज़ब की सुन्दर लग रही हो देवयानी, अमेरिका आने के बाद पहली बार तुमको भारतीय ड्रेस में देख रहा हूँ " नमन बोला।

" सर, आप टूर का हालचाल बताइये, कैसा रहा " देवयानी ने विषय परिवर्तन किया।

" देवयानी, मैं तुम्हारे नियंत्रण क्षमता का कायल हो गया, लॉस एंजेल्स हॉलीवुड में 'यूनिवर्सल स्टूडियो' और लॉस वेगास में 'ग्रैंड कैनियन' मेरी बहुत पसंद के स्थल हैं "

तभी देवयानी बोली "सर, सामने अपनी टैक्सी है "

और वे दोनों फ्लैट में पहुँच गये .

देवयानी बोली " सर यात्रा लम्बी हो गई है, आप नहा लें फिर डिनर करते हैं "

"बिलकुल ठीक, तत्काल नहाना ही सबसे बढ़िया कदम है " नमन बोला और बाथरूम में चला गया।

नमन नहाने के बाद नाईट सूट पहन कर तैयार हो गया और कमरा देखकर बोला " तुम्हारा बिस्तर कहां गया?"

" सर, आपके जाते ही हटवा दिया था, नहीं तो किराया ज्यादा हो जाता, वह तो दस मिनट में फिर आ जायेगा " देवयानी बोली, फिर पूछा "आप चाय लेंगें या कॉफ़ी ?"

" देवयानी तुम्हारे पास चाय और कॉफ़ी के अलावा कुछ होगा ही नहीं, नहीं तो यह समय, शानदार टूर के बाद, ड्रिंक्स के साथ एन्जॉय करने का है " नमन बोला।

" हे भगवान, नमन सर, आप मेरे आदर्श होकर ड्रिंक्स लेते हैं " देवयानी बोली।

" मैं अधिकारी वर्ग से हूँ, बड़े कार्यक्रम पर बिना ड्रिंक्स के कोई सेलिब्रेशन ही नहीं होता है " नमन आराम से बोला।

" कौन सा ड्रिंक्स लेते हैं सर, मैं कोशिश करती हूँ " देवयानी बोली

" अरे नहीं नहीं, मैंने ऐसे ही बात किया, चाय पिलाओ " नमन बोला।

" नहीं सर , अब नहीं ,आप कौन सा ड्रिंक्स लेंगे, बताइये " देवयानी अंदर ही अंदर प्रसन्न होते हुए बोली।

" देखो, जिद मत करो नहीं तो मैं कहूंगा कि स्कॉच ले आओ, जो तुम ला कर रखने से रही, बस चाय पिला दो " नमन बोला और दूसरी तरफ मुड़कर आराम करने लगा।

" जी सर " देवयानी बोली।

कमरे में चार चेयर और एक बड़ा सेण्टर टेबल था , देवयानी ने पहले टेबल पर बीच में सलाद रखा, फिर फ्राइड काजू, घर में तैयार नमकीन, और कुछ ताजा बनी पकोड़ियां, उसके बाद सोडा की चार बॉटल और आखिर में दो ड्रिंक की डिज़ाइनर ग्लास, अंत में बढ़िया बंद स्कॉच की बॉटल।

संतुष्ट होने के बाद उसने नमन के पास जाकर कहा " सर, चाय पी लीजिये "

" लाओ " नमन ने उसे देखते हुए हाथ बढ़ाया।

" नहीं सर, कुर्सी पर बैठकर चाय लेंगे " और देवयानी ने एक तरफ हटकर टेबल की तरफ इशारा किया।

नमन व्यवस्था देखते ही हतप्रभ हो गया, वह कभी बॉटल देखता और कभी देवयानी को, जो खड़ी हुई मुस्करा रही थी।

नमन बेड से नीचे उतरा " ओह तो मेरी बीबी बहुत तेज हो गई है, देवयानी, तुम सही में बदमाश हो "

और फिर नमन ने देवयानी को कमर से पकड़ कर अपनी तरफ खींच लिया, और देर तक उसका उसका चुम्बन लिया, उसके बाद कुर्सी पर बैठ गया।

देवयानी ने स्कॉच की बॉटल नमन को दिया और कहा " खोलिये और सर्व कीजिये "

वह अद्भुत रूप से प्रसन्न और शांत थी।

" यार, आज पहली बार मुझे एक अलग तरह का एहसास हुआ, तुम न केवल असामान्य ज्ञानी हो, वरन गज़ब की सुन्दर हो, और समय को तुमसे अच्छा कोई नहीं जानता, देवयानी, तुम साक्षात् मेरी भाग्य देवी हो, और मुझे ईश्वर प्रदत्त हो" नमन ने दोनों ग्लास में स्कॉच डालते हुए कहा।

देवयानी ने अपना ग्लास उठाकर ' चियर्स ' कहा, और नमन के ग्लास से टकराने के बाद और पहली घूंट लिया।

दोनों एक दूसरे को देखते हुए स्कॉच पीते रहे और कुछ कुछ खाते रहे।

तीन पेग के बाद, नमन ने देवयानी से कहा " अब बस "

देवयानी ने बॉटल बंद किया और आलमारी में अंदर रख दिया, फिर टेबल से सब कुछ साफ़ कर दिया।

देवयानी ने पूछा " खाना लगायें " और नमन ने हाँ में सर हिलाया।

खाना खाने के बाद देवयानी ने सारे बर्तन हटाकर बाहर संयुक्त किचन के सिंक में डाल दिया, और टेबल की सफाई कर दी। उसके बाद बाथ रूम में जाकर कपडे चेंज कर गाउन पहन लिया, और पहने सारे कपडे मोड़ लिये , परन्तु आज गाउन के अंदर कुछ भी नहीं पहना।

बाहर आकर नमन से बोली " सर, अब मैं अपना बिस्तर बुलवा लेती हूँ , आप आराम करें "

स्कॉच का प्रभाव धीरे धीरे होने लगा था, और दोनों ही ठीक से कुछ समझ नहीं पा रहे थे।

नमन बिस्तर पर बैठा हुआ था, नीचे उतरकर देवयानी के पास आया और बोला " मैं कल शाम को जा रहा हूँ, फिर तुम आओगी तभी भेंट होगी "

" जी सर, मुझे पता है " देवयानी बोली।

" जब पता है तो तुम्हे खुद सोचना चाहिये " नमन ने कहा।

" क्या सोचना चाहिये सर, मैं समझ नहीं पा रही हूँ " देवयानी ने उसकी आँखों में देखते हुए कहा।

" देवयानी, अब मैं तुम्हारा पति हूँ , कम से कम आज तो तुम पति के साथ तो रहो " नमन ने कहा।

" सर, मैं तो आपके साथ ही हूँ , आप अभी बाहर से आये हैं , तब से मैं आपके साथ ही हूँ " देवयानी उसकी ओर बिना देखे बोली।

" देवयानी तुमने हमारे साथ किये नियाग्रा फाल्स विजिट में, किसी चीज़ के लिये आश्वासन दिया था, कल तो मैं जा रहा हूँ , वह कब पूरा होगा? " नमन भारी आवाज़ में बोला।

“ पहले आप बिस्तर पर बैठ जायें, फिर इच्छा पूर्ति हो” देवयानी मुस्कराई।

नमन कम्बल ओढ़कर बिस्तर पर लेट गया और उसको देखने लगा।

स्कॉच का प्रभाव गहराने लगा था।

देवयानी ने नमन की आँखों में सीधे देखा और बोली "आप ओरिजिनल देवयानी देखना चाहते हैं "

नमन ने सर हिलाया, पर बोला कुछ नहीं।

देवयानी ने हाथ पीछे करके गाउन का ज़िप खोला, और अपने दोनों हाथ गाउन से बाहर खींच लिये, गाउन सरककर उसके पैरों पर आ गया और अब वह निर्वस्त्र खड़ी थी।

देवयानी ने नमन की बदलती आँखों को महसूस किया, फिर बोली "आपके आदेश की पूर्ति हो गई सर,और कुछ ?"

नमन एक टक उसे देख रहा था, लड़खड़ाती आवाज़ में बोला " तुम कितनी सुन्दर हो देवयानी, ईश्वर ने तुम्हे बहुत फुर्सत में बनाया है , अब जिस हाल में खड़ी हो, वैसे ही बिस्तर में आ जाओ "

" जैसा आप आदेशित करें, परन्तु सर, अभी हमारी शादी नहीं हुई है" देवयानी धीरे धीरे बोली।

" देखो देवयानी, इस समय मुझे तुम्हारी कंपनी चाहिये, बस " नमन रुकरुक कर बोला।

पूर्णतया निर्वस्त्र देवयानी बिस्तर के पास पहुँच कर, बिस्तर पर झुककर,बहुत धीरे से बोली " नमन सर, मैं आपको आज अपना अक्षत कौमार्य समर्पित करती हूँ " और बिस्तर पर चढ़कर कम्बल के अंदर चली गई।

नमन ने कहा "देवयानी, मैं अब बोलने की स्थिति में नहीं हूँ, परन्तु यह शपथ पूर्वक कह रहा हूँ, कि मैं भी आज, पहली बार, अपने को, तुम्हे अर्पित कर रहा हूँ " और उसने देवयानी को अपने अंक में भींच लिया।

उसके बाद रात गुजरती रही, और दोनों में से किसी को कुछ होश नहीं था कि कौन क्या कर रहा है , यह दोनों का ह्रदय से पूर्ण समर्पण था , रात भर कोई नहीं सो पाया, भोर होने पर दोनों को नींद लग गई।

देवयानी की नींद खुली तो दिन के दस बजे थे, उसने नमन को देखा, जो अति संतृप्त होकर अभी भी सो रहा था। उसे नमन पर प्यार आने लगा, परन्तु वह धीरे-धीरे बिस्तर से नीचे उतरी, और अपने कपडे लेकर, निर्वस्त्र अवस्था में ही भाग कर बाथ रूम में चली गई। उसका पूरा शरीर दर्द कर रहा था। उसने ठीक से स्नान किया, मेकअप किया,और कपडे पहन कर बाहर आई।

नमन अभी भी सो रहा था, वह फ्लैट के बाहर निकली तथा वहां पड़े दूध के पैकेट, एवं ब्रेड पैकेट को लेकर किचेन में गई और चाय बनाया।

ट्रे में पानी और चाय लेकर अंदर गई और बोली " नमन सर "

नमन हड़बड़ाकर उठा, परन्तु बिस्तर पर ही बैठा रहा, और मोबाइल देखकर बोला "अरे, इतना समय हो गया "

" सर, चाय लीजिये " और उसे चाय पकड़ा दिया तथा खुद कुर्सी पर बैठकर चाय पीने लगी।

" देवयानी, अब मेरी यहाँ से जाने की कोई इच्छा नहीं है, कैसे भी करके तुम मुझे रोक लो " नमन बोला।

" बिलकुल सही, परन्तु मैं जो कह रही हूँ , वह आप ध्यान से सुने " देवयानी बोली " हम ठीक चार बजे शाम को एयरपोर्ट के लिए चल देंगे, वहां आपको समय से फ्लाइट पकड़नी है , अतः आप उठें, स्नान करें, भोजन करें, और सामान पैक करें, वापस इंडिया पहुँचते ही आपको अपर कलेक्टर का चार्ज लेना है "

" तुम इतनी निष्ठुर कैसे हो सकती हो देवयानी " नमन ने पूछा।

" बहुत मजे ले लिये अपनी बीबी के साथ, अब एक वर्ष की प्रतीक्षा करें " देवयानी बोली।

" सही में देवयानी, मेरी जिंदगी में था ही क्या ? अब ये पंद्रह दिन इतनी जल्दी क्यों बीत गये, अभी बिस्तर में आ सकती हो क्या?" नमन ने कहा।

" नो, प्लीज् गेट अप " देवयानी हंसकर बोली।

" अब तुम आदेश देने लगी देवयानी " नमन ने कहा।

" क्योंकि वह अधिकार आपने मुझे अब सौंप दिया है " देवयानी मादक नज़रों से उसे देखती रही।

न्यूयार्क एयरपोर्ट पर विदाई के समय दोनों ही भावुक हो रहे थे, इमीग्रेशन में जाते समय देवयानी रोने लगी और नमन के गले लग गई , नमन की आँखें भी सजल हो गईं थीं।

" शुभ यात्रा , फिर मिलेंगें " देवयानी ने कहा और नमन अंदर चला गया।

देवयानी टैक्सी से वापस फ्लैट आ गई , वह बहुत उदास थी और चुपचाप सोना चाहती थी।

तभी फ्लैट की घंटी बजी, वह झुंझला गई और गेट खोला, सामने शिवानी खड़ी थी।

शिवानी ने अंदर आकर देवयानी को अपनी अपनी बाँहों में ले लिया "ऐसा ही होता है मेरी सखी, बहुत अखरता है किसी का जाना "

देवयानी बोली " हाँ शिवा, खास तब, जब साथ में रात भर रहें हो "

शिवानी बोली " मेरी बात सुन, क्या कल रात को स्कॉच का दौर चला? "

" सब कुछ तेरे मार्गदर्शन अनुसार, परन्तु इस समय तो पूरा शरीर टूट रहा है शिवा " देवयानी अंगड़ाई लेते हुए बोली।

" पूरा ख़त्म हो गया ? " शिवानी ने पूछा।

" हट, पूरा बॉटल भी कोई पीता है क्या, तीन तीन पेग दोनों ने लिये " देवयानी ने कहा।

" मूर्ख, मैं जो कुछ पूछ रही थी, वह इसलिये कि स्कॉच कुछ बचा है कि नहीं , अब जो कुछ बचा है , निकालकर यहाँ सामने रख, खाने पीने

का जो बचा है, वह भी निकाल कर ले आ, साथ ही मुंह धो कर आना, तुम्हारी रोनी सूरत नहीं चाहिये, और जल्दी " शिवानी ने आदेशित किया।

" जी मैडम, अभी लाई " देवयानी सामान्य हुई।

दोनों ड्रिंक करती रहीं और देवयानी, शिवानी के सामने पूरी रात की कहानी क्रमवार बखान करती रही।

" मुझे पता था कि नमन के जाने के बाद तेरी हालत ठीक नहीं होगी , इसीलिये मैं आई, अब तुम आराम से सो जाओ , मैं चलती हूँ " शिवानी बोली।

दोनों सहेलियां गले मिलीं और शिवानी चली गई, देवयानी को बिस्तर पर लेटते ही नींद आ गई।

एक वर्ष बाद

एक पांच सितारे होटल द्वारा विवाह विषयक सम्पूर्ण व्यवस्था की जबाबदारी ली गई थी , सगाई और जयमाल क़े समय इस निमित्त बनाये गए पंडाल की सारी कुर्सियां भरी हुई थीं। मंच पर जयमाल क़े लिए खड़ी देवयानी, अति मोहक रूप में प्रस्तुत थी, लाल बनारसी साड़ी में गहनों से लदी देवयानी क़े एक तरफ शिवानी और दूसरी तरफ ममेरी बहन खड़ी थी, दोनों ही साड़ी और गहनों क़े चमक दमक क़े साथ अत्यंत सुंदर लग रहीं थीं। ममेरी बहन को सब कुछ देवयानी ने उपलब्ध कराया था।

शानदार डार्कसूट में नमन राजकुमार लग रहा था , उसके साथ शशि थी, जो साड़ी और गहनों क़े चमक दमक क़े साथ बहुत अलग दिख रही थी, आज उसकी सुंदरता देखकर मयंक मुग्ध हो रहा था।

जयमाल पूर्ण होने के बाद नमन और देवयानी, दोनों मंच पर इस अवसर के लिये बने विशेष आसन पर बैठ गये, और उसके बाद लोगों का आने और उपहार देने, और फोटोग्राफी का सिलसिला दो घंटे तक चलता रहा। जयमाल के स्टेज से उतरकर प्रायः सभी भोजन की स्टाल की तरफ चले जाते, जो व्यापक क्षेत्र में बना था, और पांच सितारा स्तर का था। गांव के बहुत से लोगों के लिये यह अवसर एक सपने जैसा था।

सायं सात बजे से जयमाल समाप्त होने तक, एक अलग स्टेज पर कई तरह के रंगारंग कार्यक्रम चलते रहे, जिसका सबने बहुत आनंद लिया।

शादी के समय, जो रात के एक बजे नियत था , उपस्थित रहने वाले केवल तीस लोग रह गये थे, और इसी समय नमन और देवयानी ने उन सभी लोगों के साथ खाना खाया। जो शेष थे, उसमे से उन लोगों ने नहीं खाया, जो कन्यादान करने वाले थे।

सभी कार्यक्रम समाप्त होते होते रात के तीन बज गये। उल्लेखनीय कन्यादान था, जो नमन की माँ, मयंक के पिताजी और माताजी, तथा सुक्कू गड़ेरिया ने दिया। इसके एक घंटे बाद बिदाई का आयोजन शुरू हुआ, देवयानी सुक्कू गड़ेरिया के गले लगकर बहुत देर तक रोती रही, और बोली " चाचा, आज तक आपने मेरे पिता की तरह सारा काम किया, आज मेरी माँ की आत्मा को पूर्ण शांति मिली होगी "

सुक्कू सजल आँखों से उसकी पीठ सहलाता रहा।

शिवानी और शिवम् होटल के लिये रवाना हो गये, शेष सभी अपने वाहन की तरफ , क्योंकि अब कोई भी होटेल में रुकने की जगह घर जाने को प्राथमिकता दे रहा था। बिदाई में नमन, उसकी माँ ,उसका चचेरा भाई और देवयानी गांव जाने के लिये निकले, क्योंकि शशि ने माँ को पहले ही बता दिया था कि उसकी सास अस्वस्थ है, अतः अभी वह नहीं आ पायेगी।

नमन के गांव पहुँचते पहुँचते सूर्योदय के पूर्व की लाली दिखने लगी थी, और सभी थक चुके थे, वहां पहुँचने पर दरवाज़े पर करीब एक दर्ज़न महिलायें खड़ी मिलीं, नमन की माँ ने सभी के साथ मिलकर वहां की परिपाटी अनुसार, बहू का गृह प्रवेश कराया "

माँ ने देवयानी से कहा "तुम रात भर की जगी हो, अतः चलो मेरे साथ तीन चार घंटे आराम करो।

कमरे में पहुँचने पर देवयानी ने माँ से कहा " माँ , एक साल पहले मैंने आपसे वादा किया था कि एक साल बाद हर चीज़ आपकी इच्छानुसार होगी, आप संतुष्ट हैं कि नहीं ?"

माँ ने देवयानी को गले से लगाते हुए कहा " बेटा, यह मेरे स्वप्न से भी बढ़कर था, तुमने अथाह पैसा खर्च किया, मेरी जानकारी में इस स्तर की शादी में मैं कभी गई ही नहीं हूँ, अब आराम करो"

पूरा दिन व्यस्तता से भरा रहा, पूरे गांव का जमघट पूजा में उपस्थित रहा, मंदिर तक बाजे के साथ यात्रा हुई, और फिर देवयानी की मुंह दिखाई। धीरे धीरे शाम हो गई और सभी बुरी तरह से थक गये।

सूरज ढलते ही गांव की लड़कियों ने नमन का कमरा सजाना शुरू कर दिया, रात को एक सजे हुए कमरे में दो लड़कियां देवयानी को लेकर आईं और बिस्तर पर बैठा दिया।

कुछ देर बाद नमन दरवाज़े पर आया, जहाँ खड़ी कुछ लड़कियों से बहस होने लगी, आखिर उसे तीन लड़कियों को पैसे देने पड़े, और वे हँसते हुये, शोर मचाते हुये चलीं गई, फिर घर में सन्नाटा छा गया।

नमन अंदर आ गया और देवयानी से बोला " देवयानी, जब तक मुझे एक कप चाय नहीं पिलाओगी, मैं घूँघट नहीं उठाऊंगा "

"अरे सर, आज हम लोगों की सुहागरात है, उसमे चाय का कोई प्रावधान नहीं है " देवयानी घूँघट के अंदर से बोली।

" सही में चाय लेकर आओ यार, बहुत थक गये हैं" नमन बोला "और अपने लिए भी ले आना, यहाँ स्कॉच नहीं मिलनेवाला "

"ओ. के. सर " और देवयानी बिस्तर से नीचे आ गई तथा दरवाज़ा खोलकर बाहर निकल गई, बाहर दूर दालान में माँ बैठी किसी से बात कर रही थी , देवयानी को देखकर चौंकी, पास आकर बोली " क्या बात है बेटा "

" माँ, आपके बेटे को चाय चाहिये " सुनकर माँ ने माथा पीट लिया।

माँ ने दूसरी महिला से कहा " दो कप बढ़िया चाय बनाकर ले आओ"

चाय लेकर देवयानी अंदर चली गई और बोली " सर बैठिये , चाय लीजिये "

और दोनों बिस्तर पर बैठकर चाय पीने लगे।

देवयानी बोली " सुहागरात की परंपरा में चाय को शामिल नहीं किया गया है ''

नमन ने कहा "लाओ अपना कप दो " और कप दरवाज़े के पास नीचे रख दिया , फिर आकर बिस्तर पर बैठ गया।

" मैडम, सुहागरात है, घूँघट उठा रहा हूँ मैं " नमन ने कहा और देवयानी के चेहरे से घूँघट उठाया, फिर साड़ी पर जैसे ही हाथ लगाया, देवयानी बोली " अब नियमानुसार मैं आपको दूध का गिलास दूंगी, और आप दूध पीकर मुझे गिफ्ट देंगे "

" पहले यह बताओ कि यह सब तुमको कौन समझा गया ?" नमन ने हंसकर पूछा।

" आपकी कोई बहन थी " देवयानी भी मुस्कराई।

" गज़ब भाई " नमन बोला, और उसके गोद में सर रखकर लेट गया।

देवयानी ने झुककर उसका चुम्बन लिया और बोली " नमन सर, आपके बिना पहले भी मेरा कोई अस्तित्व नहीं था, और शादी के बाद तो बिलकुल नहीं , अब मेरे बारे में आपको निर्णय लेना पड़ेगा "

नमन उठ कर बैठ गया " किस बात का निर्णय देवयानी "

" सर, मैं यू. एस. ए. में हूँ , यदि अपना काम बरक़रार रखती हूँ तो आपसे अलग होना पड़ेगा, अपने देश में भी जॉब मिल जायेगा, परन्तु अमाउंट काफी कम होगा, तो मैं क्या करूँ ?" देवयानी बोली।

" देवयानी, वहां भविष्य में कैरियर का क्या स्कोप है ?" नमन ने पूछा

देवयानी हंसने लगी .

नमन ने उसे अपनी तरफ खींच लिया और कहा " ऐसा है देवयानी, एक विश्वस्तरीय कंपनी में तुम ऐसे ही नहीं चली गई हो, बहुत पापड़ बेलने पड़े हैं , अतः एक तरफ़ा निर्णय तो नहीं ले सकते "

" ठीक है सर, मैं जो आपको बता रही हूँ, यह 'गोपनीय' वर्गीकृत है, आप खुद एक मजिस्ट्रेट हैं, तो इसे अपने तक ही रखें" देवयानी बोली।

नमन सतर्क होकर सुनने लगा .

" सर, उच्च पदस्थ लोगों ने संकेत में मुझे बताया गया है कि जो विदेशों के आर्थिक सर्वेक्षण प्रतिवेदन होते हैं, उसका निष्कर्ष राष्ट्रपति के आर्थिक सलाहकार को भेजा जाता है। मेरे समूह के अब तक ऐसे छह प्रतिवेदन भेजे जा चुके हैं। दो महीने पहले, 'व्हाइट हाउस' में हम लोगों को बुलाया गया, जहाँ राष्ट्रपति स्वतः उपस्थित थे। उनके आर्थिक सलाहकार ने मुझसे एक मिडिल ईस्ट देश के बारे में कुछ पूछा, जिसका मैंने उत्तर दिया, जिसपर राष्ट्रपति महोदय मुस्कराये और मुझे देखकर कहा " गुड "

फिर रुक कर बोली " चूँकि यह पुष्ट समाचार नहीं है और होने के बाद ही कहना चाहिये, परन्तु आप तो मेरे जीवन हैं, सर, यह प्रायः तय ही है, केवल तीन चार महीना प्रतीक्षा करना है, एक स्वतंत्र प्रभार के साथ मेरे पैकेज में सुधार होगा, मेरा वार्षिक पैकेज, भारतीय मुद्रा में करीब एक करोड़ सात लाख हो जायेगा, " देवयानी बोली।

नमन पलंग से उतर कर नीचे खड़ा हो गया, वह हतप्रभ था।

" क्या हो गया सर " देवयानी भी खड़ी हो गई।

" देवयानी, यह जानते हुये कि तुम्हे प्रति वर्ष एक करोड़ सात लाख मिलेंगे, तुम मुझसे शादी के लिये तैयार कैसे हो गई ?" नमन अटक अटक कर बोला।

" आप मेरे सपनो की दुनिया के राजकुमार हैं, और आप हमें मिल गये, उसकी तुलना दुनिया की किसी भी चीज़ से नहीं हो सकती, विश्व का कोई भी पैकेज आपके सामने तुच्छ है, आगे से आप ऐसी बात नहीं करेंगे, प्लीज" देवयानी रुआंसी हो गई।

" अरे अरे मेरी छोटी सी बच्ची , गलती हो गई , आगे से बिलकुल नहीं करूँगा " नमन उसका चुम्बन लेते हुए बोला।

देवयानी फिर बोली "सर, एक बात और समझें, बस्तुतः डॉलर में आंकलन करेंगें तो उन्होंने इतना नहीं बढ़ा दिया है, जितना हम समझ रहे हैं, हमारे देश की मुद्रा का तेज अवमूल्यन हुआ है, इसलिए भारतीय मुद्रा में ज्यादा दिख रहा है "

दोनों फिर बिस्तर पर बैठ गये और नमन ने बताया कि अगले दो वर्ष में, उसका नाम आई. ए. एस. के लिए प्रस्तावित हो जायेगा। फिर बात में से बात निकलती रही, कभी नमन की और कभी देवयानी की, कभी कॉलेज की तो कभी सर्विस की ,कभी यू. एस. ए. की तो कभी लखनऊ की। सब कुछ भूलकर दोनों आज तक की सारी बातें, एक दूसरे को बता देना चाहते थे, यहाँ तक कि रुक्मिणी की भी।

बहुत देर बाद देवयानी ने नमन से पूछा " सर , कितना बज रहा है ?"

नमन ने मोबाइल खोला और उछल पड़ा " अरे बाप रे,सबेरे के साढ़े पांच बज रहे हैं देवयानी "

"सर, आपकी सुहागरात तो बीत गई ,अब मेरा एक काम करवा दें " देवयानी बोली।

"क्या" नमन ने पूछा

"आपके घर के बाहर, पारिजात का एक बड़ा पौधा मैंने देखा था, वहीं चलिये " देवयानी बोली।

दरवाज़ा खोलकर दोनों बाहर निकले, देवयानी सुहाग के जोड़े में और नमन शेरवानी में , घर का मुख्य दरवाज़ा खोलकर बाहर निकलने पर माँ को कुछ आशंका हुई, तो वे अपना कमरे से बाहर निकलीं, और पाया कि घर का मेन गेट भी खुला है।

पारिजात के बड़े पौधे के नीचे की मिटटी भुरभुरी थी , देवयानी धम्म से उसी पर बैठ गई।

माँ ने बाहर निकल कर देखा, बहू सुहाग की जोड़े में, जमीन पर बैठी है, और नमन खड़ा है।

दरवाजे से आते हुये बोली " यह क्या है, देवयानी जमीन पर क्यों बैठी है ?"

माँ कुछ और कहने जा रही थी कि बीच में ही देवयानी बोली " माँ, एक बात कहूं, नाराज़ तो नहीं होगी ?"

"अरे बिटिया, तुमने मुझे जो अकल्पनीय सुख दिया है, मैं कभी नाराज़ नहीं होऊंगी , बोलो क्या कहना है " माँ बोली।

" माँ , हमलोग अभी जैसे हैं, उसी में हम दोनों को एक एक कप खूब गर्म चाय पीला दो " देवयानी बोली।

माँ हंसने लगी, बोली " बदमाश, अभी ले आई " और घर में चली गई।

अब नमन ने देवयानी से पूछा " अब तुम सही सही बताओ , यहाँ आकर नीचे जमीन पर क्यों बैठी हो ? "

देवयानी ने उसे भरी भरी आँखों से देखा और हाथ में एक मुट्ठी मिटटी लेकर बोली " हमारे गांव की मिटटी की सोंधी महक, और गांव की हवा में तैरती खुशबू, बस इतनी ही है मेरी धरोहर नमन सर, इसके बाहर तो मैं शून्य हूँ , वृहद् शून्य " और उसकी आँखें छलछला आईं "मेरी पूरी जिंदगी बस इतने में ही सिमटी हुई है "

"और ?" नमन ने द्रवित होकर पूछा।

" ऊपर देखिये " देवयानी ने कहा।

" ऊपर पारिजात के फूल हैं " नमन ने उत्तर दिया।

" वही तो मैं भी कह रही हूँ " देवयानी बोली **'और -- खिले पारिजात '**

www.ingramcontent.com/pod-product-compliance
Ingram Content Group UK Ltd.
Pitfield, Milton Keynes, MK11 3LW, UK
UKHW022019041026
15591UKWH00012B/393

9 789359 892580